你过来，我有个恋爱想和你谈谈

NI GUOLAI WO YOU GE LIANAI
XIANG HE NI TANTAN

满城烟火 著

百花洲文艺出版社
BAIHUAZHOU LITERATURE AND ART PRESS

图书在版编目（CIP）数据

　　你过来，我有个恋爱想和你谈谈/满城烟火著.—
南昌：百花洲文艺出版社，2017.10
　　ISBN 978-7-5500-2411-3

　　Ⅰ.①你… Ⅱ.①满… Ⅲ.①言情小说—中国—当代
Ⅳ.①I247.5

　　中国版本图书馆CIP数据核字（2017）第208770号

出 版 者　百花洲文艺出版社
社　　址　江西省南昌市红谷滩新区世贸路898号博能中心一期A座20楼　　邮编：330038
电　　话　0791-86895108（发行热线）　0791-86894790（编辑热线）
网　　址　http://www.bhzwy.com
E-mail　bhzwy0791@163.com

书　　名　你过来，我有个恋爱想和你谈谈
作　　者　满城烟火
出 版 人　姚雪雪
出 品 人　柯久明　吴　铭
特约监制　郑心心
责任编辑　游灵通　程　玥
特约策划　郑心心
特约编辑　汪海英　徐建玲
封面设计　辰星书装
经　　销　全国新华书店
印　　刷　北京市平谷县早立印刷厂
开　　本　880mm×1230mm　1/32
印　　张　9
字　　数　200千字
版　　次　2017年10月第1版
印　　次　2017年10月第1次印刷
书　　号　ISBN 978-7-5500-2411-3
定　　价　39.80元

赣版权登字：05-2017-355

你过来，我有个恋爱想和你谈谈

NI GUOLAI WO YOU GE LIANAI
XIANG HE NI TANTAN

目录
CONTENTS

{♡}
第一章　飞来横祸是美男

戚艾艾这个名字是戚妈妈的得意之作，寓意对她满满的爱，别人却不这么认为。从上中学开始，喜欢一个人听音乐的她，就被同学们起了个外号叫"期期艾艾"。仿佛她的人生已经活成林黛玉的模式。但，子非鱼焉知鱼之乐？

这会儿已经是深夜，窗外还吱吱呀呀的传来并不算是很动听的乐声。戚艾艾叹了声，看来今晚在音乐练习室的人是个初学者。

戚艾艾三天前刚租下这里，因为离隔壁的音乐学院练习室近，所以这里并没有安静的夜。对于其他人来说，住在这样的环境里或许是一种煎熬，所以经常深夜有人打电话报警投诉。除了在学院工作，或是上学的，能搬走的人，也坚决不住在这里。但对于戚艾艾来说，安静地躺在床上，细品每段乐曲错在哪个音，应该如何改正，已经成了她忙碌一天后，最好的休闲活动。

一直运气不好的她，被前房东违约赶出来不说，行李还被偷了。只是，让她没想到的是，她这次运气不错，只找了两家房产中介，就找到了这里。不但价格优惠，室内装潢也很新，甚至这里的两居室比一居室还便宜。就是房东因为怕麻烦，要求一次性缴纳三年的房租。她咬咬牙，狠狠心，几乎拿出了全部积蓄，租下了这里。

乐声停止，困意来袭。戚艾艾幸福地入睡。

戚艾艾刚迷迷瞪瞪进入浅眠，她柔软的细腰就被重物结结实实地砸中，一股刺鼻的酒气随即扑鼻而来。

戚艾艾的神志被酒气熏得又清醒了几分，她抓起腰间的"重物"就想往后扔去。

等等，手感不对啊！怎么这么像人的胳膊？

她一激灵，蓦地睁开眼睛，凭借着月光，紧紧盯着手里握着的"重物"。

胳膊，居然真的是条人的胳膊。

而且，看粗壮的程度，还是男人的胳膊。

她被吓得一时间屏住了呼吸，动也不敢动一下，生怕激怒了身后的色狼。

"嗯……"

身后男人的胳膊被架得久了，不满地从喉咙中滚出了一个音节，挣脱她的手，环在她的腰上。

戚艾艾的整颗心顿时提到了嗓子眼儿，大脑充血，所有的瞌睡虫瞬间跑光。

她在心里不停地鼓励着自己别怕，一定要冷静，不可以轻举妄动，免得把身后这只猖狂的大色狼惹毛，再把她先奸后杀，那就糟糕了。

随着时间一分一秒地流逝，也不见身后的男人有任何的动作，只能感觉到男人一下接一下均匀的呼吸喷在她的脖子上。

渐渐的，她的胆子大了起来，慢慢地将身体往前挪了挪，在心里给自己喊了1、2、3三个数字后，蓦地一个转身，一脚将男人踢到了床下。

"嘭——"

重物落地的声音伴随着男人吃痛的闷声响起后，戚艾艾以这辈子从来没这么利落过的动作，从床上弹跳而起，赤脚跳下床，跑到衣柜旁，严阵以待地等着色狼反击。

室内再次陷入了安静，戚艾艾好一会儿没有听到男人的声音，心里不禁纳闷，便溜着边，跑到电灯的开关旁，小心翼翼地打开了卧室的灯。

等到眼睛适应了屋子里的光线后，她才看清楚床边的地板上一动不动的高大男人。男人上身穿着白T恤，下身着浅色牛仔裤，俯卧在地上。

虽然看不见脸，但是看打扮，应该年纪不大。

她放轻动作，一点一点退到门边，冲进洗手间，拿了拖把后又冲回卧室。只是，比起她的严阵以待，男人仍旧平静地睡着。

戚艾艾的唇角抽抽了一下，这个色狼做得也太不合格了吧！居然能在自己的目标家里就这么睡着了？她就这么没有魅力？

戚艾艾壮着胆子，走近好梦正香的男人，用脚踢了踢，又用拖布的杆杆了杆，费了半天的劲，才将男人翻转过来。

男人的睫毛长而微卷，再往下，是让他整张脸都英挺起来的高高鼻梁，只可惜美中不足的是白皙的鼻尖处蹭破了皮，正有一点点鲜血从皮肤中渗出。想必是刚刚从床上跌下来时蹭的。

戚艾艾不禁在心里惋惜，让这样一张完美的脸挂了彩，还真是暴殄天物啊！

想到这，她赶紧摇摇头，在心里把自己一番痛骂。这个做色狼的不敬业，她这个抓色狼的也够不敬业的。

她恼怒地踢了地上的男人一脚，男人立刻不乐意地哼唧一声。戚艾艾吓得后退一步，立刻进入高度备战状态。等了一会儿，见男人没动。戚艾艾赶紧拿起床边的手机准备报警。只是，她刚按下两个1，还没有来得及按0的时候，小腿忽然被抱住了。

她吓得一哆嗦，以为色狼醒了，手机差点直接扔在地上。

她保持着僵硬的姿势，等了好了一会儿，腿上的魔爪也没有进一步的动作。这才战战兢兢地低头看去，顿时气得眉角一抽抽。

原来帅哥采花贼不是醒了，而是抱着她的小腿，换了个姿势接着睡。

她哭笑不得地看着这张看上去只有二十岁出头的脸，他这会儿恬静得就像是一个孩子，毫无恶意。她忽然之间就不忍心报警了。

她一报警，他就会被冠上强奸未遂或者是入室盗窃的罪名，什么前途都没有了。

一想到这些，戚艾艾的恻隐之心越发泛滥。

算了，反正她也没有什么损伤，她就做做好人，给他一次改过自新的机会吧。

想到这儿，她蹲下身，扒开男人抱着她的胳膊，小声嘟囔道："遇上我，算是你的幸运。"

她上下打量了一番地上的大块头，足有一米八往上，背着抱着，她这一米六出头的小体格是肯定不行了。想了想，她捞起他的两条腿，便将睡得像死猪一样的男人连拖带拽地弄出了家门。

这一路拖拽下来，男人黑亮的头发充当了一回扫把，留下了他来过的痕迹，带走了戚艾艾还没有来得及擦去的灰尘。

戚艾艾站在家门口，左顾右盼了好一会儿，见一个人都没有，才将男人拖了出来。

本来她想把他扔在楼梯间里就算了，反正这个季节暖和，也不会冻死不是？

转念一想，万一他酒醒后来寻仇呢？还是往下拖一层更安全些。

为了防止下楼梯的时候，小鲜肉被摔得头破血流，戚艾艾这次没敢拽着他的腿拖，改为扯着他肩膀的T恤，往下拖。

抓得她两手的指甲生疼，她才算是将他拖下了半层，正要再接再厉的时候，咔的一声，男人的T恤因为再也耐不住她的拉扯应声而裂。

她的手上一空，一时间收不住力气，一屁股坐在了地上。疼得她倒抽一口气，愣是半天没起来。

"你啊，以后若是不好好做人，都对不起我今晚这一摔。"戚艾艾不满地小声嘀咕。

为防止有人发现她半夜"拖尸"，她不敢多休息，揉了揉自己发疼的屁股，又开始了下半场的劳动。

两只手在男人的肩膀处比画了一下，无奈地叹了口气，看来她的手是抓不住他宽厚的肩膀了。

她又看了看被她刚刚扯破的T恤，知道这件饱经沧桑的T恤也受不住任何的伤害了。

怎么办?

她一双眼在男人的上半身扫描了一圈，才将视线定格在了男人的头上。

"别怪我啊，谁让你的衣服不结实的，才一半的路程就坏了。"

她一边嘀咕，一边拖起了他的头，继续她的伟大事业。

看着他的脖子都要被她给拉长了，她还真是有些过意不去。

不过，她这么做也是为他好，现在他的脖子遭点罪，怎么也比年纪轻轻的就蹲监狱好吧! 这么一想，戚艾艾也就心安理得了。

楼梯是一阶一阶的下，小帅哥的身体是噗通噗通地发出与楼梯亲密接吻的声音。

戚艾艾费了九牛二虎之力，终于成功地将他拖到了最后一阶，她兴奋地一松手，刚要为这伟大的抗战胜利而欢呼出声，只听咚的一声，男人的后脑勺直接吻上了坚硬的水泥地。

"呃……"男人清晰的疼呼声随之响起，吓得戚艾艾一激灵，拔腿就跑。

男人伸手捂着被磕痛的后脑勺，勉强将沉重的眼皮睁开一条缝，模模糊糊间，看到一道浅粉色的娇俏背影，却只当自己在做梦，又睡了过去。

男人一觉直接睡到了大天亮，他烦躁地揉着发痛的后脑勺，翻了个身，只觉得浑身都疼，特别是身下的硬度，更是硌得他难以入睡。

他轻抿眉心，带着起床气地睁开眼，等到看清周围的环境时，吓得他猛地弹坐而起。

他怎么睡在楼梯间里了？

他一边打量着陌生的地方，一边开始努力地回忆昨夜喝完酒后的情形。

当他的视线触及向上的楼梯时，脑中忽然有一道背影一闪而过，但他不能确定那是真实，还是梦。

他抬手揉了揉发痛的肩头，蓦地顿住动作，转头看去，不敢置信地瞪大了双眼。

他的T恤已经变成了一件露肩装，他昨夜喝多后跟人打架了？

这似乎是唯一能解释为什么他浑身都疼，衣服也被撕破的缘由。

在今天之前，他一直认为自己的酒品很好，喝多了只是倒头睡睡觉而已，没想到自己居然也有这么失准的时候。

他拍了拍疼得就要裂开的头，站起身，慌不择路地顺着楼梯跑下楼。

等出了楼门，看着不算是太熟悉的小区和高楼时，他才发现自己昨夜睡的地方，原来是自己前几天买的，昨天才拿到钥匙的新房子。

他烦躁地揉了揉头发，很是郁闷地转身离开了小区。

他可不想这么狼狈地出现在新家，让人笑话。更何况他的衣物也没有搬过来，还是回老房子换了衣服，收拾一下，再带着行李正式入住吧。

戚艾艾美美地伸了个懒腰，下床走进浴室，脱下唯一一套衣服，迈入宽大的浴缸里。

闭着眼，在浴缸里美美地泡了半个小时，她才脸色红润地迈出了浴缸。

她看了一眼放在浴室架子上的内外衣裤，皱了皱眉头，实在没有办法将两天没洗的内外衣裤再穿到她刚刚洗干净的身上。

她重重叹了声，看来要找个时间，上街买两套衣服才行。

她将脏衣服都扔进了洗手盆洗干净，再扔进洗衣机甩干、晾晒完，已经十点多了。

她摸了摸自己饿得瘪瘪的肚子，又看了看自己这一身赤裸裸，只能认命地等衣服晾干了再去吃饭。

回了卧室，她拿起床上的薄被裹在身上，就窝在客厅的沙发上看电视，打发时间。

"咔、咔、咔——"

不知过了多久，屋里忽然响起了门锁被扭动的声音，吓得戚艾艾全身的汗毛都竖了起来，右手抓紧薄被站起身，紧紧盯着房门，吓得傻在了当场。

不是吧，这个小区的治安也太差了点！

昨天半夜色狼进屋，还勉强可以说是夜黑风高，狼出没。这怎么大白天的就有人撬门啊？

就在戚艾艾吓傻的时候，房门已经被人从外边拉开。随之，走进来一个穿着黑色短袖衬衫的男人。

"你……"戚艾艾看着这张昨夜才见过的面孔，吃惊地抬起抓着薄被的手指向他，薄被失去了束缚，顺势滑落。

24小时内，他们见了两次面，而且一次比一次精彩，这是什么概念？

蓝予溪一开门，就被看到的景象吓得彻底傻在当场。

不是吧！自己家为什么会有个裸女？而且还是个身材不错的裸女！

买房子送的？

应该不会有这种好事吧！

蓝予溪瞪大双眼，视线下意识地上下游走在戚艾艾的身体上，张了半天嘴，却一句话也没说出来。

下一秒，他才意识到屋子里的春光不宜外泄，迅速关上还大开着的房门。

"咣当——"

防盗门关起的声音彻底地惊醒了愣愕中的戚艾艾。

"啊——"

戚艾艾尖叫一声，捡起掉落在脚边的薄被，围在身上，冲进卧室，锁上门。所有动作一气呵成后，她才靠在门上开始喘气，开始思索。

"怎么办？怎么办？"她急得不停跺脚。

忽然，灵光一闪。

"报警！对！报警！这次一定不能放过这个死性不改的男人。"

想到这儿，她迅速跑到床旁边，拿起手机，拨通了110。

戚艾艾压低声音，像做贼似的，声音颤抖地对着电话那端说道："救命啊！我家在园景小区，现在有一个色狼撬开我家的门闯了进来！"

"小姐，你先别害怕，色狼现在在哪？"电话那边一位男警紧张地问道。

"他在客厅。"

"客厅？那小姐你在哪？"电话那边的声音有些不解。

"我现在把自己锁在了卧室里，估计那个色狼一会儿就会撬门。你们快来。"戚艾艾一边说，还一边小心翼翼地看着房门。

"小姐，你再坚持一下，我们马上就赶过去。记住，尽量不要激怒对方，或是进行激烈的反抗。"警察在电话的另一端叮嘱道。

"我知道了。"戚艾艾小声应答，挂断电话。

"嘭、嘭、嘭——"

门板被大力地拍响，随之响起蓝予溪不耐烦的声音。

"小姐，你穿好衣服没有？穿好了就赶快出来。"

戚艾艾被突如其来的敲门声吓得手一抖，手机直接扔在了地上。她迅速跑到离门最远的床角，躲了起来。

"小姐，你要是穿好了衣服就赶快出来，要不然我就撞门进去了。"蓝予溪更大声地喊。

也难怪蓝予溪会烦躁，刚刚搬新家第一天就遇上个裸女在自己家的客厅。随后，裸女还二话不说地奔进他的房间不肯再出来。

谁能来告诉他，现在这是什么情况？

他发誓，如果五分钟后，这个该死的女人再不出来，和他交代是怎么回事。他就马上冲进房间里，把她揪出来，送到警察局去。

蓝予溪在客厅不耐烦地踱着步，又等了五分钟，还是不见卧室的门打开。他彻底怒了，拍打房门的力气也更大了几分，语气里的威胁成分更盛。

"我现在数三个数，你要是再不出来，我就撞门了。"蓝予溪含着怒气的声音落下，仍旧没有得到门里人的半点答复，好像房间里根本没有人似的。

原本他说撞门，也不过是吓吓戚艾艾，让她自己出来。既然她怎么都不肯出来，他只能报警解决。就在他打算拿出手机报警的时候，忽然听到嘭的一声，他身后的防盗门被撞开了。

他还没来得及回头，就已经被两名警察从身后制服，按在了墙上。

"这么年轻就做这种事情，真是不学好……"

"是啊，看样子也就二十出头，就来祸害人家姑娘，真是缺德……"

"看着人模狗样的，没想到居然是个流氓……"

"呀，我见过他，他不就是昨天睡在楼梯间里的醉鬼吗？"

"是啊，是他，没想到这么快就换了衣服出来行凶……"

被按在墙上动弹不得的蓝予溪，听着诸位邻居对他的评价，气得俊脸已经铁青。

蓝予溪被这突如其来的变故弄得一时间不知道要如何反应了。这是什么意思？又是新房入住的惊喜？送完裸女，还和他玩警匪游戏？

不过，自嘲归自嘲，他还不至于笨到看着这帮来势汹汹的警察和围观的大爷大妈，还认为一切只是和他开玩笑。

如果他没有猜错的话，搞出这种混乱场面的一定是把自己锁在屋子里的女人。他倒是要看看这个女人到底在玩什么把戏。

而现在郁闷的不只蓝予溪一个人，在门里边将耳朵贴在门上的戚艾艾，听着外边七嘴八舌的声音，也顿时觉一个头两个大！

不是吧，这么多人来围观？现在警察的行动不是秘密行动吗？

"嘭、嘭、嘭——"

接连响起的敲门声，吓得戚艾艾差点没一屁股坐在地上。

"小姐，已经没事了，你可以出来了。"门外的警察正气凛然地说，像极了一个保护弱女子的大侠。

戚艾艾听完他的话，再低头看了看自己裹着被子的身体，简直想找个地缝钻下去，在屋里彻底地消失。

谁来救救她？难道要她围着被子出去？估计门口那些八卦的邻居明天肯定会说她失身于色狼了。

"小姐，你别怕，出来吧，这小子已经被我们制服了。"门口的警察再次软声细语地安慰起戚艾艾。

戚艾艾想搭声，去不知道要说些什么好。难道她能说："我不要，我不出去吗？"

既然不能说，还是装会哑巴的好，至少要等到那些看热闹的邻居没有耐心走掉了，她再出去。

"小姐，你没事吧？要是没事的话，就答应我们一声，要不然我们就撞门进去了。"门口的警察久久等不到回应，也急了。

"小张，你说里边的姑娘不会出什么事吧？"一名警察问另一名警察。

被叫作小张的警察面露担忧之色，随即一巴掌落在蓝予溪的后脑勺上，气势汹汹地质问道："小子，你赶快给我说，我们没来之前你是不是下完手了？"

本来想着静观其变的蓝予溪被这一巴掌打得彻底怒了，挣扎着怒吼："你们到底为什么抓我？什么下手？我对谁下手了？又下了什么手？"

"呀！都已经抓到你这个现行犯了，你还敢狡辩？我看你小子真是死不悔改。"小张很是不满地教育道。

"现行犯？"蓝予溪的鼻子差点没被气歪了。

里边那个该死的女人到底和警察说了什么？让人民警察这么敌视他？

"行了，小张。别和他这种死不悔改的人啰唆了，等以后进了监狱，有他受的。"另一名警察撇着嘴，斜睨着蓝予溪，一脸不屑地说道。

蓝予溪被气得蓦地一用力，挣脱两名猝不及防的警察，用脚使劲地踹着门怒吼道："该死的女人，你赶快给我滚出来，说明白到底是怎么回事。"

也别怪蓝予溪失了风度，昨晚留下的一身酸疼还没好，又被警察无缘无故地按在墙上当壁虎，被还没有认识的邻居指指点点。

一句话刚喊完，不幸的蓝予溪又被警察按在了门上。

"你小子也太猖狂了，我们还在这儿呢，你就敢威胁受害人。"一名警员大声训斥蓝予溪，那口气就像蓝予溪真是个十恶不赦的坏人。

逮住了坏人，耐心的警察叔叔又开始对着关得紧紧的门温声劝道："小姐，你出来吧。放心，我们保证他绝对不敢再伤害你了。"

戚艾艾此时身上正围着薄被，郁闷地坐在床上想对策。外边急，她这个在门里的也一样急。

"小姐，你有没有事啊？你倒是说句话啊！"这次换成了小张同志敲门。

"算了，小张，我估计那位小姐一定是晕在里边了，撞门吧。"一名说话很深沉的警察说道。

"是，队长。"小张领了命令，马上退出去好几步，就要奔着门撞去。

戚艾艾一听要撞门，知道自己这下是出去也得出去，不出去也得出去了。如果被警察自己撞进来，看见她好好地坐在床上，还不给他们开门，他们会不会质疑她的人品啊？

想到这儿，戚艾艾马上跳下床，一只手捏着被子，另一只手去拧门锁。

"不要撞，我这就开……"

"嘭——"

戚艾艾口中的"门"字还没有说出口，小张就顺着她拉开的门冲了进来。

"啊——"

戚艾艾惊叫的尾音还没有拉完整，就因为后背重重地落地，尖叫声瞬间被震成了闷哼声。

"呃……"

小张反应得倒是很快，刚一和戚艾艾双双落地，就挣扎着想要起身。无奈他身下压着的却是个香肩全露的美女，哪个男人会不紧张？

于是，小张的一双手在那乱抓了半晌，还是没能从戚艾艾的身上起来。

"喂！你摸哪呢？"戚艾艾看着身上这个一身警服的男人不停地抓着她身上围着的薄被，她就呕得要死。这算什么？自己没被色狼轻薄，反而被警察吃豆腐了？

"小姐，我不是……我没有……"小张一脸涨红，被这香艳的场面吓得一句话都说不完整了。一看现在狼狈的小张，哪里还有刚才教育蓝予溪时的气势。

"你们俩快点把小张拉起来。"队长马上吩咐人去拉还在那儿像溺水一样挣扎的小张。

蓝予溪看着眼前混乱的场面，不禁嗤笑出声，他是越来越不能理解眼前这个女人搞的到底是什么乌龙了。

她是暴露狂吗？为什么在卧室里待了这么久还不穿衣服？

"完了，这姑娘一定是被祸害了。"一个四十多岁的邻居大姐很是同情戚艾艾地说道。

"是啊，你看长得这么美，真是不幸啊。"另一位六十多岁的大妈随声附和道。

"切……"一个三十来岁打扮妖艳的女人发出不屑的声音，等到吸引了众人的视线后，才嗲声嗲气地说道："要不是自恃自己长得有几分姿色不安分，会有色狼入室吗？"

一众人的眼睛都要瞪出来似的看着这个没有同情心的小妖精。可是，妖精女好像没看到众人责备的目光似的，接着愤愤不平地说："做人啊，一定要像我这么低调。你们看，我不是比她漂亮多了，为什么没有色狼进我家？"

妖精女慷慨激昂地发表完言论，指责完蓝予溪没眼光后，还不忘记抛给蓝予溪一个媚眼。

蓝予溪被她这么一电，差点没直接把来之前吃的饭给全吐出来。

他现在是真的后悔买下这里了，这里带给他的惊吓也太多了吧？

第一夜，无缘无故全身是伤，衣服残破地睡在了楼道里。

第二天，进门见到个裸女就不说了，之后居然还被警察抓，被警察打，最后还要被个脸上犹如刮了大白墙的妖精女人调戏。

蓝予溪在心里抓狂的尖叫，他到底是走了什么霉运？

他越想越气，越气就越对站在那里一脸无辜的戚艾艾恨得咬牙切齿。

如果被蓝予溪知道把他弄得一身伤，扔到楼道里的女人也是戚艾艾，他一定会想杀掉戚艾艾泄恨。

队长一看场面混乱，随即给在场的警员抛了个眼色。

警员一接收到信号，马上动作起来，开始请戚艾艾的邻居们离场。

其他人虽然也不想错过看热闹的好机会，却都是文明人，你让走就走。妖精女却独独例外，尤为不配合。走得不情不愿的同时，还兼顾着一望三回头地用她那双不断放电的眼睛电着蓝予溪。电得蓝予溪是一点招架的能力都没有了。他绝对相信自己要是再多看两眼，会马上吐出来。好在这时，房门被关了起来。

警察队长看了看戚艾艾，憨厚且尴尬地说："小姐，你看，你能先把衣服穿上吗？"

"呃……"戚艾艾被这个突然提出的问题问得窘迫，不知该如何是好了。

蓝予溪见她不动，忍不住嘲讽："小姐，你是暴露狂吗？麻烦你先去把衣服穿上，你想露着，别人还不想看呢！请你也文明一点，照顾一下别人的眼睛。"

戚艾艾被他一句嘲讽的话给激得彻底清醒过来，狠狠地瞪了他一眼后，飞奔进洗手间。

蓝予溪对着戚艾艾落荒而逃的背影，发射出鄙夷的目光。

"这里有你说话的份吗？"警察教训道。

蓝予溪气得直咬牙，奈何却挣不脱两名警察的钳制。

另一边奔进了洗手间的戚艾艾，情况也比蓝予溪好不到哪里去。

她望着还是湿哒哒的运动服，郁闷得不得了。

门外那么多警察在等着她出去，她总不能再搞一次不说话，不开门吧？

她可不敢了，要是再被警察撞进来，一定会认为她精神不正常。

她咬咬牙，把因为潮湿而发凉的内外衣穿上了身。瑟缩着推门走出了洗手间。

蓝予溪一看低着头走出来的戚艾艾穿着湿着的运动服，更为不解，这女人的衣服为什么是湿的？

不是在他家洗衣服了吧？

"小姐，你没有别的衣服穿吗？你一会儿还要和我们回警察局做笔录，这么穿会着凉的。"警察队长好心地提醒道。

"没……没事。"戚艾艾真觉得今天丢人丢到家了。

"那好吧！"警察队长见戚艾艾说没事，也不再多言。对押着蓝予溪的两名警察说道："带他回局里。"

蓝予溪一看这架势，知道自己若是再不出声据理力争，就彻底被欺负到家了。

他在两名警察的钳制下，硬生生地挺直脊背，冷着脸质问道："我能知道一下，你们为什么要带我去警察局吗？"

在场的警察一听这话，差点没气乐。当警察这么多年，他们还是第一次遇到嫌疑人连抓他的原因都不知道的。

为了让他死得痛快，别再狡辩，小张配合地指着一旁的戚艾艾，说："这位小姐打电话报警说你入室企图非礼她。"

"什么？"蓝予溪不敢置信地瞪大双眼，额头青筋暴跳。

蓝予溪只觉得被气得七窍生烟，他在自己的家里，被不知道哪里来的女人告入室非礼？

他转头，恶狠狠地瞪向戚艾艾。

"我说，小姐，你一丝不挂地出现在我的家里，现在还敢冤枉我，你居心何在啊？"

戚艾艾虽然因为之前出的洋相而一直不好意思地低着头不语，也不代表她就好欺负得任凭蓝予溪这样倒打一耙冤枉她啊！

"喂！我怎么冤枉你了？这里怎么就成你家了？这里明明是我昨天刚租下的新家！"戚艾艾对着蓝予溪愤怒地大吼，把因为出洋相积压下来的怨气全发泄在了蓝予溪的身上。

蓝予溪仿佛听到了什么笑话，嗤笑一声，讽刺地说："好，我看你真是不到黄河不死心！都这个时候了，还能沉得住气说谎。"

警察叔叔看着同样理直气壮的两个人，一时之间还真分辨不出来谁说的是真话了。只能插话说："你们不用争了，跟我回警察局一趟，我们自然会调查清楚谁在说谎。"

"我没有时间跟你们回去，你现在把我的行李箱拿给我。"蓝予溪没有自由，只能冷声说。

警察叔叔一见他这个态度，不满意了。

"小子，你说话态度好点。"

"我劝你最好把我的行李箱拿给我，我让你们好好地看清楚这套房子到底是谁的。要是你们真把我硬押回警察局，我一定会告到你们私闯民宅，暴力执法。"蓝予溪压下火气，冷声威胁。

旁边的小警员看形势不妙，知道蓝予溪能说出这样的话，就一定是底气足。又知道队长现在和这小子杠上了不好下台，赶紧屁颠屁颠地拿起行李箱送到蓝予溪的面前。

两个压着蓝予溪的警员也知情识趣地松开了他，让他打开行李箱取东西。

戚艾艾伸长了脖子，看向蓝予溪的行李箱，在心里祈祷着不要有翻转。

行李箱被打开，只见一面是简单的几件短袖，另一面一大半都是书籍。

戚艾艾看到蓝予溪的书，不禁愣了下，是音乐学院的教科书。她的视线飞快地扫过，在最上边的一本教案上定格。难道这个男人是音乐学院的老师？怎么可能？他看上去那么年轻，是学生还差不多。

蓝予溪很快从行李箱的夹层里拿出一本房产证和自己的身份证递给了刚才拎行李箱的警员，说道："拿给你们队长看看。"

其实，早在蓝予溪拿出房产证的时候，房中的诸位警察叔叔就已经傻了眼地看向仍旧一脸自信的戚艾艾。

警察队长拿起蓝予溪的房产证和身份证比对了一下，在确认没有问题的情况下，还是小心谨慎地给队里打电话，让同事跟房产局核实了一下。

天知道他是多希望这套房子不是蓝予溪的，可是早已经成型的结果又怎么可能改变？房子是几天前被眼前的这位蓝予溪先生用真金白银买下的。

这下警察队长郁闷了，好好的一场抓狼行动变成了私闯民居，伤害了无辜群众。

一旁的戚艾艾这会儿也是头发昏，眼发花，不好的感觉在心中了。

"你，你，还有你。"蓝予溪指着刚刚与他有过身体接触的几名警察，眯起眼睛，咸鱼翻身地冷声说，"我保留追究你们的权利。"

带队的队长一看事已至此，只能转身对罪魁祸首戚艾艾说："这位小姐，你涉嫌报假案，跟我们回趟警局吧。"

"那他呢？"戚艾艾指着蓝予溪，不安地问。

队长看了看蓝予溪的一张黑脸，调整了半天的情绪，才问："蓝先生，你看，你能回去给我们做个笔录吗？"

"不好意思，我没有时间，也没有心情。"蓝予溪一点面子不给，直接拒绝。

"蓝先生，你要是不跟我们回去做笔录，我们也没有办法处理这个案子啊！"队长虽然被蓝予溪的嚣张气得额头上青筋暴现，但还是忍气压气，公式化地说。

"做不做笔录，告不告她，是你们的事情，我现在只想休息。"蓝予溪大步走到门口，拉开门，"麻烦你们和她一起马上从我家消失。"

蓝予溪这一拉开门可不要紧，门外各种岁数的女人受惯性的影响，直接冲进了屋子里。

幸好蓝予溪闪得比较快，要不然他非得被一群老女人给压在身下不可。

"小姐，你看，这位先生现在好心地不打算追究你，你还是先离开吧！"队长恨不得马上收队。

"为什么要我离开？"戚艾艾虽然也大概猜到自己可能被骗的事情，但她不能就这么妥协啊，租房子的钱是她全部的家当了，她现在就这么离开了，她要去哪儿？难道睡马路吗？更何况这里是她梦寐以求想要居住的地方。

蓝予溪一听戚艾艾这么回答，顿时又被雷住了。心想："这女人还真强啊，都到这个时候了，还能理直气壮的。难道是学表演的？"

蓝予溪看着这一屋子让他烦躁的人，再加上他现在浑身酸痛，他可没有心情陪个精神病在这胡搅蛮缠。他大步走到戚艾艾的身边，扯着她的胳膊，就往外拉。

"喂！你干什么？"戚艾艾一边对着他吼叫，一边用求助的眼神看向诸位本该是来救她的警察。

"我干什么？"蓝予溪恼怒地斜了一眼不知道是真傻还是在装傻的戚艾艾，就要把她往外扔。而之前还同情戚艾艾的大姨大妈们，现在都换了脸孔，看着她的眼神就像看着什么不良女人似的。

就在蓝予溪即将把戚艾艾扔出去时，一双有力的大手抓住了蓝予溪。

"先放开她。"小张冷声警告道。

{♡}
第二章　声泪俱下赖上他

小张一出手，周围马上有各种不同的目光投向他。

有佩服、有不屑、有怒视。当然还有来自于戚艾艾的万分感激的目光。

"那……那个，小……小姐，你……你能不能说下，为……为什么你会在这里啊？"小张结结巴巴地说完一句话，整张脸都染上了红晕。

"这房子是我前两天租的。"戚艾艾马上解释。说完了又觉得说信服力恐怕不够，立刻甩开蓝予溪的钳制，一边奔向卧室，一边说："你们等下，我有证据。"

戚艾艾急忙从卧室的包包里拿出那张租房凭证，交给小张。

小张接过来，一本正经地刚要看，就听队长清了清嗓。

小张立刻会意，将还没有来得及看的租房凭证恭敬地送到了队长手里。

队长叔叔看完戚艾艾的租房凭证后，也知道她是被骗了。证明上的甲方清清楚楚地写着前房主的名字。可是没办法，戚艾艾是在房子已经过户完给蓝予溪后，在前房主的手里租下这里的。因此，戚艾艾的合同没有任何的法律效力。只能等抓到前房主，作为她被骗的证据。

可是，他在警队打滚这么多年，他又怎么会不明白，那个租给戚艾艾房子的人，既然是存心骗她，很可能早就消失了，想找到人简直如同大海捞针。

虽然他现在也很同情戚艾艾，但是再想想之前他们对蓝予溪的误会，也不好开口为戚艾艾求情了。

队长狠狠心，公式化地说："戚小姐，因为租房子给你的人是前房主，所以这张合同不具备任何的法律效力。你是不能住在这里的。"

"我用了全部身家租下这里，现在不让我住，让我去哪里住？"戚艾艾有些委屈，又抓狂地问。

这会儿她也明白了，损失已经无法挽回。只是人在处于绝境的时候都恨不得这只是一场梦。

"你现在可以跟我们回去立案，我们会尽快把骗你的人抓回来。"队长尽量把话说得温和些，希望戚艾艾受到的打击小一些。

戚艾艾悲戚地站在原地，大脑一片空茫，没有能力再去思考任何事情。

蓝予溪同志却仍旧没有一点怜香惜玉的意思。

"现在明白了？可以离开了吗？"蓝予溪这会儿只觉得头疼，想赶紧停止这场闹剧。

戚艾艾抬眼看向蓝予溪欠扁的俊脸，紧咬牙关半晌，才使尽全身力气，让自己挤出一抹讨好的笑，很没有骨气地说："那个，蓝先生，你看，我也是被骗了，能不能不赶我走啊？"

蓝予溪好笑地看着戚艾艾，只觉得自己听错了。这个女人到底知不知道自己在说什么？

"你说呢？"蓝予溪的嘴角扯出一抹嘲讽笑，反问道。

"我知道蓝先生你是个好人，你看，我一个外地来这里打工的女人，不但还没有找到工作，而且才来就被骗了所有积蓄，你也不能看着我露宿街头吧？"戚艾艾的眼中满含泪水，故意装得楚楚可怜地说。

别说，戚艾艾精彩的演出还真是博得了全场人的同情。只是，很不幸，蓝予溪对她的积怨太深，任凭她再可怜，也同情不起来。

"不好意思，我不是好人，我是色狼。"蓝予溪的嘴角挂着冷笑，一脸寒霜地准备送客。

戚艾艾再次望向刚刚才救了她的英雄小张，可惜这一次，连小张也不好帮她了。

气氛一时间有些诡异，既然蓝予溪不打算追究戚艾艾，警察赶紧收队。

戚艾艾看着小张回望她一眼，也转身离开了，又看了看还在气头上的蓝予溪，虽然不甘，却只能识相地走到门外。

"嘭——"

她前脚刚一出门，房门就被结结实实地摔上了。

戚艾艾被惊得一哆嗦，看着紧闭的房门，暗暗在心里骂蓝予溪没风度。

可是，骂得再过瘾，也有骂完的时候，最终也要面对现实。

戚艾艾郁闷地嘟起嘴，可怜兮兮地看向一旁围观的大姨大妈们，希望能有个善心人帮助一下倒霉到了家的自己。不想她的视线一望过去，所有人就像看见了洪水猛兽一样，瞬间消失了。

警察队长也想尽快结束这场闹剧，交代说："戚小姐，你要是有什么线索，可以随时联系我们。"

"好。"戚艾艾心不在焉地点点头，在心里嘀咕："我都不认识她，怎么可能会有线索啊！我要是有线索的话，早就杀过去和那个女人拼了。"

警察也离开了，楼道里只剩下戚艾艾一个人时，她才有了想要哭的冲动。

她到底是招谁惹谁了？大好的人生还没有开始，就要遭遇种种的不幸。

顺着墙壁滑坐在地上，一片冰凉的触感却没有她的心凉。

接下来的路要如何走？没有工作，没有住处，没有钱的她要如何活下去？

戚艾艾颓废地坐在地上，仿佛就要被一连串的打击击垮了。忽然一阵美妙的乐声传来，是隔壁音乐学院练习室传来的音乐。

这乐声仿佛是鼓舞的号角，戚艾艾在心里给自己鼓劲："不行，戚艾艾，你不能放弃。你离你的梦想明明已经那么近了，这个时候怎么能放弃？"

她咬咬牙，从地上爬了起来，用一副和命运拼了的架势，准备离开这个让她难堪的地方。只是，才一迈开步子，她发现自己现在身无分文，包包忘在屋子里了！

戚艾艾终于有了理由，敲门自然也敲得理直气壮。

"嘭、嘭、嘭。"一阵巨大的敲门声把刚躺在沙发上打算休息一会儿的蓝予溪敲得烦躁万分。

蓝予溪大步奔向房门，不耐烦地用力拉开门。在看到门口张口欲言的戚艾艾后，他想也没想，嘭的一声关上门，连说话的机会都不给戚艾艾。

戚艾艾看着又一次关上的房门，气得差点没有翻白眼，这男人是不是也太没有风度了？就算自己报警抓了他，自己也是无心之失好不好？

坚持不懈，继续敲门，她总不能因为这个男人不待见她，她就装作有骨气的不要她唯一的家当吧！她可不会做那种面包换面子的傻事！

"嘭、嘭、嘭。"戚艾艾把门敲得比上一次更大声了些。只是，蓝予溪不但没给戚艾艾开门，还故意把音响的声音放大，以此来淹没她的敲门声。

这下戚艾艾是彻底明白了，就算她今天把手敲断了，蓝予溪也不会给她开门。看来她只有待在门口，守株待兔了！

时间一分一秒地在戚艾艾的等待中溜过，戚艾艾等待的姿势也从最开始的站姿改成了坐姿。从白天变成了黑夜，被一身湿衣服粘身的戚艾艾也没有等到蓝予溪开门。

夜晚本就已经很凉，再加上戚艾艾穿着一身湿衣服，一天没有吃饭，身体自然吃不消。

她支起膝盖，用手臂环住双腿，下巴支在膝盖上，整个身体不停地发着抖。而此时此刻，唯一能给她一点安慰地就是练习室里传来的乐声。

"是肖邦的E大调离别练习曲。弹奏的人饱含深情，应该是有暗恋的人吧。"戚艾艾虚弱地小声说。又仔细地听了听，手指在膝盖上随着节奏轻动，自言自语："这里弹奏得急促了些。想必弹钢琴的人心情乱了，急于知道对方的心意。"

戚艾艾打了个哆嗦，上牙齿碰下牙齿。她发誓，如果她今天冻死在蓝予溪的家门口，她就算是做鬼，也要天天晚上跑到蓝予溪的床边给他讲鬼故事吓死他，以便让他明白一个道理，就是："宁得罪小人，也不能得罪女人！"

蓝予溪戴着耳塞，一觉醒来，才发现外边的天已经黑了下来。本想再接再厉地接着睡，却不想他的胃在这个时候闹起了革命。

他打开台灯，抬手看了看手表，晚上十点，还不算晚，这个时候去吃夜宵刚刚好！

他从床上翻滚而下，准备去喂饱自己的五脏庙。不想他的脚才一落地，脚下就踩到了什么。低头一看，他才发现自己的脚下踩着的是一款女士的手拎包。

自己家里怎么会有女士的包包？他的脑海中猛地闪现戚艾艾的面容。

他拿起包包打开，从里边的钱夹里找到一张身份证。上边的照片虽然稚嫩了些，倒是和本人的样貌相差不大。

"照片倒是比本人恬静不少。"蓝予溪自言自语一番后，突然间又想到了另外一个问题，就是戚艾艾之前那么拼命地敲门，难道是为了这个包？

他将东西又重新装回包包里，拎着包快步向门口走去。一边走还一边在心里想，都过这么久了，她大概已经离开了吧？

一开门，眼前的情景把蓝予溪吓得一惊。只见戚艾艾蜷缩在房门的对面，脸伏在双膝上，一动不动。

这个女人不是为了要回自己的包包，等到睡着了吧？

他还真要佩服她的能耐了，要不是有着非常人的能耐，有哪个女人会在别人家门口的地上，坐着睡着的。她还真是随遇而安啊！

蓝予溪走到戚艾艾的身边，蹲下身。

"小姐，你的包还你。"他礼貌地出声喊她。

他礼貌的声音并没有将戚艾艾叫醒，他只能伸手推了推她，又叫道："小姐，你醒醒，别在这睡。"

戚艾艾在他尚算温柔的推搡下抬起头，视线蒙眬地望着蓝予溪。

她到底是怎么了？为什么眼前模糊的人影不停地晃动？晃得她的头好晕好晕……

蓝予溪察觉出戚艾艾有些不对劲，并没有多想，认为戚艾艾是刚睡醒，才会这样。

他将包放在戚艾艾的面前，温声说："小姐，你的包还你了。我先走了。"

此时的戚艾艾只觉得好像有人在和她说话，却不知道为什么听进耳朵里后，都变成了嗡嗡声，让她的头更疼了些。

随着声音落下，她看到蓝予溪模糊的身影慢慢地向前飘去，她眼前的一切越来越模糊。

"嘭——"

蓝予溪刚按下电梯，就听到重物落地的声音，这声音在寂寥的夜里显得异常的响亮。

他惊得转头去看，便见原来坐着的戚艾艾此时已经倒在地上。

他再粗心，也不会认为她在睡觉了。

他快步走了回去，蹲在戚艾艾的身边，一边摇晃她，一边唤她："小姐，你怎么了？醒一醒啊！"

任凭他怎么摇晃，戚艾艾好像一点知觉都没有。

蓝予溪见状，眉头微微皱起，伸手探向戚艾艾的额头，触手的滚烫温度把他吓了一跳。

不再迟疑，他抱起戚艾艾，就冲进了刚刚开启的电梯，打车奔向最近的医院。

值班的中年女医生仔细为戚艾艾检查完后，拧眉问蓝予溪："你女朋友是不是在减肥？"

蓝予溪一皱眉，对于这位医生随意安排两人的关系有些不满。免于麻烦，他也懒得和一个不认识的医生解释那么多，不答反问："她没事吧？"

"事儿是没多大的事儿。受了寒，再加上减肥的身体虚弱，才会发高烧。"

"谢谢你，医生。"蓝予溪一听戚艾艾没事，心里虽然松了一口气，愧疚之意却升腾而起。

他想："戚艾艾一定是穿着湿衣服在楼道里坐太久，才会着凉。如果自己在她敲门的时候，肯听她说一句话，肯把她的包还给她，她也不用挨冻受饿地待在他家门口了。"

想到这些，蓝予溪看着戚艾艾的眼神也就柔和了几分，没有了之前的穷凶极恶。

为戚艾艾办好入院手续，又特意交代了护士照顾戚艾艾，他才离开医院。

戚艾艾这一觉睡得并不踏实，天刚一蒙蒙亮，已经退烧的她就从噩梦中惊醒了。

她看着周围陌生的环境，一时间有些反应不过来。

她怎么会在医院？是谁送她来的医院？

揉了揉发痛的头，她仔细地回想一下，脑中好像有个模糊的影子浮现。他到底是谁？

她想了想，也许是哪位好心的邻居吧！

总之，不管是谁，她都绝对有理由相信能做出送她来医院这种好事的人绝对不会是蓝予溪。

她看了看窗外已经渐渐亮了起来的天色，心里不禁一急，她要快点赶回园景小区，在蓝予溪还没有外出前，堵住他，拿回自己的包。

要知道她现在身无分文，不拿回包，她又要饿上一整天了。

她整了整皱了的衣服，出了病房。

走过护士站时，她又想起了送她来医院的人，想着也许那人会留下名字。她至少要把医药费还给他，当面跟他说声谢谢才行。

"当、当、当。"她轻轻敲了三下玻璃门，里边传来一声"请进"，她才推门走了进去。

"戚小姐，你怎么下床了？还有没有哪里不舒服？"一位昨夜见证了戚艾艾发烧烧到昏迷全过程的白衣小护士关切地问了句，又指着一旁的椅子说道："戚小姐，你坐会儿。"

"我已经没事了，谢谢你。"戚艾艾客气一句，还着急离开的她并没有坐下，径自问道："护士小姐，我想问，昨夜是谁送我来医院的？"

小护士微微一愣，心想这位戚小姐怎么连自己男朋友送自己进的医院都不知道？但转念一想，戚艾艾被送进来的时候已经昏迷，也就没太深究，微笑着回："当然是戚小姐的男朋友了。"

"我男朋友？"戚艾艾不解地张大一双疲惫的眼睛。

男朋友？她摸了摸自己的头，确定不是自己发烧听错了。

"对啊，戚小姐的男朋友蓝先生啊！"小护士的表情比戚艾艾还不解。她昨夜明明听到张医生说那位蓝先生是戚艾艾的女朋友，而蓝先生不但没有反驳，还一直在医院待到凌晨才离开，离开前还不忘记留了电话号码给护士站，可以随时联系得到他。

"蓝……蓝先生？"戚艾艾有些结巴地反问。

难道真的是他？不会，她不信，她想一定是别的姓蓝的先生救了她。

"对啊，蓝予溪，蓝先生。"小护士一脸不解地点点头，肯定了戚艾艾心中的疑问。

"谢谢你。"戚艾艾余惊未了地呢喃一句，又问："对了，护士小姐，园景小区离这里有多远？"

"园景啊，不远，你打个车也就是十多块钱吧！"

戚艾艾一听护士说的距离，差点没直接坐地上，她现在身无分文，难道要她走那么远的路，走回园景小区吗？

戚艾艾可怜兮兮地看了一眼对着她微笑的小护士，张口欲言几次，还是没能将想要和她借点打车钱的话说出口。

她狠狠心，干脆她今天就学学红军，来次长征试一试。

不过，她的长征路才走出去两步，小护士就在她的身后又说道："戚小姐，你不等你男朋友来接你出院吗？他走的时候说，他早上会过来看你的。"

戚艾艾的脸上划过惊喜，那个男人一会儿来看她？也就是说，她不用昏昏沉沉地走回园景小区，蹲坑守点了！老天总算也可怜了她一次。

"谢谢你，护士小姐。"戚艾艾转头对小护士露出一抹甜甜的微笑，愉悦地走出护士站。

看着戚艾艾兴奋离去的背影，小护士这次更相信蓝予溪和戚艾艾绝对是男女朋友了。要不然戚艾艾一听说蓝予溪要来，干吗那么高兴？她哪里想得到，戚艾艾和蓝予溪的关系是需要"啼笑皆非"四个字才说得清楚的。

回到病房的戚艾艾，已经没有了困意，便躺在床上假寐，想着自己以后该何去何从。

她细细算了一下，自己手里现在一共就剩下五百元左右的人民币了。这些钱就算拿去租一间简陋些的房子，租金加押金也不够。而且，找到工作前，她要吃什么？喝什么？

难道她真的要拿这笔钱买张车票，打道回府啃老吗？父母一直希望她可以有一份安定的工作，嫁给一个老实人。她偏偏有未了的梦想。

她一激灵，不行，她坚决不能回家。再听着老妈传递的负能量，说她的梦想不切实际。

可是，不回家，她现在能怎么办？难道要她赖在园景小区那套房子里不走吗？

想到这儿，她的眼前忽然灵光一闪。对啊，蓝予溪既然肯送她来医院，也就是说他还有些同情心。也许她装装可怜，他会看在她也是个受害者的份上，收留她。

对，就这么定了，她决定一会儿蓝予溪一来，就开始一哭二闹三上吊地求他，她就不信她哭得梨花带雨，他会不为所动。

戚艾艾在心里给自己鼓劲，下定决心要抱住蓝予溪的大腿。

清晨七点刚过，蓝予溪拎着保温壶走进医院。经过护士站的时候，里边的小护士正好走了出来，撞见他。

"蓝先生，你来了。"小护士微笑着问候道。

"嗯。"蓝予溪客气地点点头，对与自己说话的小护士并没有多少印象。

"你女朋友已经醒了。"小护士又笑着补充一句。

医院不算大，夜里入院的人又少。最主要的是蓝予溪长得又够帅，所以小护士对蓝予溪和戚艾艾也算是印象深刻了。

蓝予溪微微一愣，才明白过来，小护士也误会了他和戚艾艾的关系。

他也懒得解释，毕竟他又不认识这些医生护士，等他看了戚艾艾，确定她真的没事了，大家也就分道扬镳了。

他出于礼貌地对小护士点点头，向戚艾艾的病房走了去。

透过门玻璃，蓝予溪看到躺在床上的戚艾艾正闭着眼睛，眉头微微皱起，好像有什么发愁的事情困扰着她。

他猜应该是房子的事吧。就算因为这件事，他也没办法，毕竟骗她的人不是他，他没有要为她负责的必要。

他该做的，能做的，都已经做了。就算戚艾艾再可怜，他也没有办法了。毕竟天底下的可怜人到处都是，他就算是同情心泛滥也不可能把他们都领家去吧？

他放轻动作，推开病房的门，打算放下他一大早买来的粥就离开。不想，他才一推开病房的门，戚艾艾就突然睁开眼睛，惊得他一怔。

蓝予溪深知戚艾艾不是个好说话的女人，他绝对相信戚艾艾看到他出现，会对他怀恨在心。就算不破口大骂，也绝对不会给他好脸色看。

果不其然，他一对上戚艾艾的目光，就在她的眼中看到了厌恶之色。奇怪的是，下一瞬，她眼中的厌恶还没有完全掩去，她的嘴角却已经挂起一抹灿烂的弧度。她眯起一双眼，过于和善的样子，似乎有着故意讨好他的意图。

为什么要讨好他？他可不认为他送她来了医院，她就会感激他。

不管是为了什么，蓝予溪都觉得一定不会是好事。

他立刻走到床边，把装粥的保温壶放在床头的桌子上，对戚艾艾礼貌性地说："戚小姐，我昨天不知道你要拿回包，才把你关在门外。包我昨晚已经帮你带来医院，就在床头的柜子里。"

戚艾艾一怔，原来他已经把包给她带来了，她还差点长途跋涉去取。

蓝予溪诚恳地继续说："害你生病，我很抱歉。住院费我已经付过了，你在这好好休息一天。"

"没事。你也是无心的，我怎么会怪你呢。"戚艾艾没有起床，虚弱地对着蓝予溪笑了笑，为自己接下来的目的制造气氛。

蓝予溪听着她的话，看着她那带着讨好的奸笑，下意识地皱了皱眉，总觉得心里很别扭，有一种即将被算计的感觉。

他深刻地认识到，如果他聪明的话，就应该赶紧离开。于是，他指了指他刚才放在桌子上的东西，说："这个保温壶里是我给你买的养胃粥，一会儿你喝一点。"

"谢谢你，你真是个好人。"戚艾艾可怜兮兮地说完后，毫不犹豫地在自己的大腿内侧狠狠地掐了一把，疼得自己的眼泪乱窜。

这效果简直就是一病美人，我见犹怜！蓝予溪又不是圣人，看了之后顿生怜悯。只是，他是个理智的男人，就算心里有着隐隐的怜悯闪过，他也不会去同情一个自己不认识的女人。

在他看来，同情永远都是一种没有意义的感情施舍，他不屑于要，他也不屑于给别人。

"既然没有什么事了，我先走了。"蓝予溪说完转身就要离开。

戚艾艾早就料到这个男人没有什么同情心，只是她没想到，这个男人根本不是没有同情心，而是压根一点心都没有。

戚艾艾暗暗下了决心，即使蓝予溪的心是石头做的，她戚艾艾今天也一定要焐热它。

谁让到目前为止，她戚艾艾在这里就认识蓝予溪一个人呢！如果连他都赖不上了，她岂不是要露宿街头了？

她的大眼睛转了转，忽然从床上爬了起来，鞋也顾不上穿，就跑到蓝予溪的身边，拉住他的手臂，小声说："等一下。"

蓝予溪被她的温声软语麻出了一身鸡皮疙瘩，心里不好的感觉更强烈了些。

"你……你可不可以收留我？"戚艾艾低着头，像极了一个无家可归的小可怜。

看着连头都不敢抬的戚艾艾，蓝予溪微微一愣，心里再次生出了淡淡的怜惜。他不敢让这念头萌生发芽，旋即打碎打破。

"对不起，戚小姐，我想我帮不了你。"蓝予溪想要抽出被她拉着的胳膊，她却怎么都不肯放手，弄得他颇为无奈。

"呜呜呜……"戚艾艾一听蓝予溪拒绝了，马上开哭，哭得肩膀一耸一耸的。

戚艾艾早就想到了，只是语言攻势对蓝予溪这个冷血的男人起不到什么作用，所以，她才会在与蓝予溪说话的时候一直低着头，酝酿眼泪。

"喂！戚小姐，你别哭啊！"蓝予溪低头郁闷地看着戚艾艾的头顶，被她弄得慌了神，一时间不知道该说些什么好了。

戚艾艾哪里肯听他的，再接再厉，哭得更大声了些。

"戚小姐，你别哭了，有话好好说，行吗？"蓝予溪一听她的哭声渐大，也更焦急了几分。

这可是公众场所，让别人看见戚艾艾拉着他哭，别人会怎么看他？

"你……你不要……丢下我，好不好？"戚艾艾仍旧低着头哽咽着说。

"戚小姐，我们本来就不认识，又何来丢下你一说？"蓝予溪一听她的目的是要赖在他家，回话的语气便有些不耐烦了。

"谁说我们不认识？你怎么能说这种话啊？"戚艾艾抬起一张挂满了泪水的小脸，一脸的委屈和指责。

"戚小姐，我有说错吗？我们除了昨天见过一次面，什么时候还见过？"蓝予溪被戚艾艾无辜的表情气得嘴角直抽抽。如果说之前戚艾艾卧病在床，楚楚可怜让他心生怜悯。那么，戚艾艾现在的哭哭啼啼则相反的让他很烦躁。

他实在不能理解，一个跟他根本算不上认识的女人是怎么想出来要住在他家里的？

"那不也是认识吗？总之你不能丢下我，你要是丢下我，我就要睡马路了，你怎么能见死不救？你怎么能这么狠心？呜呜呜！"戚艾艾可谓是拿出了所有的勇气才能做出这么厚脸皮的事情。

什么？不收留她就是见死不救？这女人还能再无赖点不？

蓝予溪不想再与戚艾艾纠缠，冷声说："放手。"

他用力地将自己的胳膊从戚艾艾的手中抽出，准备走人。不想，却因为他的用力过猛，外加戚艾艾的故意装相，让奋力和他撕扯的戚艾艾一个不稳，就跌坐在了地上。

蓝予溪见状一惊，就要上前去扶起戚艾艾，就在这时，病房的门被推开了，昨夜为戚艾艾看病的张医生走了进来。

"小伙子，你这是干什么呢？你女朋友的病还没有好呢，就要家暴了？"张医生很是不赞同地皱着眉头，一边指责蓝予溪，一边扶起了戚艾艾。

和张医生一起走进来的护士看蓝予溪的眼神也不禁染上了厌恶。她真是没有想到，一个长得这么帅气的男人，居然会是个虐待女人的坏男人，看来还真是人不可貌相啊！

蓝予溪看着医生和护士一脸鄙视地看着他时，他才明白因为他的懒得解释，此时给自己带来多大的麻烦。所以说惜字如金有的时候真的不是什么好事。

他到底走了什么霉运，遇见这么个麻烦女人，因为她一连两天被不同的人鄙视和指责。

戚艾艾一听张医生训斥蓝予溪，就明白了，他们一定是误会她是蓝予溪的女朋友，对她大发同情呢！

她抓住机会，委屈地说："我没事，谢谢你。"

张医生把戚艾艾扶到床边坐下，又要说点什么教育蓝予溪。戚艾艾见势马上拉住张医生的手臂，哀求着说："不要说他，是我不好，是我惹他生气了，他才不要我的。"

张医生一听戚艾艾的话，同情心更是大涨，安抚性地拍了她的手，说："你别难过，这小伙子昨天送你来医院的时候，我看得出他很紧张你，男女朋友闹闹别扭没有什么的。"

戚艾艾一听这话，不禁在心里冷笑。哼！他紧张她？如果她没有猜错的话，他紧张的是怕她死在他家门口，他会惹上麻烦吧！

不过，就算她的心里再不满，嘴上却还是可怜兮兮地说："我知道，要不是知道予溪是真心的在乎我，我也不会不放手。"

叫他什么？予溪？蓝予溪现在真想把戚艾艾拎起来，问问她到底想干什么，哪根筋没搭对。

张医生听了戚艾艾的话，放心地点了点头，才又对着蓝予溪说："小伙子，两个人能在一起，是几世修来的缘分，你要珍惜。"

蓝予溪已经无语了，难道为了入住他家，她就能连这么厚脸皮的谎言都说出口吗？难道她是表演系毕业的，有人前表演的怪癖吗？

"大姐，我不管你这是唱的哪一出，总之我不会带你回家。你就死了这条心吧。"蓝予溪以一个称呼，拉开和戚艾艾之间的距离。

蓝予溪没有心情在这里浪费时间来得到她们这些不相干的人认同，转身就要离开。

戚艾艾一看蓝予溪要走，她哪里能答应？马上一个飞扑，故意跌在蓝予溪的脚下，抱住了蓝予溪的大腿，鼻涕眼泪一大把地哭了起来。

"予溪，别不要我，没有你，你要我怎么活？"

蓝予溪低下头，看着正在故意往他的裤子上蹭鼻涕的戚艾艾，脸色越来越黑。

"放开！"蓝予溪冷冷地一声低吼，就要强行抽出腿。

"不要。予溪，我答应你，以后什么都听你的，再也不惹你生气了，别不要我，你要是不要我了，全世界就剩下我一个人了。我爸爸妈妈已经不要我了，如果再没有了你，我要怎么活下去？"戚艾艾声泪俱下地哭诉道。

"放手！"蓝予溪只觉头发发麻，更怒了几分。

她爸妈不在了，和他收留不收留她有什么关系？这个女人是不是精神不正常啊?

　　蓝予溪眼角的余光一扫,恰巧看到哭得满脸泪水的戚艾艾嘴角有些抽搐地在那里偷笑。

　　他抬手揉了揉眼睛,真的怀疑是自己眼花,看错了。

　　果真,揉完了眼睛,眼中映入的又是戚艾艾的声泪俱下,演足了一个弃妇的戏份。

　　真的是蓝予溪眼花了吗?当然不是,戚艾艾刚才确实有想要笑的冲动。

　　她刚刚在心里想,即使不能让蓝予溪收留她,她今天也要让蓝予溪以后没有脸进这家医院。既然好戏已经上演,她怎么能让这场戏草草散场?

　　"戚小姐,你先……先别哭了。"小护士的眼中含着泪水,言语哽咽地一边劝着她,一边想要将她扶起。

　　"疯女人!你不要再演戏了。"蓝予溪烦躁得只想马上抽身离开,丝毫没有想到他这样的表现会遭到一众女人的敌视。

　　此时同情戚艾艾的人已经不再是原来的一位医生和一位护士了。病房门口已经有越来越多的病人和医护人员来围观。

　　蓝予溪虽然想要强行地抽出腿离开,却没有用上十足的力气。就算戚艾艾很让他头痛,他也是个男人,不能对女人动粗。

　　"予溪,你说我是疯女人,我就是疯女人,只要你别不要我就行!我爸妈去的时候,你答应过他们会永远照顾我,他们才把家业都留给了你,你怎么能丢下一无所有的我呢!没有了你,你要我怎么活下去啊!"戚艾艾期期艾艾的话里全是哀求,即使是指责的话,入了围观的人耳朵,也只剩下凄凄惨惨。

　　戚艾艾这次的话彻底引起了骚动,众人看蓝予溪的眼神也更加唾弃。完全把他当成了那个欺骗戚艾艾情感,还骗了戚艾艾家产的无情坏男人。

指责的声音此起彼伏的时候，蓝予溪才明白了，这个时候他要是再和戚艾艾来硬的，恐怕那帮此刻正鄙视着他的人不只会声讨他，也许还会为戚艾艾抱不平地打他一顿……

就在蓝予溪看清了形势，决定先说点好话，把戚艾艾弄出医院再解决戚艾艾的时候，突然一道高八度的女声，震惊地大喊："蓝老师！"

蓝予溪只是听到声音，旋即惊得双目圆睁，前一秒还想要去扶起戚艾艾的手，顿时就改成了抚额。

天啊，他不是这么不幸吧！居然在这个时候，让他遇见了他们学校出了名的"FM95.9"（广播电台）。

估计明天全学校都会盛传这件事情，弄不好还能给他传出个私生子什么的。他这为人师表的形象，不是彻底毁了吗？

沈颖挤出人群，一脸的稚嫩，歪歪的马尾束在头顶。

"这位姐姐是谁？她怎么了？"

蓝予溪强制整理一下自己的情绪，硬生生地在自己铁青的脸上扯出一抹比哭还难看的笑容。

"没事，我表姐身体有点不舒服，跌倒了。"蓝予溪嘎着嗓子回答。

"谁是你表姐……"戚艾艾小声嘟囔。

蓝予溪俯身扶起戚艾艾，小声警告戚艾艾："你要是想让我收留你，就不要再乱说话。"

戚艾艾的眼睛一亮，心里乐开了花，面上却装作委屈地点了点头。

"老师的表姐？"沈颖撇着嘴，明显不信。

"对，我表姐。"蓝予溪继续僵硬地笑着。

"可是我刚才过来的时候，他们不是这么说的啊！"沈颖指着看戏的群众，稚嫩的面容上挂着认真。

"他们不知道实情，当然会误会了，是不是表姐？"蓝予溪低下头，笑得有点冷，目露威胁。

"对，我是他的表姐。"戚艾艾一边小声地附和着蓝予溪，一边擦着眼泪，一边拉了拉蓝予溪的衣袖，用眼神示意蓝予溪，她有话要说。

蓝予溪这一次很配合地俯下了身体，将耳朵凑近戚艾艾的嘴。

"你确定，你一定会带我回家吗？"戚艾艾用只有两个人才能听到的声音问道。

蓝予溪直起身子，眼神有点发狠地点着头，从嗓子中硬生生地挤出了一个"会"字后，便笑得一脸阴冷地对戚艾艾说："大姐，你要是没有什么事了，我们就出院吧！"

说完，蓝予溪走到桌子旁，拿起戚艾艾的包，拉起她的胳膊就要离开。

戚艾艾一看要散场了，自己也得谢幕啊！对着张医生和小护士鞠躬道谢："谢谢你们。"

张医生一看戚艾艾这么懂事，更是泪水盈眶，替她委屈。

蓝予溪拉着戚艾艾走到门前时，微微停顿了下，皮笑肉不笑地和沈颖说："沈同学，我还要送我表姐回家，就先走了。"

说完，蓝予溪不再停留，拉着戚艾艾就大步走出了病房。

剩下的是一脸迷茫的沈颖和一脸悲戚的张医生，以及那位眼含泪水的小护士站在病房门外，目送着导演了一出精彩感情大戏的人，消失在走廊的尽头。

{♥}
第三章　针锋相对的同居模式

走出医院，蓝予溪旋即甩开戚艾艾的胳膊，用恨不得吃掉戚艾艾的恶狠狠眼神瞪着她，质问道："疯女人，你今天到底是什么意思？"

戚艾艾低下头，双手扯着衣角，眼睛死死地盯着脚尖，继续酝酿眼泪。

"说话啊！你哑巴了？刚才不是很伶牙俐齿吗？"蓝予溪被气得胸膛剧烈起伏，找不到一个出口发泄怒气。

戚艾艾感觉眼睛一湿，马上抬起头，眼泪汪汪地看向蓝予溪。

"对不起，我也不是故意这么做的。"戚艾艾仰起一张精致的小脸，泪水从她白皙的脸上滑下，在清晨的阳光下闪着晶莹的光芒。

蓝予溪的心微微一窒，丝丝痛意划过他的心房。只是，片刻他就清醒过来，什么叫不是故意的？她在病房里说的那些有板有眼的谎话，是被施了魔咒才说出来的？他要是信她，他就是傻瓜。

他不禁嗤笑，是笑戚艾艾的狡辩，亦是笑自己不该有的同情心。

"我知道你一定因为那些话恨死我了，所以我不要求你会原谅我，只希望你可以兑现你自己的诺言，别让我无家可归，好不好？"戚艾艾嘟着一张小嘴，抽泣着说。

没有外人了，戚艾艾也不准备再无赖，想着自己要是主动地服服软，也许以后和蓝予溪相处起来会融洽一些。毕竟要是同一屋檐下，抬头不见低头见的，交善总比交恶好吧？

"呵呵。"蓝予溪冷笑两声，嘲讽地看着一脸不解的戚艾艾，反问道："兑现诺言？"

戚艾艾一听蓝予溪这口气，一下子忘记了哭，眨了眨泪眼，期望用自己此时无比幽怨的眼神把蓝予溪看毛了，看心虚了。

可是，她也不想想，她自己之前做了什么，蓝予溪面对她的时候，怎么可能还会心虚？

蓝予溪陪着她对视半晌，唇角挂上一抹嘲讽的笑，俯下身，性感的薄唇凑近戚艾艾的耳边，沉着声音，像恶魔一样戏谑地嘲讽道："对你这种人，不需要守信用。"

话落，他直起身子，把包塞到僵愣在当场的戚艾艾手里，毫不犹豫地转身就走。

听见蓝予溪离开的脚步声，戚艾艾才彻底清醒过来，小跑着追上蓝予溪，扯住他的衣服。

"不行，你答应我了，就不能不守信用。"

"哼！"蓝予溪冷哼一声，甩开戚艾艾的手，"就你这种人，也配让我守信用吗？你也不想想你自己是用什么方法让我答应的，你还真是连做人的尊严都不要了。"

戚艾艾被甩得一个趔趄，蓝予溪的话犹如一根针，无情地扎进她的心里。

尊严，有谁不想要？有谁不想活得趾高气扬？如果尊严可以让她没有钱也可以不用挨饿，也可以有地方住的话，她现在一定赏蓝予溪一巴掌，然后转身走人。

可是，她可以吗？

等她找到了工作，有了经济基础，即使他求她留下，她也不屑于留下。只是，现在求他已经没有用了，那她要怎么办？

蓦地，戚艾艾的脑中闪过那个在医院里叫蓝予溪"蓝老师"的女孩，再想想之前在蓝予溪行李箱里的音乐书籍，都是小区旁边音乐学院的教材。蓝予溪肯定是大学老师。

戚艾艾忽然得意地笑了，笑得蓝予溪浑身发毛，转身就要离开。

蓝予溪才走出两步，身后就传来戚艾艾慢悠悠的声音："蓝老师，如果你真想做个不守信用的人，那我明天就只能去你的学校看咯。我想你那位学生对我们的事情一定会很好奇。"

蓝予溪的眉头一紧，垂在身侧的手攥紧成拳，用力的程度使得骨节发出"咯咯"的恐怖声音，可见戚艾艾这次这把火烧得有多旺。

戚艾艾看着处于盛怒边缘，即将爆发的蓝予溪，很肯定自己的威胁起作用了。但这种事情不能逼得太紧，以防鱼死网破。

于是，她不再哭，不再威胁，而是很认真很认真地对蓝予溪说："我知道你不认同我的做法，也很生我的气，但我还是求你能在这个时候帮帮我。如果我不是孤身一个人流落在异乡，在这里没有一个亲人和朋友的话，我也不会赖上你。"

蓝予溪只觉好笑："你可以随便在大街上找个人赖上啊。没准他们很欢迎。"

戚艾艾小声嘟囔："我可不是那么随便的人。"

蓝予溪嗤笑："我没听错吧。"蓝予溪说着贴近戚艾艾，仔仔细细地打量着她："你一个女人，非要赖在一个男人家里。你说吧，你有什么居心？"

"你——"戚艾艾气得瞪圆双眼。

"你不是干什么特殊职业的吧？"蓝予溪乘胜追击。

"蓝予溪！"戚艾艾恼怒地大喊，委屈的泪水涌上眼眶。

蓝予溪脸上的鄙夷僵住，因她这次的委屈没有作假。他也是气急了，才会说话口无遮拦。

"我收回刚刚那句话。"蓝予泽抱歉地说。

戚艾艾吸了吸鼻子，哭后的声音有些嘶哑："我是因为看到你箱子里的教案和教学书，确定了你是音乐学院的老师，不是坏人，才会求你让我留下的。"

蓝予溪失笑："欺负老实人是吧？"

戚艾艾低着头，小声嘟囔："你要是穷凶极恶的歹徒，我也不敢啊。"

蓝予溪被她的话气得哭笑不得，这会儿倒是对说实话的她改观了。

"为什么一定要住在那儿？"蓝予溪忍不住问，"如果是因为你被骗了房租，我可以还一部分给你。"

"不行！又不是你的错。"戚艾艾连忙拒绝，又小声说道："我真的很想住在那儿。"

"为什么？"蓝予溪问。

戚艾艾迟疑地看着蓝予溪，在心里思量着要怎么回答。

"说实话。"蓝予溪警告道。

"我喜欢听从音乐学院练习室里传出来的音乐声。"戚艾艾回道。

蓝予溪皱眉，认真地打量着戚艾艾。

练习室里传出来的音乐声，大多并不悦耳。别人都想躲开的噪音，眼前的女孩居然喜欢听？他有点想不通她的逻辑。但他看得出，她这一次没有说谎。

"你放心，我绝对不会白住你的房子，等我找到工作，我也会付房租给你。"戚艾艾保证道。

蓝予溪的眉头皱得更紧了几分，在心里猜测着这个一会儿三变的女人，又在走什么路线。

　　可惜，让他失望了，他在戚艾艾的脸上看到的只有认真和诚恳，并没有之前的胡搅蛮缠。这样的戚艾艾让他有一种错觉，仿佛之前胡搅蛮缠的人并不是她。

　　"虽然我已经付过一次了。算我倒霉好了。我再付一次给你。"戚艾艾没什么底气地小声说。

　　戚艾艾的话再次气笑蓝予溪，蓝予溪提醒道："戚艾艾小姐，不是我骗了你的房租。"

　　"我不管。反正那里我花过房租钱了。你要不然再收一次房租让我留下，要不然我就去学校门口打地铺。"戚艾艾一昂头，示威："你一定不希望学校的人都知道你逼着你的表姐去打地铺吧？"

　　蓝予溪气得咬牙切齿，却在看到戚艾艾眼角流露出的哀伤时，莫名地心软了。

　　戚艾艾自嘲地笑了笑，在心里嘲讽自己："戚艾艾，你什么时候变得这么死皮赖脸了？"

　　"让我收留你也可以，但是你要对外说你是我的表姐。"蓝予溪的语气生硬冰冷。

　　蓝予溪扔下警告的话，走到马路边，伸手拦了一辆出租车，坐进前排座。

　　"你快点，别磨磨蹭蹭。"蓝予溪不耐烦地提醒。

　　虽然他对她有了那么点同情心，只是一想到戚艾艾之前对他的恶行，还是气不打一处来。和戚艾艾说话的语气也就好不起来了。

　　"哦。"

　　戚艾艾看着他有些别扭的生气表情，也感受到了他内心的善良，会心一笑，迅速钻进出租车的后排座。

　　十分钟后，两人下了出租车。蓝予溪在前边大步快行，丝毫没有等戚艾艾一下的意思。很明显还在跟戚艾艾别着劲。

戚艾艾很识相，默默无语，小跑跟着蓝予溪的脚步，不去惹他不顺心。

"叮——"

电梯在十楼停下，两人一前一后刚走出来，忽然窜出来一道人影。

"蓝老师，你回来了啊！"

戚艾艾和蓝予溪都是一愣，才看清眼前的人。

女子的模样清丽，个头高挑，白裙黑发，这会儿正笑得甜美。

蓝予溪的嘴角扯出一抹淡淡的笑，虽然淡，却也是今天第一抹真心的笑容。

"依沫，你怎么来了？"蓝予溪有些惊讶地问。

"我想来蓝老师的新家做客。"尹依沫昂起头，丝毫不掩饰眼中对蓝予溪的迷恋。

蓝予溪向来对人温和礼貌，却又与人保持着固定的距离。

"来之前怎么没有打声招呼？"蓝予溪的语气温和，却透着些排斥。显然并不欢迎自己的学生登门拜访，又不好说话太重。

也是，眼前的女孩弱质芊芊，温柔可人，大概没人好意思对她说重话。

戚艾艾凑近蓝予溪，小声说："蓝老师还挺受女学生欢迎的。"

蓝予溪转头瞪向戚艾艾，用眼神警告她不要胡言乱语。

"要不要我帮你？"戚艾艾笑嘻嘻地问。

"好。"蓝予溪咬牙道。

"蓝老师，这位姐姐是……"尹依沫一副欲言又止的乖巧样。

蓝予溪没有回头，一边继续着开门的动作，一边随口回："我表姐，你不是已经知道了吗？"

"我……我怎么会知道……"尹依沫底气不足地回。

蓝予溪拉开门，才继续说："难道你没有接到小喇叭的电话吗？"

尹依沫尴尬地笑了笑，没有反驳，刚要进门，戚艾艾上前一步，挡住尹依沫。

"同学，刚搬新家，还没来得及收拾，不方便迎接客人。"戚艾艾笑眯眯地说。

尹依沫愣住，戚艾艾推了蓝予溪一把，说："还不回家去收拾？"

蓝予溪进了门，戚艾艾也紧跟着进门，嘭的一声关上门。

门外的尹依沫还在怔愣中，半晌没能回过神，委屈的泪水涌上了眼眶。

蓝予溪黑着脸坐在沙发上，看着不以为然的戚艾艾。

"干吗这么看着我？"戚艾艾不解地看着蓝予溪，"你不是嫌我多管闲事吧？那我现在就开门，把你的学生放进来。"

戚艾艾说着就要向门口冲去，蓝予溪上前几步，拉住她。

"我不是这意思。"蓝予溪咬牙说。

"那你什么意思？"戚艾艾不解。

"我只是觉得，解决问题有很多办法，不一定非要让别人下不来台。"蓝予溪嗤笑，"说了你也不懂，对于你这种人来说，别人的感受根本不重要。"

"我不懂？"戚艾艾甩开蓝予溪的手，"我最讨厌你这种男人，明明不想和女孩在一起，偏要给人家幻想的空间。还美其名曰是教养。什么鬼教养？我看是拎不清，害人害己。"

蓝予溪被戚艾艾的话怼得哑口无言，用恨不得掐死戚艾艾的眼神，死死地盯视着她。

"蓝老师，别告诉我，你真的饥渴到看上自己的学生了。"戚艾艾嘲讽道。

"你……"蓝予溪气得咬牙切齿，看着她得意的笑，忽然就笑了，"没错，我是很饥渴。"

戚艾艾吓得后退一步，警惕地看着他，"你不要对我有非分之想，我可不是那种人。"

蓝予溪嗤笑："你放心，我对你没兴趣。我是渴了。"

他走到沙发边坐下，慢悠悠地说："我想喝咖啡，格林大酒店的。"

"什么意思？"戚艾艾不解。

"我要是喝不到这杯咖啡，我没准会改变主意，把你从这里扫地出门。"蓝予溪笑眯眯地说。

"蓝予溪，你恩将仇报吧！"戚艾艾大喊。

"你去还是不去？"蓝予溪威胁地反问。

戚艾艾瞪着蓝予溪问道："是不是我遂了你的意，你的心里就能舒服了？"

如果他的心里能舒服，她被整一下也没关系。毕竟早上她把他整得很惨。

蓝予溪挑了挑眉，点了点头。

戚艾艾收到了满意的答案后，如慷慨就义一般，转身而去。

"记得买两杯。"蓝予溪看着她怒气冲冲离去的背景，微微翘起嘴角，露出一抹胜利之后才会有的得意微笑。

戚艾艾坐在出租车里，看着计价表不停地跳啊跳，还是到不了她要去的目的地——格林大酒店，郁闷得不得了。要不是怕回去晚了，蓝予溪又要借题发挥，打死她她也不会打车去。要知道，在没有工作之前，她所剩的五百块钱一定要每一分都精打细算，才可以坚持到有工作。

终于，在计价器跳到六十三元的时候，出租车在格林大酒店的门前停了下来。当戚艾艾看着金碧辉煌的超五星级大酒店时，差点没有直接就晕过去。

这个蓝予溪到底还是不是人啊？让她来这么远也就算了，还选个这么高级的地方，是想榨干她的所有吗？他还真不是个男人。

很明显蓝予溪是在故意整她，要不然也不会让她跑这么远买咖啡。这里的咖啡买回去想必也变成了凉咖啡不能喝了。

戚艾艾一边在心里诅咒着蓝予溪，一边付了打车钱，走下出租车。

她气哼哼地低着头猛冲向格林大酒店的玻璃门，那架势完全不像是来买咖啡的，更像是来寻仇的。

就在她要接近玻璃门的时候，一对男女相拥着从玻璃门走了出来，边走边在那窃窃私语。

男人好像将女人哄得很开心，让女人有些得意忘形地扭捏着身体。

戚艾艾下意识地往旁边让了些，不想自己妨碍到了嬉笑男女的路。可是，有的时候，有些事情，想避也避不开。

戚艾艾明明已经躲开了些，妖娆的女人还是结结实实地撞了上来。

一股刺鼻的香水味呛入了戚艾艾的鼻腔，乃至于呛得她只顾着皱眉，连痛呼都忘记了。

"啊——"妖娆女人的尖叫声震得戚艾艾的耳膜差点没破了。

至于吗？戚艾艾不禁在心里嘀咕。

再说了，她已经特意避开他们了，是那个女人只顾着和男人打闹，撞上她。

就算暂且不论谁的错，她们也只不过撞了一下，又没有跌倒，妖娆女人却叫得好像被踩到了尾巴的老鼠。

她深知这样喜欢惊声尖叫、大惊小怪的女人很是难缠，也不想和她多做纠缠。她本想主动低头，说声"对不起"了事。可是她的"对不起"还没有来得及出口，对方就又开始了新一轮的吼叫。

"你怎么走路的，没长眼睛啊？"

戚艾艾悻悻地闭上已经张开的嘴巴，斜睨着本来挺漂亮，却因为一脸蛮不讲理而变得面容扭曲的女人，半晌没有说一句话。在顺利地将女人看得有些发毛后，戚艾艾才转眼看了看仍旧揽着女人腰肢，正似笑非笑地看着热闹的俊帅男人。

男人西装革履，头发被发胶黏得很有形。长着长长睫毛的大眼睛一眨一眨的，仿佛随时都在放电。

看男人和女人的亲密无间，眼睛不瞎的人都能看出他们的关系是男女之间才有的关系，至于是情人，还是女朋友，戚艾艾不知道。只是，她看不懂男人明显是等着看热闹的幸灾乐祸的表情是为了什么？

"刚才我已经避开你了，是你自己不看路撞了我，我不和你计较。"戚艾艾干脆利落、不卑不亢地扔下一句话，不给那一身火红长裙的女人再次鬼吼的机会，就带着一身的骄傲，大步走进了格林大酒店。

而她身后剩下的是站在原地气得直跳脚的红裙女子，以及望着戚艾艾背影眯起一双狭长眼眸，像狐狸一样笑得一脸狡猾的男人。

此时此刻，戚艾艾正带着比之前更郁闷了几分的心情走进了格林大酒店的咖啡厅。

"小姐，给我两杯咖啡带走。"戚艾艾对着女服务生说。

"请问您要哪种咖啡呢？"女服务生礼貌地问道。

戚艾艾这才意识到蓝予溪根本就一点想喝咖啡的意思都没有，要不然也不会连咖啡的种类都不说就让她来买的。可笑的是，自己就真的听话的遂了他的意。

她本想一气之下回去，不给他买了，反正他也不想喝，不是吗？

转念一想，自己要是不做个傻瓜让他戏弄一次的话，怕是他会一直找机会戏弄她报仇吧！

算了，反正她来都来了，打车钱也花了，没有理由在后知后觉后，再去惹他不愉快，给他借口说她没有诚意。

"小姐，给我两杯蓝山。"戚艾艾微微一笑，回道。

"好的，稍等。"女服务生做了个请的手势，"您先坐一会儿。"

"好，谢谢。"戚艾艾点点头，走到窗边坐下。

戚艾艾坐的这侧，窗外是格林大酒店的花园，正好可以看到形形色色的住客从窗前经过。其实，就算再形形色色都好，他们也都是一种人，就是有钱人。想必像她这样倾尽所有来买咖啡的人不会有第二个吧！

微微一笑，想让自己洒脱一些，却仍旧只扯出了一抹映衬着她此时心情的苦笑。

静静地望着窗外的戚艾艾突然因为眼前的景象而皱起了眉头，她真是不明白现在的人怎么可以开放到大白天就站在公共场所热吻。并且，男人的手已经滑入女人的衣服里边抚摸着。而最让她大跌眼镜的是在光天化日之下干这事的男人，明明就是刚才她在酒店门前遇见的男人。但，女人却已经不再是那位红裙女人。

前一秒刚送走了一个女人，后一秒就换一个在这拥吻，她还真是佩服这男人的精力旺盛。

"小姐，您的咖啡。"女服务生清澈的声音拉回戚艾艾的视线。

"嗯。多少钱？"戚艾艾接过咖啡，礼貌地问道。

"一共三百六十元。"女服务生将手中的账单递给戚艾艾。

尽管戚艾艾早就知道这里的咖啡不会便宜，可真让她从包里拿出这么多钱的时候，她还是很心疼的。狠狠心，咬咬牙，戚艾艾才从包里拿出钱，递给女服务生。

她看着钱包里仅剩的一百元钱重重地叹了一口气，走出酒店的咖啡厅。

出了咖啡厅，迎面走来的穿着套装的酒店工作人员讲的话，吸引了戚艾艾的注意力。

"刘经理，又要再找钢琴师了？"年轻些的女人问。

"是啊。"刘经理皱着眉头，显得有些烦躁。

"这都第几个了？"年轻女人不满地抱怨道。

"第几个也没有办法，谁让我们不是老板呢。"刘经理明显地更烦躁了些。

"那好吧，我一会儿去通知人事部发招聘广告。估计不会太快，看来这几天酒店大堂的钢琴演奏要停几天了。"

就在两个女人即将与戚艾艾擦身而过时，戚艾艾的眼中冉冉升起了希望之火。

"请等一下。"

两个女人应声停下脚步，刘经理虽然不解，但很有礼貌地问道："小姐，你是在叫我们吗？"

"是的。你好，刘经理，我刚才听到你们说要找钢琴师，我想应征这个职位。"戚艾艾开门见山地说道。

刘经理和同事对视一眼，有些惊喜，但看向戚艾艾时，已经一脸的公式化。

"请问小姐，你的钢琴几级？有证书吗？是哪里毕业的？"

戚艾艾一时之间被问得哑口无言，她的学历虽然还行，可是钢琴等级……

心里没底，便忍不住解释："您放心，我虽然没有拿过什么证书，但是我真的弹得很好，我可以现在演奏给你听的。"

"小姐，不好意思，我们酒店是五星级的大酒店，在人员招聘上有一定的要求，我想我帮不了你。"刘经理委婉地拒绝道。

"没关系，谢谢你。"戚艾艾难过地道。

她就知道她没有那么幸运，出来买个咖啡就找到一份好工作。

她转身潇洒地离开，可相比较于她潇洒的背影，她的心里实在没有那么潇洒，那么乐观了。

一个身上只有一百元钱流落在异乡追梦，还要寄人篱下的女人，她得是多么开朗的人，才能够没心没肺地乐观起来啊！

就在戚艾艾转身离开的时候，刘经理的电话适时地响了起来。

刘经理一脸不解地听着电话里的人吩咐完后，马上对身旁的人说："小冯，你快去把那位小姐追回来，告诉她，我们可以给她机会试一下。"

戚艾艾怎么都没有想到在她泄了气，即将迈上出租车的时候，居然有人拉住了她。

"小姐，等一下。"小冯跑得微微有些喘地拉住了戚艾艾。

"什么事？"戚艾艾转头不解地看着小冯，她实在是不明白为什么刚刚才拒绝了她，现在却又叫住了她。

"小姐，刘经理想请你回去试一试。"已经气息平稳的小冯微笑着说道。

"真的？是找我回去试一试钢琴师的工作吗？"戚艾艾兴奋得险些在原地蹦跳开来。

她有信心，只要刘经理听过她的琴声，就一定会聘请她的！

她兴奋地随着小冯又走回格林大酒店的大堂，走到那架高档非凡的钢琴前坐下。纤长的手指轻轻放在琴键上，任美妙的乐章从她的指尖飘逸而出。

这个时刻，是几天来，她的心情最放松、最快乐的时刻了。

沉醉在自己的琴声中，完全不用想现实的残酷，只要用心的弹奏出感动人心的音符，尽情地享受这美妙的乐章。

刘经理听到悠扬的琴声落下最后一个音符后，满意地点了点头，总算是在心里打消了觉得戚艾艾不能胜任的想法。

虽然她对音乐只是一知半解的，但是她天天工作在这里，耳濡目染，她也能听出来一个人的钢琴水平到底如何。

这样的结局也算是皆大欢喜了。她可以和上面交差，也可以在限定的时间内补上钢琴师的空缺，何乐而不为呢！

"小姐，我还不知道你怎么称呼？"刘经理微笑着问。

"我叫戚艾艾。"戚艾艾回道。

"戚小姐，欢迎你加入格林大酒店。"刘经理主动伸出右手。

"谢谢你，刘经理。"戚艾艾有些激动地握上刘经理的手。

"不用客气，戚小姐什么时候可以上班？"

"明天吧，明天我就可以。"她现在是真的太需要一份工作了。

"那好，明天早上九点到25层找我报道。"

"好，我明天一定会准时到的。"戚艾艾保证道。

刘经理看着戚艾艾离开的背影，与小冯对视一眼，两人的眼中竟不约而同地闪现出一抹同情。

除了两人之外，二楼的栏杆旁，正站着那个被戚艾艾鄙视的男人，他饶有兴趣地看着戚艾艾离开的背影，笑了。

戚艾艾坐在出租车里，看着手中那两杯昂贵的咖啡，心情与来时已经完全不一样了。或许她该感谢蓝予溪，如果没有他的无理刁难，她又怎么会这么快找到工作呢!

返回的路上，她不再咒骂蓝予溪，而是带着满心对命运的感激，第一次静下心看着这座陌生城市的景色。

原来，不一样的心情，眼中看到的景物也会不一样。

即使，她眼前的高楼大厦和她以前所住的城市没有太大的差别，甚至就连气候也差不多。只是，不同的是这里有她想要追求的梦想。那里有想要扼杀她梦想的现实。

戚艾艾从出租车司机那里接过找零，看着手中仅剩的四十几块钱，重重地叹了口气，才下了出租车，走进单元门。

下了电梯，戚艾艾走到门前，深吸一口气，告诉自己，一会儿不管看到蓝予溪是怎么样的一副嘴脸，她都不能发脾气。好歹蓝予溪也是收留她的恩人，她要用忍忍忍来回报他才行。

终于调整好情绪，戚艾艾换上一副笑脸，按响了门铃。

"叮咚……"

门铃响了好半晌，都不见有人来给她开门。

隐隐的，戚艾艾的心里有了不好的预感，难道他支开她，然后逃跑了?

该死的蓝予溪，榨干了她的钱，就这样丢弃她，她以后要怎么生活? 难道睡在钢琴底下?

"蓝、予、溪!"她狠狠地咀嚼着这个名字，就是做鬼也不会忘记他!

戚艾艾在心里狠狠地把蓝予溪痛骂一顿后，忽然想起一件事，马上拉开包包去找钥匙，她记得她之前的钥匙并没有交给蓝予溪。

戚艾艾在包中翻到钥匙的时候，深深地呼出一口气。

哼哼，蓝予溪想甩掉她? 哪里有那么容易?

用钥匙打开门，看着空无一人的屋子，戚艾艾真是庆幸她有钥匙啊！要不然她不是要和昨夜一样，睡在门外了？

戚艾艾将两杯昂贵的咖啡放在客厅的茶几上，转身回了次卧，虽然这间房比不上主卧那么宽敞，至少这里也很干净，有床有被子，可以让她倒头就睡。

她现在又困又累，很想倒在床上再也不用醒来。虽然她也很饿，只是她现在是真的没有力气再去买吃的了。

至于蓝予溪的冰箱里是不是有什么吃的，她并没有看，也不想看。

她不想动蓝予溪的东西，她不想又给他理由奚落她。

她的唇角微微弯起，想带着微笑睡去，然后在梦中可以多幸福一点，把这两天所受的伤抚平。

戚艾艾不知道自己一觉无梦的在黑暗中待了多久，直到身体的乏累得到了缓解，她睡醒时，外边已经黑了。

她起床，整了整衣服，从包里拿出一根发带将长发束成马尾，走出房间。

蓝予溪正坐在客厅里看电视，她买的两杯咖啡原封不动地放在那里，显然没有喝过。

一看到那两杯差点花光她所有钱的咖啡，戚艾艾的气就不打一处来。她阔步走过去，拿起咖啡，"嘭"的一声，大力地放在蓝予溪的眼前，笑着眯起一双漂亮的眼睛，"表弟，你好像忘记喝咖啡了。"

蓝予溪与戚艾艾对视三秒，站起身，拿起两杯咖啡，走进厨房。

戚艾艾皱了皱眉，不解蓝予溪要干吗去。于是，跟了上去。她刚一踏入厨房，看到的便是蓝予溪拿出咖啡倒入水池的场景。

"喂，姓蓝的，你在做什么？"戚艾艾冲过去，按住蓝予溪又要去拿第二杯咖啡的手。

"大姐，你是不是因为年纪大了，所以眼睛都有问题了？"蓝予溪任戚艾艾按着他的手，也不挣扎，只是他的嘴巴可没有丝毫不动的意思。

"蓝予溪，既然你根本就不想喝，还让我去买？你知不知道这两杯咖啡几乎用光我……"戚艾艾听着蓝予溪嘲讽又刻薄的话，激动得大喊出声，一句话还没有说完，后边的"所有钱"三个字，就已经硬生生地被她咽回了嗓子里。

"用光你的什么？别告诉我是用光你的钱？"蓝予溪略带不解地问。

戚艾艾被蓝予溪一语点破心事，尴尬地低下头，目光落在自己还抓着蓝予溪的手上，马上像触电一般，迅速松开。

戚艾艾如触电般的举动让蓝予溪很是郁闷，他是毒药吗？戚艾艾用不用这么避之唯恐不及啊！

"大姐，这咖啡已经凉成了这样，还是人喝的吗？既然人不能喝了，也就只配倒入下水道。"蓝予溪故意找麻烦。

"想喝热的是吧？没问题。"戚艾艾狠狠地咬牙，重重地点头，拿起那杯凉咖啡就扔进了微波炉。

"你在干什么？"蓝予溪不满地大叫。

"我在帮表弟热咖啡啊！"戚艾艾转过身靠在橱柜上，一脸和善笑意。可是，表层的笑意里边却是对蓝予溪咬牙切齿的愤恨。

"大姐，我现在才发现，你的脑子要是拿去卖，一定会很值钱。"蓝予溪笑看着戚艾艾，一脸诚意。

"为什么？"戚艾艾脱口问道。

蓝予溪微微弯下身，薄唇故意靠近戚艾艾的耳边，像说秘密一样，神秘地道："因为大姐的脑子完全没有用过，是新的，怎么能不值钱呢？"

"蓝予溪！"戚艾艾恼怒地推开还没有直起身子的蓝予溪，从牙缝中逼出三个字，愤恨地点着头，好似在对蓝予溪说："你真行"。

"大姐，别被人一说中自己的缺点，就气急败坏。没大脑没关系，你本分一点，别那么多想法不就好了？就你这种人啊，最适合干干买咖啡、拖拖地的粗活，脑子完全没用处。"蓝予溪尽情地挖苦道。

戚艾艾的表情僵住，耳边回荡起母亲尖厉的声音："追什么梦？别一天到晚总是那么多不切实际的想法，我们这种人就该老老实实地干活。"

戚艾艾眼中的痛，让蓝予溪竟觉得心虚。

叮——

微波炉停止了转动，用它特有的声音提醒着沉默不语的两人，它已经完成了它的使命。

戚艾艾微微昂起头，将眼中凝聚的泪水逼了回去。对现在的她而言，眼泪是代表怯懦，是认输的象征。即使她再痛，她也不允许自己哭。

在确定眼泪真的不会落下后，她才转身去拿微波炉里的咖啡。她现在恍惚的精神状态已经让她完全忘记了，微波炉里边的咖啡已经不是她刚刚放进去的那杯凉咖啡了。

"小心！"等蓝予溪看到戚艾艾的举动，出声提醒时，戚艾艾已经拿出咖啡。

她的手指因为不适应杯身的热度一颤，松开了，一杯滚烫的咖啡就不偏不倚地落在了她的脚上，将她雪白的袜子染成了咖啡的颜色。

"啊——"戚艾艾尖叫一声，抬起脚，用手去揉脚面，却在手掌刚一碰触到烫伤的时候又痛得缩了回来。

蓝予溪皱紧眉头，抱起还在原地单腿蹦的戚艾艾，跑出厨房。

"喂！你干什么？快放我下来。"戚艾艾从呆愣中清醒过来。挣扎着想从他的怀抱中下来，却只是甩掉两只拖鞋，她的人还被蓝予溪死死地抱在怀中。

蓝予溪皱着眉头，抿紧唇不发一语，只是抱着戚艾艾的手臂更紧了些。他冲进浴室，把戚艾艾放在浴缸的边沿上坐下，抄起一旁的莲蓬头，用冷水冲洗戚艾艾的脚面。

冰凉的水隔着袜子冲洗在烫伤的脚面上，让脚面的灼痛得到了缓解。而戚艾艾刚才还狂躁地想要打蓝予溪一顿的心情也很大程度上得到了缓解。

冲洗了足足有十几分钟，蓝予溪才关掉莲蓬头，问："还疼吗？"

"不疼了。"戚艾艾笑着摇了摇头，原来这个男人认真起来的形象也可以这么高大。

蓝予溪小心翼翼地脱下戚艾艾的袜子，她的脚面已经红了一大片。

他皱了皱眉，抱起戚艾艾，向浴室外走去。

"喂！你又要干吗？"戚艾艾惊呼。

"我带你去医院。不想留疤就闭嘴。"蓝予溪边说，边继续走着。

戚艾艾悻悻地闭了嘴，安静地缩在蓝予溪的怀中。

第四章　新工作路上遇恶男恶女

　　上了出租车，无疑去的还是最近的医院，也就是早上戚艾艾才离开的医院。

　　可是，人家蓝老师好像忘记了这事，抱着她就奔进了急诊，自己离开去挂号了。

　　戚艾艾坐在诊室里，很庆幸没遇见之前的医生护士，那就没脸做人了。

　　小护士很快把戚艾艾烫伤的脚面涂好了药膏，微笑着说："好了，记得回去小心些，很快就会好了。"

　　"谢谢你，护士。"戚艾艾道过谢，就要站起身。

　　"等一下。"蓝予溪按住戚艾艾要站起来的身体，指着她裸的脚面，向一旁的护士问道："这样就行吗？"

　　护士一脸不解地看着蓝予溪，戚艾艾抢先问："还要怎么样？"

　　蓝予溪白了戚艾艾一眼，不搭她的话，径自问旁边的护士："不需要用纱布包起来吗？"

　　护士看着戚艾艾暧昧地笑笑，回道："你不用紧张，不用包扎，在家里涂下烫伤药膏就行了。"

　　蓝予溪听着小护士有些揶揄的话，面子上有点挂不住，说："紧张？我哪有紧张？"

蓝予溪黑着一张脸，转头瞪向戚艾艾。

戚艾艾知道他对自己不满，身体忍不住挪了挪。

"喂！别动了！"蓝予溪看着戚艾艾的身体挪得快要掉下凳子了，紧张得大吼一声。

可是，他那张黑脸，再配上他的狼吼，吓得戚艾艾的身体一抖，屁股下边一个不稳，身体向凳子后边仰了下去。

"啊——"

戚艾艾一声尖叫，想要抓住点什么来稳住身体。可是，身边除了两个人以外，什么能让她抓的东西都没有了。

这个时候，她潜意识里对蓝予溪的排斥造就了她第一反应就伸手去抓旁边的小护士。小护士一看戚艾艾伸来的"魔爪"，第一反应不是救她于危难，而是直接以闪电般的速度，一个闪身躲得老远。

就在戚艾艾以为自己这次要彻底与大地亲密接触的时候，蓝予溪一个飞身，抓住戚艾艾正在下落的身体，不想脚下一滑，他直接和戚艾艾一起跌倒在了地上。

跌倒的一瞬间，他想也没想，直接把戚艾艾带入他的怀中。

两具身体同时落地，好在戚艾艾的头被蓝予溪牢牢地搂在怀里，才避免了有可能被磕傻的危险。

戚艾艾靠在蓝予溪的胸膛上，庆幸地长出一口气。

"啊……你的拖鞋为什么要乱丢。"蓝予溪怒吼着把一只随着他们跌倒而飞到他脸上的湿漉漉的粉色布艺拖鞋拿了下来。

戚艾艾不解地抬起头，当看到蓝予溪手中那只粉嫩嫩的布艺拖鞋后，马上低下头，捧腹大笑，丝毫没有起来的意思。

"你笑什么笑，还不快点给我起来，你喜欢躺在地上，我可不喜欢。"蓝予溪狂躁地把那只"吻"了他俊颜的拖鞋恶狠狠地丢到一边。

旁边的小护士听到蓝予溪震耳欲聋的吼声后，才从这戏剧化的一幕中醒过来，连忙上前去扶起戚艾艾。

戚艾艾站起身后，第一件事情就是捡回那只被蓝予溪丢了的布艺拖鞋，略显得意地在蓝予溪的眼前晃了晃。

"快点穿上你的鞋，我们离开。"蓝予溪黑着一张脸，怒吼。

他真的觉得认识这个女人后，这一天一夜的经历要远比这三十年来得精彩得多。

天知道，他现在有多么希望，他从来没有买过这套房子，没有认识过这个女人。他隐约可以感觉到在未来的日子里，只要有这个女人存在，他的日子就别想消停了。

戚艾艾和蓝予溪一前一后，走在医院大厅里。戚艾艾一瘸一拐，蓝予溪虽然大步在前，想要快点离开这家一天内让他丢了两次脸的医院，却时不时地放慢脚步，显然有意在等戚艾艾。

在接近医院大厅的玻璃门时，迎面走来了三个人。

戚艾艾看着站在自己面前的一行三人，眉角抽搐，伸手抚额。

她才来这个城市不到三天，居然就和一群人有了扯不开的缘分。她不知道是城市太小，还是她和这些人真的太有缘了。

"戚小姐。"小护士最先沉不住气，惊呼出声。

"呵呵。"戚艾艾抚着额头的手一点一点向下挪去，想遮住自己的眼睛不去看眼前的三个人，典型的掩耳盗铃。

"戚小姐，你又怎么了？"小护士像个好奇宝宝似的继续发问。

"她的脚烫伤了，我带她来看看。"蓝予溪虽然不想理这些见证了自己丢人事件，也称不上认识的人，可是现在戚艾艾做了鸵鸟不说话，他总不能也没有礼貌得不搭理这些"好心人"吧！

"小伙子，照顾女朋友要细心一些，你怎么能让她早上刚出院，这么快又进来了。"张医生微微皱眉，明显对蓝予溪不赞同。

"你们是男女朋友？"一旁一直沉默着的人，听到张医生的话后，震惊地问道。

戚艾艾紧张地看着对面的人，头摇得跟拨浪鼓似的。

"鑫岩，你们认识啊？"张医生不解地看向一旁的侄子小张。

认识，他们算得上认识吗？他们也不过是昨天才见过一面，他甚至以为再也不会见到她了。

可是，这两个人不是不认识？怎么会突然间变成了男女朋友？还是说昨天报假案，完全是这对小情侣在耍花腔啊！

旁边的小护士挽上小张的胳膊，"戚小姐、蓝先生，这位是我的男朋友张鑫岩。"

戚艾艾眨眨眼，原来是一家人，难怪都这么热情。

"什么男朋友？"小张急忙扯出自己的胳膊，急于撇清他和可爱小护士的关系。

"怎么不是，我们刚才不是已经相过亲了吗？"小护士理直气壮地说。

什么？刚刚才相过亲？这小护士也真是天真无敌的可爱啊！

戚艾艾极力忍住想要喷笑的冲动，看着面前这三个人各异的表情。

小张面红耳赤，尴尬得都有要跑路的冲动了。

"什么相亲？是姑姑骗我来的，好不好。"小张听了小护士的话后，羞红的脸已经变成了紫色。而且几个闪身，闪开身边的小护士，跑到了张医生的另一边，避开了小护士。

小护士撇撇嘴，一下子被小张的话堵得蔫了，可怜巴巴地望着张医生，想寻求外援。

"鑫岩！"张医生瞪了小张一眼，脸上有着明显的责怪之意。

"不好意思，我们还急着回去，就先走了。"蓝予溪礼貌地说了一句，拉着戚艾艾就走。

谁知道刚一绕过三人，一只脚迈到了大门外的蓝予溪就被身后的男人给叫住了。

"既然你们是男女朋友，为什么昨天还要报案？"小张充满正义的质问在戚艾艾和蓝予溪的身后响了起来。

蓝予溪顿住脚步，微微侧脸，用眼角的余光看着小张，冷声说道："因为昨天还不是，今天才是，所以她才会报警的！这个答案张警官满意吗？"

蓝予溪实在懒得说再多无用的解释，搪塞了小张一句，扬长而去。原地两名医护人员和一名警察，惊讶地站在原地。

回到家，戚艾艾简单地洗漱一下，便躺回床上，她必须要养足精神去工作赚钱。

带着对新生活的期待，她一夜无梦，睡得很是安心。等天亮了，她走出房间的时候，客厅里静悄悄的，也不知道蓝予溪是不在，还是没起床。当然，她绝对不会笨到去敲他的门。万一他有起床气呢！

戚艾艾走进厨房，为自己煮了一些稀粥，做了两样小菜。

放好了一个人的米在锅里，刚要按下开关，想了想还是又添了些米。

戚艾艾吃完了早餐，也没有看到蓝予溪出现。

她把桌子收拾干净，留下了一张字条，才微微一笑离开餐厅。

走出单元门，今天的第一缕阳光照耀在她的身上时，她只觉得心情舒畅。

她闭上眼，深深地吸了下晨间有些微凉的空气，心情大好。

"戚艾艾，你的新生将从这里开始。"她在心里欢呼着。

"大姐，一大早的，你在这装神弄鬼的做什么呢？"一道不和谐的声音打破清晨的宁静。

不用睁眼，她也知道讨人厌的声音是谁的了！

戚艾艾睁开眼，狠狠地瞪了蓝予溪一眼，没有接话。

她可不想一大早就和这个男人吵架，影响她一整天的好心情。

她直接把蓝予溪当透明的，转身就走。

"大姐，你这是什么态度？"蓝予溪不满地在戚艾艾的身后叫嚣。

蓝予溪见戚艾艾实在不理他，也只能自知无趣地走进大楼。

蓝予溪开门一进入客厅，就闻到了饭香。他有多久没有在家里闻到饭香了。

他在餐厅门前站定，里边空无一人，偌大的餐桌上摆着两碟小菜和一张白色的便笺纸。

他拿起便笺纸，上边的留言让他有些哭笑不得。

"姓蓝的，用了你的米煮粥，给你留了一些作为回报。"戚艾艾秀气的字体和她嚣张的留言很不协调地跃于纸上。

蓝予溪失笑地摇了摇头，打开锅，为自己盛了一碗粥。

他的唇角带着淡淡的笑，尽管这里没有他的亲人，但却有人为他营造了一次家的场景。

戚艾艾敲响刘经理办公室的门，填写了员工表格，被要求立刻上班。于是，她领了演奏时要用的礼服就去了饭店大堂，开始了一天的工作。

当手指落在黑白琴键上，是梦想和希望的结合。她可以赚到钱糊口，也可以让梦想发光发亮。她不禁感谢起蓝予溪的苛刻。没有他的无理要求，就没有她的意外收获。

她正沉醉在乐声中，一只纤细的手忽然扯住她的胳膊，拉起她。她还没有反应过来是怎么回事，重重的一巴掌就落了下来。

"啪——"

一道清脆的响声，在安静的酒店大堂里响起。

戚艾艾被打得趔趄地后退两步，才稳住身体。她刚要质问气势汹汹的女人为什么打她，还没有来得及开口的时候，已经被打人的抢了先。

"狐狸精，谁的男人你都敢抢，我看你是不要命了。"女人一条低胸红裙衬托得她的身材很是火辣，只是，气焰嚣张的劲头只能用泼辣来形容。

女人没有开口之前，戚艾艾还没有想起来她是谁。被她这么一骂，戚艾艾顿时想起了这个女人就是昨天她在饭店门前撞到的女人。

她们之间是有点过节，她承认。这女人是为了报复她，故意在找茬吗？

戚艾艾在听明白女人口中的漫骂后，想也没想，直接回了女人重重一巴掌。

"啪——"

随着又一道清脆的声音响起后，刚才还气焰嚣张的女人，此刻已经狼狈地捂上被戚艾艾打出红红五指印的白皙脸颊。气得浑身发抖，半天没有说全一句话。显然没有想到戚艾艾会这么不客气地回她一巴掌。

"你……"

"你什么你啊，我告诉你，我不是你口中说的什么狐狸精，我没有义务挨你一巴掌。"戚艾艾挺直腰板，不客气地反驳道。

真是气死她了，她到底是犯到了什么煞星，要每天都这么倒霉啊！

好好地来上班，却无缘无故的挨上一巴掌，而且这巴掌还真不白挨啊，连带着送了她一顶"狐狸精"的帽子。

"你个狐狸精，你个泼妇。"女人气得实在找不到合适的话来反驳戚艾艾，直接撒泼地大骂。

"狐狸精？不好意思，本小姐我至今单身，还没有交过男朋友，狐狸精这个称号请恕我担当不起。至于泼妇这个称号，我觉得更适合小姐您。我绝不和您争，让您直接可以一举夺得泼妇这个称号。"戚艾艾似笑非笑地迎视着眼前已经怒火滔天的女人，她左脸上的巴掌印没有让她显得狼狈。

"刘经理！"女人一声尖叫，透着命令的口气咆哮出口。

戚艾艾的心里"咯噔"了一下，这个女人为什么会用这种命令的口气喊刘经理？难道她是饭店的贵客？还是饭店的高层？

不管是哪个身份，自己的工作怕是都保不住了。想到这，她的心里不免懊恼，自己干吗一时冲动，回了她一巴掌啊！

回了她一巴掌，自己的脸也还是一样疼。要是再因此连工作都没有了，就得不偿失了。

不远处的刘经理听到女人歇斯底里的喊声后，没有立刻回应，而是看了一眼身旁饶有兴趣，看着热闹的男人，征求男人的意见。

"去吧。正常处理就好。"男人收起嘴角的笑意，转身离开围观的人群。

这话让刘经理郁闷了，什么叫正常处理就行啊？他说的正常是哪个正常？是说按公司的规章制度来正常处理？还是按他们一贯的习惯来正常处理啊？

刘经理还没想明白，比上一次更尖锐、更抓狂的尖叫声，刺耳地响起。

"刘经理，你还想不想干了，快给我出现。"

这次刘经理可不敢多想，更不敢怠慢了。尽管心里对这个女人的嚣张已经厌恶至极，但是为了金饭碗，也不得不人在屋檐下，不得不低头了。

刘经理三步并作两步，小跑至女人的面前，低下头，掩住眼中对女人的厌恶，恭维地问道："白小姐，有什么事情需要我帮你处理？"

"开除她。"白如昔指着对她仍旧没有一点惧意的戚艾艾，气焰嚣张地吩咐道。

"白小姐，那个，你看是不是有什么误会啊，她今天才第一天上班。"刘经理试图做个和事佬，来个大团圆结局。

"今天才上班？"白如昔微微一愣，她好像搞错撒泼对象了。

刘经理讨好地笑了笑，以为白如昔改变主意了，却见她的眼睛一立，就算她找错撒泼的对象了，戚艾艾打她一巴掌，她也不能放过。

"今天才第一天来上班怎么了？你就能保证她不是狐狸精了？"白如昔怒视着刘经理，质问道。

刘经理一时间被质问得哑口无言，不知道要说点什么好了，这样的事情她要怎么给她保证？而且，更重要的是昨天确实是总经理让她给这位小姐一次机会的，总经理到底是什么想法，她还真不好预估。

"既然你保证不了，就给我开除她。"白如昔见刘经理不说话，直接下达最后通牒。

"这……"刘经理抬起头，有些为难地看着白如昔。

"这什么这啊？你想包庇她，是不是也不准备干了。"白如昔丝毫不给刘经理留一点面子，从头威胁到尾。

戚艾艾看了一眼被白如昔骂得灰头土脸，却仍旧不愿意开口让她离职的刘经理，实在看不过眼，开口道："够了！你不用再威胁刘经理了，我愿意如你所愿的离职。"

刘经理微微一惊，感激地看向戚艾艾，想要开口说些什么，却迫于一旁白如昔的咄咄逼人，而不好开口。毕竟这样的结局，对于她来说，也算是皆大欢喜了。不得罪白如昔，也不用自己开口开除戚艾艾。

白如昔蔑视地瞟了一眼戚艾艾，扭着她丰满的身体，得意洋洋地离开，丝毫没有一点在意旁人的围观。

"戚小姐，真是抱歉。"刘经理看着白如昔离开，才送上自己的歉意。

"没事，刘经理，不怪你，是我自己倒霉。"戚艾艾的心里郁闷得要命，却不忘安慰刘经理。

"戚小姐，你这么善解人意，相信一定会找到一份更适合你的工作。"刘经理拍拍戚艾艾的肩膀，以示安慰。

戚艾艾回以微笑，说："刘经理，我去换衣服了。"

"好，我也要回去工作了，你换下来的礼服留在员工更衣室的储物箱里就可以了。"刘经理点点头，示意戚艾艾去吧。

戚艾艾微微一笑，做了一个深呼吸，才转身走向员工更衣室，消失在一众围观人的视线中。

戚艾艾走到员工更衣室门前，就听到里边有两三个女人好似在讨论着刚刚的事情。为人为己，她都不想这个时候走进去，徒增尴尬。

"听说新来的钢琴师又被开除了。"

"有什么好奇怪的，我们格林大酒店换的钢琴师还少吗？"

"问题是她才第一天上班就被开除了。"

"什么？第一天？"一道有些尖锐，却故意压低的女声有些不敢置信地问道。

"原来她是第一天来上班啊，那死得有点冤枉了。"一声惋惜附和道。

"我们酒店的钢琴师换得这么频繁，弄得我都记不住谁是谁了，我还以为她是昨天和总经理在酒店的花园接吻的那位呢！看来她一定是给昨天那位钢琴师当了替死鬼。"

"看来总经理一定很喜欢昨天那位钢琴师，要不然也不会在白小姐发现之前就把她弄走了。这么多个和总经理有过暧昧的钢琴师里，只有她一个没有挨过白小姐的打。"

"不过今天这位小姐倒是真勇敢，居然敢打了那么盛气凌人的白小姐一巴掌。"

"是啊，看得真的很解气。"

"这个白如昔平时对我们大呼小叫的，好像她真是酒店的女主人似的。我听说啊，我们总经理的结婚对象还在念书，书香门第。她还以为她真能上位呀。不过是正主没到位而已。"

"我发现总经理好像特别喜欢会弹钢琴的女人，等哪天我也去学学弹钢琴。"

"我劝你还是别做白日梦了，就算是会弹钢琴，总经理也不一定会要。"

"你们就都少说两句吧，更衣室来来往往的人这么多，要是被白小姐的眼线听去了，我们就都得被开除。"一个一直没有说过话的女人开口制止了这场讨论。

戚艾艾在室外听得火冒三丈，什么？她居然做了别人的替死鬼？凭什么啊？那个总经理出去风流快活，然后她替他的女人挨巴掌？吃哑巴亏？

戚艾艾越想越气，越气就越想要个说法。凭什么他的小情人被他金屋藏娇了，她得背负莫须有的罪名离开啊！

一股怒气冲上心头，她转身，直冲25楼的酒店办公区。

下了电梯，她就被门前的秘书给拦了下来。

"你好，小姐，请问有事吗？"女秘书很客气地问道。

　　"你好，我叫戚艾艾，我找刘经理。"戚艾艾几乎是想也没有想，就直接回答道。

　　当然不用想了，她上来之前，早就已经想好了这个借口。要不然她要是直接说我找你们总经理，铁定不会让她见的啊！

　　可刘经理就不一样了啊，她之前提出主动离职，刘经理多少都是感谢她的，现在她要见一下刘经理，刘经理怎么都不会不见她吧！只要刘经理让她进去，她就可以顺利地进入办公区，直冲总经理的办公室。就算要不到一个说法，她也要为自己无缘无故挨了一巴掌的事情出一口气。

　　"戚小姐，请问你有什么事情吗？"秘书小姐一看戚艾艾这身装扮，就知道她是酒店大堂的钢琴师了。只是，这位钢琴师不是刚刚被开除了吗？这会儿又来干什么？找麻烦吗？

　　"我有点重要的事情要和刘经理说一下，你可以帮我联系一下她吗？"戚艾艾微微一笑，脸上的表情更是诚恳几分。

　　"好吧，戚小姐。你稍等一下，我联系一下刘经理。"女秘书边说边拿起了手边的电话，拨打了刘经理的内线，很快便挂断，说："戚小姐，刘经理让你进去。"

　　"谢谢你。"戚艾艾满意地点点头，走进格林大酒店的办公区。

　　戚艾艾露出一抹胜利的微笑，大摇大摆地走向总经理的办公室。

　　总经理的办公室门口，总经理秘书站起身，询问道："小姐，请问有什么可以帮你的。"

　　戚艾艾看都不看她一眼，快步直冲总经理办公室的大门。

　　不用想也知道，她如果说她是来见霍睿的，还没有预约，秘书一定不会让她进。因此，她一定要在秘书还站在办公桌里边的时候，先她一步，直接闯进去。

戚艾艾如愿地推开门，先秘书一步闯进总经理办公室。但被办公室里的景象惊得傻在了原地。

霍睿坐在办公桌后的椅子上，闭着眼睛，衬衫纽扣已经打开大半，露出坚实的胸膛，任坐在他腿上的女人对他上下其手。女人一袭红裙，身段妖娆。脸虽然被长发挡住，戚艾艾还是觉得这道背影有些眼熟。女人这会儿的妩媚柔情，仿佛又不像是刚刚那个在酒店大堂像泼妇一样的女人。

戚艾艾看着儿童不宜的场景，一张娇俏的脸一下红得发热，恨不得当场找个地缝钻进去，消失在这让人尴尬到无语的场景里。只是，她的脚仿佛被定在原地，挪不开一步。

霍睿的手垂在椅子的两边，不配合，也不拒绝，只是闭着眼睛，享受着女人的主动撩拨。

戚艾艾怎么都没有想到霍睿会把办公室这么严肃的地方，当成调情的场所。要是她早知道进来后看到的会是这种让人喷血的场面，即使是请她来，她也绝对不会来。

转念一想，也是，这个男人在酒店的花园都能大摇大摆地和他的情人拥吻。更何况现在还多了四堵墙和一道门，他不是更加肆无忌惮了？

霍睿听到有人闯进来的声音，并没有睁开眼睛，嘴角勾起一抹让人捉摸不透的笑意。

背对着门口的女人听到声音，不慌不忙地站起身，没有一点窘迫的转过身，目光想要杀死人一般，看向门口。对上戚艾艾的视线时，本就愤怒的视线，更添了几分狠戾。

"许秘书，这是怎么回事？总经理办公室是什么闲杂人等都能进来的吗？"白如昔不等霍睿说话，已经向慌乱进门的秘书发难。

"白小姐，我也没有想到这位小姐会突然闯进来。"许秘书委屈地低头解释。

"没用的东西。"白如昔瞪了一眼许秘书，目光又转向戚艾艾，轻蔑地道："怎么？对我给你的处分不服气，上来找我麻烦吗？"

戚艾艾白了她一眼，反讽道："这位小姐，你好像有些自作多情了，我不是上来找你的。"

白如昔被戚艾艾堵得一时间语塞，也即刻明白了戚艾艾话里的意思。直闯总经理办公室，不是来找她的，那是来找谁的？

难道是来找霍睿的？她不是第一天才来上班吗？她怎么会找到总经理办公室来？

霍睿看着两个女人的对峙，并没有多言一句，不急不慢地扣好衬衫的扣子，看戏般的看着两个正处在剑拔弩张中的女人。

戚艾艾见霍睿穿好了衣服，才抬头挺胸，大步走向霍睿的办公桌。

"许秘书，你给我立刻把她赶出去。"白如昔看着一步一步走向霍睿的戚艾艾，抓狂地对许秘书嘶吼着。

"是，白小姐。"许秘书神色紧张地快走几步，赶上戚艾艾的步伐，"小姐，麻烦你现在离开，好吗？"

戚艾艾转身看着身旁面色焦急的许秘书，虽心生歉意，却没有办法如她所愿地离开。

许秘书见戚艾艾丝毫没有离开的意思，语气也不善了些，"小姐，你再不离开的话，我就叫保安请你出去了。"

戚艾艾听着明显带有威胁性质的话，之前的愧疚感马上也就荡然无存了。既然人家选择和她来硬的，她也没有必要扮淑女了。

"许秘书，是吧？"戚艾艾双手环胸，认真地问道。

"对。"许秘书有些丈二和尚摸不着头脑地应声。

戚艾艾满意地点了点头，指着坐在办公桌后，正看着她的男人，一本正经地问许秘书，"你是他的秘书？"

"是的，小姐。"许秘书疑惑地点了点头。

戚艾艾的嘴角扯出一抹弧度，略显失望地摇了摇头，弄得此时都盯着她的两个女人一脸的莫名其妙。

办公室里唯一的男士霍睿的脸上却没有一点不解的表情，嘴角挂起一抹玩味的笑意，了然地看着戚艾艾。

"既然许秘书是霍总的秘书，这里又是霍总的办公室，在他没有说要赶我出去之前，你就要请我出去，是不是有些喧宾夺主了？"戚艾艾这话虽然是对着许秘书说的，可嘲讽的目光却已经射向了白如昔。

"这……"许秘书一时间被戚艾艾问得不知道说些什么好了，只好用征求的目光望向霍睿，希望她的顶头上司能发话。

白如昔听着戚艾艾的话，又看了看霍睿对戚艾艾充满兴趣的表情，心里很不是滋味。

她不敢去触碰霍睿的底线。即使霍睿宠她，她可以对霍睿的其他女人打打骂骂，却永远都没有勇气去质问霍睿。

在外人的眼中，她是个泼辣蛮横的女人。可是，又有谁知道，她爱惨了霍睿。又有谁知道，她为了可以站在这个男人身边的位置，是怎么样屈就了自尊，是怎样让自己的爱低入了尘埃里。

一时间气氛凝固，霍睿知道到了自己该出场的时候了，对许秘书摆了摆手，示意她可以出去了，才看向站在自己身边的白如昔。

"如昔，你先出去一下。"霍睿的嘴角勾起一抹笑容，看上去好似很和善，说话的口气里却透露着不容白如昔拒绝的讯息。

"睿，你……你们认识？"白如昔的脸色发白，没有底气地试探着问道。

"不认识。"霍睿随口回道。

白如昔越发不解，试探着劝道："睿，她是我们酒店今天新聘请的钢琴师，因为表现不好，已经被刘经理开除了。她这个时候上来，一定是来找麻烦的，你还是别浪费时间和这种女人说话了。"

戚艾艾一听这话，被气得哭笑不得。心想，这女人还真能推卸责任啊！才一转眼的工夫，居然能把所有责任都推给了刘经理。

"哦？大堂又换新的钢琴师了？"霍睿一脸问号地看着白如昔。

戚艾艾差点没有当场喷血，白如昔和霍睿还真是绝配啊！一样睁着眼睛说瞎话。原来的钢琴师不是被他金屋藏娇了吗？人都不见了这么大的事情，他怎么可能不知道？

白如昔扯出一抹不自然的笑，配合着霍睿说道："是啊，她是今天第一天来上班的。"

霍睿点了点头，转头看向戚艾艾，调侃地道："你还真厉害，才来酒店第一天就被开除了。"

戚艾艾气得头发都差点竖起来，这不是倒打一耙吗？明明她是因为他这位总经理搞三搞四的，所以才会被他的女人认错了，无辜入罪。她不相信霍睿不知道白如昔在酒店里干的那些张扬霸道的事情。

"是吗？我有很厉害吗？我不觉得啊！"戚艾艾皮笑肉不笑地说道。

霍睿一脸和气地揶揄道："至少你破了格林大酒店钢琴师被开除速度的纪录，还是值得让人钦佩的。"

戚艾艾被气笑了，这都什么人啊？遇上这样一个跟无赖没有什么差别的总经理，她想要和他讲道理，讨回公道是想都不用想了。

既然如此，她也不需要再压抑自己，跟他们好说好商量了。

如果能出了一直憋在心里的恶气，就算是被保安请出去也值得了。

"我能破了这前无古人的纪录，不也是托了霍总的福。"戚艾艾撇撇嘴，不以为然地接下霍睿的"夸奖"。一屁股坐在办公桌前的椅子上，要多自在就多自在。

霍睿的双手挂着办公桌，身体向前倾去，一脸无辜，不解地反问道："哦？是吗？"

白如昔看着自己心爱的男人在自己的眼前，似调情一般地留难戚艾艾，恨得牙关紧咬，双拳紧攥，指甲陷入皮肉中的疼痛都不如她此刻的心痛。

纵使她的愤怒已经到了极点，仍旧拿不出半分去质问霍睿的勇气。

戚艾艾厌恶地往后躲了躲，避开与霍睿的近距离接触，才没好气地说道："到底是不是因为你，你可以问问你身边的这位白小姐。"

真是气死她了，这男人贴过来一张大脸要干什么？调戏她吗？他以为她会和他的那些女人一样，看他长得帅点，又多金点，就欢天喜地地被他调戏吗？

我呸，他做梦吧！

戚艾艾在心里一番腹诽，发泄对霍睿的不满。

霍睿看着戚艾艾过激的躲避动作时，微微皱了皱眉，心里泛出了一丝苦涩。

莫名的，一向我行我素的他并不想她厌恶他，他说这么多，做这么多，无非只是想看看她生气时的可爱表情，并不想被她讨厌。

皱眉只是一瞬间，片刻后，他便又挂上了狐狸一样狡猾的微笑，转头看向站在自己身边的白如昔，漫不经心地问道："如昔，为什么这位小姐会说她离职是拜我所赐？"

"睿，你别听她胡说。"白如昔笑得很不自然的解释着。

霍睿点了点头，仔细地品了一下白如昔的话，转身对戚艾艾说道："怎么办，你们各执一词，我该信谁好呢？"

不等戚艾艾回答，白如昔抢先说道："当事人还有刘经理，可以问问她。"

"不用了，我自认倒霉。"戚艾艾愤怒地站起身，咬牙切齿地说道。

既然她之前为了不让白如昔留难刘经理而提出离职了，她现在怎么可能让刘经理来做这样的证，和白如昔打对台呢！

戚艾艾微微侧过身，看向白如昔，面色冷淡地说道："白小姐，这种劣质的男人，并不是你赶走了几个对你有威胁的女人，就会变好的。我劝你还是尽快甩掉他，另寻佳偶，免得贻误终身。"

话落，戚艾艾带着一肚子没有得到释放的怒气，向办公室门口冲去。她猛地拉开门，门口站着的女人却让她一惊，尹依沫。不只是她吃惊，门里的白如昔竟有些惊慌失措了。反倒是霍睿，没有什么反应。

尹依沫惊讶地看着戚艾艾，脱口问道："表姐，你怎么在这？"

戚艾艾尴尬地笑了笑，说："我之前在这里上班。"

戚艾艾一时间丈二和尚摸不到头脑，走也不是，留也不是。

霍睿快走几步，迎了上来，"依沫，你怎么来了？"

"我今天没课，我妈非让我来给你送汤。"尹依沫举了举手里的汤壶，"佣人教我熬的。"

"谢谢了。"霍睿接过汤壶，看向戚艾艾，问尹依沫，"你们认识？"

"嗯。"尹依沫温顺地点了点头，说，"她是我老师的表姐。"

"你老师的表姐？"白如昔嘲讽地看向戚艾艾，"那她得多大年纪了？"

尹依沫被问得表情尴尬，旋即解释："不是的，我老师很年轻，才三十岁。"

霍睿和白如昔惊得张大嘴，白如昔讥笑出声，"那她不是三十多岁的老女人了吗？"

戚艾艾恨得一咬牙，却还是忍住没说话，在心里大骂："你全家都是老女人。"

尹依沫看向白如昔，尴尬地说："白姐姐，你今天怎么会在？"

戚艾艾从尹依沫的话里听出了不对劲，如果白如昔和霍睿是男女朋友，她在不是很正常吗？

"依沫，看来你还不知道白小姐和霍总的好事……"戚艾艾故意拉长尾音，果真看到霍睿和白如昔的脸色都瞬间剧变。

"什么好事？"尹依沫不解地问道。

"没什么没什么。"白如昔连连解释，拉着戚艾艾就向外走去，"你出来，我有话对你说。"

尹依沫看着戚艾艾被白如昔拉走，不解地看向霍睿。

"白姐姐今天怎么这么奇怪？"

"她向来神经兮兮的，有什么奇怪的。"霍睿随口说道："你呢？最近和你那位老师的关系好吗？"

"蓝老师对我避之唯恐不及。"尹依沫难过地低下头。

"要不要我传授你几招？"霍睿兴起地问。

"不要了。要是让我爸妈知道，没准会立刻把我锁到屋子里，直到和你完婚为止。"尹依沫有些难过地说。

"哎哟！"霍睿捂住胸口，连连大呼。

"霍睿哥哥，你没事吧？"尹依沫紧张地问。

"有事啊。肝疼。"霍睿煞有介事地说。

"怎么会忽然肝疼？"尹依沫不解地问。

霍睿无奈地摇了摇头，和这个单纯的妹子开玩笑还真是没意思。

"想我也是风流倜傥，你却这么嫌弃，我不肝疼就怪了。"

"霍睿哥哥，你就别拿我开玩笑了，我知道你也不想娶我。心里还想着……"尹依沫的话还没有说完，就被霍睿打断："我尝尝你带来的汤。"

尹依沫知道他不想提起，也不再说。

另一边，已经被白如昔拉出办公室的尹依沫甩开她的手，揉着有些发疼的手腕，说："白小姐，我们好像没有那么熟。不用你拉我。"

白如昔冷哼一声，不悦地道："你当我愿意拉你呀？"

戚艾艾撇撇嘴，喃喃道："你是不愿意拉我，但你更怕我把你和霍睿的好事告诉尹依沫。"

白如昔死死地瞪着戚艾艾，威胁道："你要是敢乱说，看我怎么收拾你。"

"我已经被开除了，白小姐想怎么收拾我啊？"戚艾艾示威地看着白如昔，"我可是尹依沫老师的表姐，随时可以乱说话的。"

"你！"白如昔气得一咬牙，"你威胁我？"

"白小姐愿意这么想，我也没有办法。"戚艾艾慢悠悠地转身离开。

"你等等。"白如昔急切地喊住戚艾艾，"我让你留下继续上班。"

戚艾艾听到白如昔的保证，缓缓勾起唇角，得意地笑了。她跟依沫妹子还真是有缘，这次真要谢谢她了。

{♥}
第五章 蓝老师吃醋了？

　　戚艾艾面带笑容地回了员工更衣室，在其他员工的同情目光中，她换下工作服，换上自己那套仅有的粉色运动服。

　　换好衣服，她对满脸探究的酒店员工回以一个甜甜的微笑，说了句："明天见。"就在其他人震惊的目光中，潇洒地转身离开。

　　见她离开，酒店员工立刻凑到一起，议论起来。

　　"她怎么没被辞退啊？"

　　"真厉害，这不是第二个白如昔吗？"

　　"是啊。当年白如昔就是钢琴师上位。她才会特别忌惮新来的钢琴师。"

　　几个员工说着换好了衣服，向更衣室外走去。

　　另一边，戚艾艾走出格林大酒店，深深地吸了口，只觉峰回路转的舒坦。

　　"加油，戚艾艾……"戚艾艾给自己打气。

　　戚艾艾坐了一个多小时的车，才回到家。家里空无一人，只有餐厅桌子上，安静地躺着和她早上离开时一模一样的白色便笺纸。看来他是没有接受她的好意。

　　戚艾艾回床上躺了会儿，弹了半天的钢琴，也没有和白如昔斗智斗勇那一个小时累。

休息够了，戚艾艾起床洗了个脸，向厨房走去。

她直接走到炉灶旁，准备热一下早上剩下的粥做一餐，不想炉灶上只剩下了一个空空的锅子，而早上她剩下的半锅粥已经不翼而飞了。

戚艾艾皱了皱眉，又踱步走回了餐厅，也在这时，她才瞥了一眼桌子上的那张和自己早上离开时留下的一模一样的便签，只是，上边的字似乎不一样了。

只见上边写着："戚艾艾，我不喜欢喝白粥。下次，你若是想回报别人，记得要煮我最爱的皮蛋瘦肉粥。"

戚艾艾无可奈何地笑了，嘟囔着："不喜欢喝，还能喝掉半锅粥，我还要再做。"

嘴上对他不满，她还是煮了两人份的米饭。

按下电饭锅的开始键后，她走到冰箱旁，想看看有没有什么能做来吃的菜。才一拉开冰箱，她就瞪圆了眼睛，惊讶不已地看着满满一冰箱的青菜和肉类。她还以为男人的冰箱里，只有啤酒呢。

一张贴在冰箱里的便笺纸吸引了她的视线，只见上边写道："戚艾艾，冰箱里的菜都是我爱吃的。你要是想做来吃，就必须留一份给我作为回报。"

戚艾艾看着那张便笺纸，感激地笑了。

"怎么不叫大姐了？把我叫得那么老。害得我今天被笑老女人。"戚艾艾拿出几样青菜，还是忍不住在心里感激蓝予溪。他给了她一个理由，可以站直了来用他采买的食物。

戚艾艾动作熟练地炒好一桌子菜，有这么一门手艺，主要仰仗她妈。她从来没指望过她能有什么大出息，认定了相夫教子才是女人最好的作为。

做好饭菜，她拨出蓝予溪那份，自己吃饱后，才拿起蓝予溪留给她的两张便签回了房间。

随手拉开抽屉，拿出一本便签纸的同时，也顺手将他留下的两张便签扔进了抽屉里。整个动作一气呵成，没有原因，没有多想，只是出于自然反应。

她拿起笔，在新的便签纸上写下，"谢谢"。

只是简单的两个字，没有多言，却表达了她对他所有真挚的感激。

尽管蓝予溪有的时候说话很过分，但他所做的一切，于她而言，无疑是雪中送炭。如果不是他的收留，她的梦想恐怕已经夭折。

穿好外衣，拿起皮包，她将便签留在餐桌上，出了门。

她打算再找一份晚上的工作，这样可以快点赚够钱。

于是，她开始穿梭于灯火璀璨的街道。晚上的工作本来就不好找，她好不容易看到一家酒吧门前写着招聘，刚一兴奋地走进去，还没来得及问工作的事情，就看到了一尊瘟神。

坐在吧台前的霍睿，带着几分小兴奋地看着戚艾艾，"戚小姐，我们又见面了。"

"种马！"戚艾艾不屑地嘟囔一声，就想走开。

"能让艾艾记得，还真是荣幸啊！"霍睿不以为耻反以为荣，身子一倾，便向她压了过来，"难怪艾艾非要留在我的酒店工作，原来是对我有想法啊。"

戚艾艾被他的举动吓得连忙后退，直到整个身体都靠在了吧台上，才涨红了脸，一脸愤怒地吼道："谁对你有想法了？你不要胡说八道好不好？还有，你不要叫我艾艾，我和你又不是很熟。"

霍睿丝毫不把戚艾艾的怒吼当回事，还顶烟上地又跨向前几步。他看戚艾艾想要躲开他，迅速把手臂撑在戚艾艾身体两边的吧台上，把躲他像躲瘟神一样的女人壁咚起来。

"艾艾，亏我看到你的时候还高兴呢！你可真是伤我的心啊！"霍睿撇着嘴，做出一副很是伤心的样子。

"变态，你个死变态，快放开我。"戚艾艾愤怒地捶打着霍睿的胸膛。

她实在不能理解，天底下怎么会有如此惹人厌的男人。

就在戚艾艾被霍睿的"调戏"行为气得肺都要炸了的时候，吧台里看不下去的老板娘，总算是略带责怪地开了口："好了，霍少，不要再闹了，你吓到这位小姐了。"

霍睿抬起头，对着吧台里边的女人笑了笑，才抬起一只胳膊放戚艾艾出去。

戚艾艾一得到自由后，马上闪得老远，小声暗暗骂道："神经病！"

"女人，不要总是骂人，这样会影响你的形象。"霍睿微微眯起他的狐狸眼，嘴角微弯，提醒道。

"这么小声你都能听到？"戚艾艾脱口问道。

"呵呵！"霍睿干笑两声，"其实，我也没有听到。"

"那你是怎么知道我在骂你的？"戚艾艾没脑地反问道。

"笨女人，我只要稍微有点脑子就能想到，你一脸厌恶的嘟囔声一定是在骂我。"霍睿无可奈何地解释，这女人蠢得倒是有点可爱。

戚艾艾差点没被自己蠢哭，还不忘瞪霍睿一眼，有狼出没的地方太不安全，她也不想待了，转身向门口走去。

"艾艾，你就这么走了，多伤我的心啊。"霍睿痛心疾首地喊道。

戚艾艾捂着耳朵奔到门口，才走出几步，又因为迎面走过来的几个人，愣在了原地。

"表姐，你怎么会在这？"尹依沫站在几个和她年龄相仿的年轻人中间，正冲着她微笑。

戚艾艾只能也热情地打招呼，"依沫，和朋友来玩啊？"

"是啊，我们来给蓝老师庆祝搬新家。"尹依沫一脸的幸福洋溢，对昨天连门都没进去的事情，好像丝毫不在意。

戚艾艾压低声音，凑近尹依沫，小声说："霍总也在。"

这话本是好心提醒，不想尹依沫向戚艾艾的身后看了看，快乐地奔向了霍睿。

"霍睿哥哥，你怎么在这？和表姐一起来的吗？"尹依沫愉悦地问道。

戚艾艾不禁有些惊讶，这些富二代之间的关系，还真是让人琢磨不透。

"你们去玩吧。我先走了。"戚艾艾转身要走。

"表姐，你怎么能走呢。蓝老师一会儿就来了。"尹依沫大方地邀请道。

戚艾艾刚要再次拒绝，却被一旁的霍睿抢了先："艾艾，你别因为跟我生气，就连表弟的大事都不参加啊。"

尹依沫听得云里雾里，但她看得出霍睿对戚艾艾很有兴趣。她的心里忽然生出一种大胆的想法，如果霍睿真的跟戚艾艾在一起了，她是不是就解放了？

霍睿凑近尹依沫，似调侃地说："你是不是特别希望我追她？"

尹依沫一愣，认真地点了点头。

她和霍睿都很清楚，他们不是彼此的菜。而她毕业前这段时间，是他们彼此最后的机会。

戚艾艾看着两人的互动有些不自在，正想着要不要转身离开，忽然有人走过来，大力拍了拍霍睿的肩膀。

"花蝴蝶，又泡到新妞了？"男人一脸浮夸且兴奋地问道。

尹依沫也是一愣，抬头看向说话的男人。两人的视线对视到一起时，男人显然一惊，尴尬地说："是小嫂子啊。"

戚艾艾从旁看得一头冷汗，心里忍不住替尹依沫叫屈。

虽然她和尹依沫并不熟悉，但这姑娘一看就单纯。现在看似可以和霍睿和平相处，要是以后真的嫁给了霍睿，恐怕就得以泪洗面了。

尹依沫表情尴尬地看向戚艾艾，有点无措，似乎想要解释，却又没办法解释。

"我不会告诉蓝予溪的。"戚艾艾主动开口道。

"他知道。"尹依沫低下头，掩去难过的表情。

这次换成戚艾艾尴尬了，知道别人家那么乱的关系，似乎不是什么好事。

"你朋友还在等你，过去吧。"戚艾艾说。

尹依沫点了点头，向学校的伙伴走去，却已经没有了来时的欢快。

戚艾艾收回视线，刚一挪动脚步，就听霍睿故作难过地说："艾艾，你又要走了啊？"

"让开。"戚艾艾很是不爽地回。

霍睿是什么人啊？哪里能那么容易就乖乖听话地躲开呢！

反而向前凑了凑，让两人之间看着更亲密了些，逗弄道："艾艾，别总是对我这么冷言冷语的，我会伤心的。"

"你有病吧？我认识你吗？"戚艾艾恼怒地反问。

"艾艾，不认识我，你会后悔的。"霍睿自信满满地说。

"如果我可以选择，我情愿一辈子都不要认识你这种人。"戚艾艾恼怒地说。

霍睿眼中的调笑僵了下，仿佛有一抹伤痛闪过。

戚艾艾有些吃惊，她并不明白像霍睿这种死皮赖脸的男人为什么会有这种反应。但她知道即便是因为她那句话，也不会是因为她。她还没有自恋到会相信一个刚刚相识的男人，会对她深情不悔。

戚艾艾胸腔里的怒气还没有散去，不愿与霍睿多说，转身就要离开。手臂却被霍睿死死地扣住，

戚艾艾的眼中闪过一抹嫌恶，还不等开口，一道怒喝先她发声："放开她。"

霍睿直起身，整了整衣服，转身看向来人，眼神并不似看一个陌生人。

"蓝少，好久不见了。"霍睿勾唇而笑。

戚艾艾愣了愣，蓝少？不是蓝老师吗？

蓝予溪显然不想多言，拉过戚艾艾就向外走去，也不管等着给他庆祝的尹依沫和一众学生。

尹依沫看到蓝予溪进门时的欣喜在这一刻全都散去，快步追了出去。

戚艾艾有点犯傻地跟着他走出了酒吧，才有些木然地问："你认识霍睿？"

"你以后离他远点，他不是你这种女人能惹的。"蓝予溪有些不耐烦地甩开她的手，太多的事情，他也不便告诉她。

"我是哪种女人？"戚艾艾不禁怒火攻心。这人说话怎么总是这么难听。

看着戚艾艾咄咄逼人，不给一个答案决不罢休的样子，蓝予溪恼怒地说："他是依沫的未婚夫，行了吧？"

"终于说实话了，你这是在为你的学生抱不平啊。"戚艾艾满意地点点头，"你放心，我还看不上霍睿那样的种马。"

他看着她坦荡的样子，忍不住失笑。

戚艾艾被他笑得莫名其妙，忍不住问："你笑什么？"

"没什么，回家吧。"蓝予溪说着向前走去。

戚艾艾追上他的脚步，问："你不用回酒吧庆祝搬家吗？"

"不用了。我本来也是过来说一声就打算走的。"蓝予溪冷淡地说。

尹依沫的脚步顿住，站在酒吧门口，看着两人的背影渐渐远去，可以隐约听到两人聊天的声音。

蓝予溪说："下次炒菜的时候，记得放姜片，不要放姜丝。"

戚艾艾反问："为什么？"

谁家炒菜不是放姜丝啊？放姜片不会不美观吗？

"我不喜欢姜丝吃进嘴里的感觉，姜片容易挑出来。"蓝予溪冷冷地回。

"好吧。"戚艾艾撇撇嘴，小声嘟囔："真事多。"

"你说什么？"蓝予溪不满地瞪向她："戚艾艾，你是不是不想在我家住了。"

"好啦！大男人怎么这么小气？"戚艾艾喊回去，两人对视的时候，又忍不住相视而笑。

越走越远的两个人，丝毫没有感觉到身后的尹依沫哀伤的表情。

霍睿走到尹依沫的身边，看向戚艾艾和蓝予溪离开的方向，淡淡地开口道："很难过吗？我早跟你说过，蓝予溪并不是因为我们的婚约。我和他也算是故交了，他向来固执。就像是他不肯接手家里的生意，跑来大学当老师一样。他想做的事情，即便是蓝家也阻止不了。"

尹依沫双眼含泪，看向霍睿，哽咽着说："霍睿哥哥，我们解除婚约好不好？"

霍睿抬手抹去她脸上的泪水，轻声说："你知道，这不是我们能做主的。"

尹依沫激动地打掉他的手，转身跑进夜色里。

霍睿微微叹息，抬头看向夜空。灯火通明的城市，已经看不到星空，这是我们想要的繁华，却又充满了遗憾。

戚艾艾继续回到格林大酒店上班，这一次，白如昔竟然没有再找她的麻烦。戚艾艾还会时不时地看到霍睿纠缠于各种女人之间，偶尔也会逗弄她两句，却并不出格。

一开始戚艾艾还觉得自己会因为不堪霍睿和白如昔骚扰，早晚也得辞职，没想到一个月过去了，自己倒是成了格林大酒店的例外。

她每天早出晚归，与蓝予溪之间也构建起一种和平的相处方式。她不管多忙，都会给他做了饭再离开，即便自己有的时候赶时间，根本没有空吃，她也会做。而冰箱里的菜越来越多，很多居然都是她爱吃的。她没有时间去想是他们的口味相同，还是他的报答。

这样的日子虽然忙碌，却也是她想过的充实生活。

白天在酒店里弹琴，夜里听着练习室的琴声，仔细辨别。偶尔遇到蓝予溪在家，他们还会探讨一下。即便他们的探讨时常火花四溅，剑拔弩张，但戚艾艾在蓝予溪那里也学到了不少的东西。如果遇上打赌，十有八九是戚艾艾输。这让戚艾艾深刻地认识到，蓝老师是真的学识渊博。作为惩罚，戚艾艾会帮蓝予溪洗衣服。那之后，家里时常会出现一些关于音乐方面的书籍，又恰好是戚艾艾在音乐上的短板知识。

时间在这样的交替中，大半年已经过去，临近音乐学院再次招考的时间，也临近了尹依沫毕业的时间。

戚艾艾吃了口碗里的饭，抬头看向连吃饭都动作优雅的蓝予溪。

"我今天下班的时候看到依沫了。"戚艾艾似随口说。

"哦。"蓝予溪连头都没有抬，随口应。

"她的情绪有些不好，我听酒店里的人说，霍家已经在安排她和霍睿订婚的事情。"戚艾艾小心翼翼地打量着蓝予溪。

"嗯。"蓝予溪应了声，继续吃饭。

"喂！蓝予溪，你就是典型的聊天终结者。"戚艾艾不满地放下饭碗。

蓝予溪拧眉看向她，没有说话，双眼中却写满了不满。

"你就一点都不担心尹依沫？"戚艾艾哀伤地问。

虽然她和尹依沫没有什么交情，可是现在是什么年代了？居然还来逼婚这一套，这完全是无视妇女的权益呀。

"她如果不愿意，就应该自己去说，没人能替她做主。"蓝予溪慢悠悠地丢下一句话，继续淡定地吃饭。

戚艾艾愣住，她忍不住认同蓝予溪的话。的确，自己的命运自己都不拼命反抗的话，别人又帮得了多少？

尹依沫一直没有反抗和霍睿的婚姻，应该一直就抱着把命运交到别人手里的心思，等着霍睿反抗，等着蓝予溪救她出沼泽。如果她什么都等不到，只能在原地越陷越深。

戚艾艾不想说尹依沫很可怜，因为这天底下可怜的人实在是太多。尹依沫实在不能被划入其中。

随着霍睿和尹依沫订婚的日子临近，戚艾艾也被抓去加班。配合流程，在哪个阶段弹奏哪段曲子。

戚艾艾在会场还看到过霍睿一次，他似乎很严肃地对待着自己的人生大事，又会在不经意间流露出哀伤。这让戚艾艾不得不觉得霍睿是个有故事的男人。当然，她还在会场看到过白如昔一次，最后她是哭红了眼睛离开的。

这场订婚仪式，似乎势在必行，没有人能阻止。

戚艾艾拖着疲惫的身体，打开家门的时候，客厅的灯是暗着的。她放轻动作关上门，换了鞋，没有开灯，直接摸到沙发边，坐了下去。随着一声闷哼响起，戚艾艾旋即又弹跳起来。因为迎接她的不是软软的沙发，而是一具坚硬的躯体。

戚艾艾被吓得反应敏捷，身体里被抽走的力气瞬间变成满格，进入战斗状态。在黑暗中，盯视着看不清的沙发。

"戚艾艾，我这么大个人躺在这里，你也能坐下来。你是不是故意的啊？"蓝予溪埋怨着从沙发上坐了起来。

"是你啊！"戚艾艾松了一口，随即忍不住愤愤道："你活该，大晚上的不回房睡觉，跑这来躺着干什么？"

戚艾艾嘴硬地埋怨完，一屁股在蓝予溪的身边坐下，安心地瘫软在沙发上。

"我还不是看你这么晚没回来，才会等睡着了。"蓝予溪不满地嘟囔。

戚艾艾的眼睛已经适应了夜里的黑，打量着蓝予溪，说："说吧，突然间这么关心我了？"

蓝予溪的表情不自然："谁关心你了？想得美！"

他站起身，快步走到门边，拧了一下门锁，说："我是等你回来好把门反锁了，免得遇到撬锁的。"

"要是遇上个锁王。你反锁也会撬开的。"戚艾艾站起身，向洗手间走去，"我先去洗漱一下，便睡了。"

关上洗手间的门，戚艾艾坐在浴缸边，心里竟是有些失望。他真的不是在等她吗？

她不知道是自己太累了，还是回忆与蓝予溪的过往种种太认真了，一时间竟然忘了浴缸还放着水的事情。

等到她反应过来，浴缸里的水已经漫了出来。

戚艾艾惊得连忙站起身，脚下一滑，整个人摔了下去。

"嘭"的一声，站在餐厅里喝水的蓝予溪一惊，放下水杯，二话不说地冲向了洗手间。想都没想，就推开了浴室的门。看到戚艾艾坐在地上，蓝予溪紧张地大步向前，脚下打滑，高大的身体就向戚艾艾砸了去。

"啊——"

伴随着戚艾艾的尖叫声，刚刚坐起来的她又被砸回了地上。

"蓝予溪，你好重，你给我起来。"戚艾艾被压在高大的身躯下，哭嚎着。

蓝予溪紧张地从她的身上爬了起来，扶着她坐起，抱歉地问："你没事吧？"

戚艾艾揉着摔疼的肩膀，埋怨地说："你看我现在的样子像没事吗？"

"我扶你起来。"蓝予溪站了身，伸手去扶还坐在地上的戚艾艾。

戚艾艾试着想要站起，因为腰疼，又跌坐回去，顺带着把扶她的蓝予溪也拉了下去。俊脸差几厘米就贴上了她的脸，在最后关头留下了距离。也恰恰是这样的距离不远不近，更加暧昧。

蓝予溪的喉结动了动，人却僵在那里没动，呼吸渐渐急促起来。

四目相对，戚艾艾忍不住紧张，看着蓝予溪的俊脸又向前倾了倾。他红润的唇就要贴上她的唇时，她慌乱地推开他。

被她这么一推，蓝予溪才清醒过来，连滚带爬地从地上起来，丢下一句"你洗澡吧"，就跑出了浴室。

戚艾艾看着浴室的门关上，从慌乱中清醒过来时，竟有些懊恼。抬手摸上自己的唇，回忆起他好看的唇瓣，忽然有种后悔没试试他唇瓣温度的感觉。

戚艾艾被自己的想法吓到，忍不住在心里骂自己："戚艾艾，你什么时候变得这么饥渴了？"

她打了打自己的头，"呸呸呸，应该说是饥不择食。"

这一夜，戚艾艾因为意识到自己心里发生的微妙变化，一夜没有睡好。她想，她或许真到了搬走的时候。

天渐渐亮起，在床上翻来覆去一整夜仍未能睡实的戚艾艾，终于忍受不住心里的烦躁，起床去喝水，想要缓解一下此刻的心情。

她走出卧室时，蓝予溪已经坐在了阳台上，背靠着藤椅，很安静。不知道是睡了，还是在安静地想事情。

他的脚边倒着十几个啤酒罐，可想而知他昨夜是如何的借酒消愁。

戚艾艾轻手轻脚地走向蓝予溪，直到她走近，与他面对面，他的身体也没有动一下，双眼始终紧闭。

乍一看，戚艾艾只以为他是睡着了，想转身离开。

刚一转身，又感觉有些不对劲，立刻转过身去，看向眉头紧皱、脸颊发红的男人。

她犹豫一下，还是伸出手，摸上蓝予溪的额头。

蓝予溪额头上炙烫的温度让戚艾艾一惊，再看向被发凉的风吹得飞舞而起的窗帘，戚艾艾就明白了，这家伙一定是坐在这里喝酒被风给吹感冒了。

"蓝予溪……"戚艾艾推了推他，试图把他唤醒。

"嗯……"蓝予溪不满地从嗓子中哼出一个音，挪动了一下身体，丝毫没有睁眼的意思。

"蓝予溪，你起来，别在这儿睡。"戚艾艾见叫不醒蓝予溪，只能加大力气去推他。

"嗯……干吗？"蓝予溪不满地将眼睛睁开一条小缝。

"你发烧了，别在这睡了，快起来。"戚艾艾无奈中掺杂着几许担心地劝道。

"我没事。"蓝予溪揉着太阳穴，从嗓子中吃力地发出有些沙哑的声音。

戚艾艾无奈地苦笑一声："蓝予溪，别逞强了，快点起来。"

"咳咳咳……"蓝予溪难受地咳嗽了几声，却还是逞强地说道："你回房睡吧，不用管我。"

"你当我想管你吗？我是怕你要是出点什么事情，会没有人收留我。"戚艾艾嘴硬地故意抬杠，用着激将法，就是不肯透露自己对蓝予溪的关心。

"你放心，就算我死了，也不会有人替我来接收房子的。到时候你就可以直接霸占这套房子了。"蓝予溪微微睁开的眼眸中没有什么神采地望着窗外，明明是挪揄戚艾艾的话，听起来却满是自嘲的味道。

戚艾艾的心因为这句话揪紧，难道，他一个亲人都没有？是孤儿？

女人的母性，总是喜欢不自觉地泛滥，比如现在的戚艾艾。

戚艾艾想要说点什么安慰蓝予溪，却又觉得这个时候好像说什么都有些多余。安慰能起到的作用，怕只是再次提起让人伤心的往事，二次伤害而已。

戚艾艾释然一笑，才用她一贯和蓝予溪说话时用的不客气口吻说："蓝予溪，你快点起来，男子汉大丈夫，别动不动就把死挂在嘴边，你丢人不丢人啊！"

蓝予溪抬了抬眼角，斜了斜居高临下的戚艾艾，就在戚艾艾以为他会口不择言地反驳回来的时候，他却闭上了眼睛，靠在藤椅上，一句话都没有说。

戚艾艾无奈地摇了摇头，半蹲下身子，扯起蓝予溪的一条胳膊，搭在自己的肩膀上，用尽全身的力气，将他从藤椅上扯了起来。

蓝予溪许是真的烧得全身无力、神志不清了，才会在戚艾艾把他架起的时候，他就像一个昏过去的人一样，将全身的重量都压在了戚艾艾的身上，任由她处置。

只是，他嘴里嘀咕出的微弱声音，又证明他此刻还有一丝神志仍在。

"干吗？我好累，不要来烦我。"蓝予溪想要挣脱戚艾艾，又全然没有了力气。

"我是想不管你了，可你别病在我眼前啊，你说你现在要死不活的，我若是不管，也太不人道了。"戚艾艾不满地回嘴。

"原来你也有好心的时候啊，我还以为你就只会给我找麻烦呢！"蓝予溪笑得像个孩子，明明是讽刺的话，出口的语气却像极了亲密的人之间宠溺的情话。

"是啊，我是给你找麻烦了，对不起好吗？蓝予溪，蓝老师。"戚艾艾扶着蓝予溪高大的身躯，虽然移动起来很吃力，嘴角却仍旧噙着笑，一抹有些无奈又甘之如饴的微笑。

在她的眼中，蓝予溪现在就是个闹别扭的大孩子，只要你稍微哄着他一点，就能安抚他的情绪。果真，生病的人都会变得脆弱。

戚艾艾艰难地把蓝予溪扶进房间，本想把他轻放在床上，胳膊的酸痛让她一时间没控制好力度，直接把他扔在了床上，她想去拉，自己也跟着跌了下去，躺在了他身边的位置。

蓝予溪侧头看向戚艾艾："是报复我昨晚没扶好你吗？"

"我才没闲工夫报复你。"戚艾艾刚要爬起来，却被他拉住。

他的力气不大，她迟疑一下，还是没挣脱。躺在他的身边，认真地看着他。

两人对视了能有半分钟，蓝予溪忽然向前挪了挪头，戚艾艾吓得心提到了嗓子眼儿，却没有动。

蓝予溪温和一笑："戚艾艾，要不是真的没力气了，我真想尝尝你这张尖酸刻薄的嘴到底是什么味道。"

戚艾艾白他一眼，这男人还敢说她尖酸刻薄，到底他俩谁尖酸刻薄啊？

蓝予溪忽然抬起手，撩过她腮边的碎发，认真无比地说："应该很甜吧？"

戚艾艾愣住，他这是在和她说情话啊？

"因为从你心底溢出的全是善良和美好。"蓝予溪唇畔的微笑扩散。

戚艾艾的脸腾地红了一片，她心慌地别开视线，不敢与蓝予溪对视。

蓝予溪缓缓闭上眼睛，喃喃说："好累啊，我想睡一会儿。"

戚艾艾转头看向他时，他的眼睛已经闭上，呼吸均匀得仿佛睡着了。

戚艾艾轻呼出一口气，从床上爬起，走出房间。而床上的蓝予溪始终紧闭着双眼，安心地躺在床上。

戚艾艾在屋里找了一圈，也没有找到药。想着他刚搬来，家里应该是没备着。她只能穿好外套，去楼下买。

时间太早，很多药店还没有开门，戚艾艾走出去老远，才买了退烧药回来。给蓝予溪吃了药，她又拖着疲惫的身体，去了厨房。

洗了米，放好了水，在手伸向燃气开关的那一瞬间，她又收回手，拉开冰箱的门，拿出一盒皮蛋。皮蛋盒上贴了一张便笺，上边留有他霸气的字体："戚艾艾，如果你有良心，记得要煮皮蛋瘦肉粥。"

戚艾艾无奈地笑笑，又拿出一块瘦肉，切好，放进锅里，又加了些水，把原本计划的白米饭变成了皮蛋瘦肉粥。

按下电饭锅的开关，戚艾艾看了一下手表，她已经来不及吃早饭了。她赶紧在餐桌上留下便签："蓝予溪，锅里有皮蛋瘦肉粥，快点恢复体力，我们才能开始新一轮的辩论。"

戚艾艾拿起包，饿着肚子，快步出了门。好歹有惊无险地赶到了酒店。午休的时候，她忍不住担心蓝予溪，给他发了条微信。他拍了一张粥被吃干净的锅底照片，没有多余的文字。

戚艾艾也懒得理他，他除了在损她的时候话多，其他时候都比较沉默。

知道他没事了，她正打算去食堂吃午饭，填饱饿了一上午的肚子，却被一道声音喊住了。

"表姐。"尹依沫站在不远处，柔声道。

戚艾艾停下脚步，愣了下，旋即想起尹依沫上午好像是来看订婚的会场了。

"依沫……"戚艾艾觉得有点尴尬，这个时候也不知道是说恭喜，还是说句安慰的话，仿佛都有些不合适。

"表姐，我可以和你一起吃个午饭吗？"尹依沫礼貌地问道。

戚艾艾听她叫自己表姐，有些别扭。蓝予溪都不叫了，她叫得倒是顺口。即便如此，她还是点了点头。可爱妹子的面前，她只觉得说拒绝都是不礼貌。

有尹依沫在，肯定不能员工食堂了。

戚艾艾应约，去了酒店的西餐厅。

上一次来这里消费，戚艾艾还是来给蓝予溪买咖啡。这次对面却坐了这家酒店的少夫人。

"我听说表姐想考音乐学院。"尹依沫微笑着说。

戚艾艾微微有些惊讶，问道："你怎么知道的？"

她怕蓝予溪会嘲笑她，所以这事她谁都没有告诉。尹依沫没有理由会知道啊。

"蓝老师在学校问往届毕业生报考的事情，我听到的。我听他形容的人应该是表姐。"尹依沫的表情有些苦涩。显然这事于她而言，并不是一件开心的事情。

戚艾艾惊讶地看着尹依沫，蓝予溪帮她问报考的事情了？她不禁想起她和蓝予溪为音乐辩论的日常，忍不住甜蜜地笑了。随即意识到尹依沫还坐在她的对面，自己的笑有些不厚道，赶紧收敛。

尹依沫定定地看着戚艾艾，仿佛戚艾艾的反应刺激到了她，让她下了决心。

"表姐，蓝老师是我唯一喜欢过的人，这辈子我也只喜欢他一个人。"尹依沫的眼中噙着泪，摇摇欲坠，却又坚强地不落下来，楚楚可怜的样子看得戚艾艾心慌地看向周围，别再弄出误会，以为她欺负她了。

戚艾艾尴尬地清了清嗓子，说："尹小姐，你其实应该把这句话告诉蓝予溪，不是我。"

"为了他，我愿意付出一切，就算我明知道他会怪我，我也不在乎。"尹依沫咬紧下唇，硬生生把眼中的泪水逼了回去。

戚艾艾拧眉，不解地问："所以呢？"

也该进入正题了，她好饿。

"我知道你不是蓝老师的表姐。你离开他家吧。你的生活费，我会帮你出。"尹依沫的语气平静，没有掺杂任何歧义，戚艾艾却怎么听都别扭。

"尹小姐，我不太懂你的意思，你是以什么立场和我说这些的？"戚艾艾也觉得应该对尹依沫这样弱质芊芊的妹子多加照顾，但是她这人喜欢把话说清楚。就算是她明天就从蓝予溪家卷铺盖滚蛋，也要给个滚蛋的理由吧？不能别人任性，成了她做事没交代。

"如果被人知道表姐和蓝老师住在一起，就算是表姐靠着自己的能力考进学院，也名不正言不顺。到时候学院的人怎么看表姐？怎么看蓝老师？"尹依沫少有的语气凌厉，咄咄逼人。

"怎么看他？怎么看我？"戚艾艾哭笑不得，"我离开他家了，考到学院读书，不是还要和他朝夕相处？"

尹依沫的脸色变了变，没有接话。

"你想赶走我，也不让我考上学院，对吗？"戚艾艾肯定地说。

这次，尹依沫的脸色直接青了。

戚艾艾知道自己猜中了，看着服务员刚刚放下的昂贵牛排，明明饥肠辘辘，她却没有了吃的欲望。

"尹小姐，你不该把心思用在我的身上。还是想想怎么解决两个月后的订婚典礼吧。"戚艾艾站起身，走了一步，又顿住脚步，说："你不来找我说这番话，我也打算搬走了。"

戚艾艾撂下话离开，霍睿从另一方向走了过来，恰好看到她离开。

霍睿走到桌边坐下，看向低头不语的尹依沫。

尹依沫缓缓抬起头，少有的坚定："霍睿哥哥，我们解除婚约吧！我去跟我爸说。"

"好。"霍睿点了点头，抱歉地看着尹依沫，"对不起。"

悔婚的事情，谁家先提出来，就必须付出代价。霍家这个时候输不起，再加上于他而言，娶谁都一样。他才一直默认了尹依沫这个未婚妻。就像是之前默认白如昔这个女朋友在格林大酒店作威作福。和尹依沫订婚的日子确定后，白如昔就再也没在酒店出现过。也是因为他懂得拿捏分寸，家里才一直没有人管他在外边的风流事。

{♥}
第六章　微妙的关系变化

戚艾艾下班回家的路上，特意跑了一趟市场，买了骨头，又买了鱼，打算给还未病愈的蓝予溪做点好的，补一补。哪知道她大包小裹地回家时，蓝予溪正坐在餐桌边喝汤，吃大餐。

除了他，餐桌边还坐着尹依沫。

看到她回家，尹依沫友好地笑了笑，跟她打招呼："表姐，你回来了。"

"嗯。"戚艾艾尴尬地应了声，走到冰箱边，把买的菜都塞了进去。

蓝予溪看着她的举动，不解地问："你今晚不做饭吗？为什么都塞进冰箱里了？"

"你不是正吃着吗？"戚艾艾顺手拿过桌子上的一本书，回了房间。

蓝予溪放下手里没有喝完的汤碗，尹依沫见状，连忙往他的盘子里夹了一筷子鱼。

"蓝老师，再吃一点吧？"

"不了，我饱了，想休息一会儿。今天谢谢你，你也早点回去吧。"蓝予溪惨白的病容上浮现淡淡的笑。

尹依沫低头不语片刻，说："蓝老师，我马上就会和霍睿解除婚约了。"

"太好了。依沫，我真为你高兴。"蓝予溪说。

"蓝老师，你真的为我高兴吗？"尹依沫激动地问。

蓝予溪意识到尹依沫的反应，尴尬地说："依沫，你不是一直想出国进修音乐吗？这次可以出国了，说不定会在那遇到喜欢的人。"

尹依沫脸上的激动僵住，蓝予溪这话是明显的拒绝。她努力地看着他微笑，没关系，如果连拒婚这么大的事情，她都能做到，又何惧等他？

戚艾艾没吃晚饭，翻了半夜的书，又在床上翻来覆去好一会儿，天快亮了才睡着。

第二天一早醒来，她走进客厅的时候，已经是满室的饭香。蓝予溪难得起早，做了顿早饭。见她出门，蓝予溪自然地说："吃早饭吧。"

"不吃了，我上班来不及了。"戚艾艾淡淡地说。

"戚艾艾，你是因为依沫的事情不高兴吗？"蓝予溪问。

"你想多了。"戚艾艾别扭地否认，想了想，才说："我打算最近就搬出去，已经在找房子了。"

"戚艾艾，我允许你搬出去了吗？你当我家是什么地方？你想赖在这里的时候就赖在这里，想走就走吗？"蓝予溪抓狂地质问道。

"呵……"戚艾艾冷笑着反问："我现在不走，难道我能在这里待一辈子吗？"

戚艾艾一句无心的赌气话，却让问的人和听的人都愣在了当场。

一辈子……

这样的承诺好似很容易就能够说出口，可做到的人又有几个？

不是承诺不够坚固，只是，一辈子真的太长，长到让承诺变质。

时间在两个人的静默与尴尬中，一点一滴地从指缝间流逝。

"吃饭吧。我已经做好了，吃一口很快的。"蓝予溪说着向厨房走去，"我去给你盛粥。"

戚艾艾看了一眼他的背影，向门口走去。等到蓝予溪从厨房里走出来，只看到了门关上。

蓝予溪愣愣地在原地站了许久，他不怪她，因为他们都没明白，没想好，都在逃避。

一路上，从家里到格林大酒店一个多小时的漫长路程里，戚艾艾的大脑一片空茫，失去了思考任何事情的能力。

真的要走了，她却矫情地希望他今早会应下她的质问。

摇了摇发胀的头，戚艾艾走进格林大酒店的员工更衣室，才换好衣服，就接到了25楼的电话，霍睿让她去一趟。

霍睿的办公室门前，许秘书见她来了，立刻微笑着站起身，说："戚小姐，总经理在里边等你呢！"

许秘书敲了两下门，才推开门，让戚艾艾进去。

戚艾艾走到办公桌前，说："总经理，你找我？"

霍睿从文件中抬起头，放下手里的笔，打量着戚艾艾，说："我听人事部说，你拒绝了酒店的正式聘用合约。为什么不想留在格林？是因为对工作不满意，还是对工资不满意？"

"都不是。"戚艾艾马上摇摇头。

"那看来是对我这个总经理不满意了。"霍睿自嘲地问。

"总经理想多了，我只是打算去考音乐学院，就不适合酒店白天的工作了。"戚艾艾解释道。

"依沫那所学校？"霍睿试探着问。

"嗯。"戚艾艾并不避讳，"我来这座城市工作，为的就是考那所学校。"

恍然间，蓝予溪的身影又一次在她的脑中浮现，她的信心莫名地便也跟着变得更加坚定。她的唇角在她自己都没有发觉的情况下，勾出一抹弧度。

"艾艾，在想什么事？笑得这么开心。"霍睿看着突然间露出笑容的戚艾艾，自己的心情也顿时跟着愉悦几分。

"哦，没事。"被唤回了神智的戚艾艾连连摇头，马上又好奇地问道："我刚才有笑吗？"

"我可以很负责地告诉你，你不但有笑，而且还笑得很开心，很甜蜜。"霍睿被戚艾艾总是语出惊人的劲头给弄得哭笑不得了。

戚艾艾一听这话，眉头马上皱了起来，她想起蓝予溪时，笑得甜蜜？

想到这，戚艾艾不自觉地打了个寒战，她要尽快从蓝予溪那搬走才行。

"艾艾……"霍睿的眼睛简直应接不暇，戚艾艾的表情变得也太快了点。

"哦，呵呵。"戚艾艾也意识到了自己的变脸速度，有些尴尬地挠着头傻笑着道："那我可以不签约吗？"

看着眼前的女人毫不设防地对着自己笑，一时间让霍睿看得恍了神。

这是第一次，这个女人在他的面前卸下了对他的防备和不满，傻傻地笑，天真得像个孩子，又耀眼得像颗钻石。

"好。你做一天拿一天的工资就好了。"霍睿点了头，应了戚艾艾的要求，好似拒绝眼前的人是什么十恶不赦的举动一样。

"谢谢你，霍总。"戚艾艾雀跃地给霍睿鞠了一个躬，可见此时她有多么的感激霍睿。

霍睿静静地看着这样的戚艾艾，眼神格外的温暖。

戚艾艾愣住，总觉得霍睿这样专注的眼神不是在看她，而是透过她看着别人。

几天后，尹依沫拒婚的事情，闹得酒店里人尽皆知。酒店员工无不为他们的老板抱不平，只是霍睿却并没有一点心碎的反应。

另一边的尹依沫，直接离家出走，跑到了蓝予溪家来。只是，屁股还没坐热，蓝予溪还没想好这事怎么处理，尹依沫就被尹家派人请了回去，也可以说是抓了回去。

尹依沫这样一闹腾，霍家坚决不娶了。

戚艾艾听说，最后尹家以往霍家的项目里注资，拿不对等的股份，解决了女儿悔婚的事情。至于学校那边，尹依沫没再出现过。毕业证都是尹家派人代领的。

蓝予溪对尹依沫的事情绝口不提，仿佛一切与他无关似的。从理性的角度来说，蓝予溪从来没有主动过，一切是与他无关。但人天生就是感性动物，从这个角度来说，蓝予溪的反应就显然太过无情了。

戚艾艾知道自己没有立场在这件事上发言，索性闭嘴。

而蓝予溪和戚艾艾因为各自的忙碌，抑或是都觉得有些尴尬，所以很少有在家里独处的机会，除了早晚饭时间。

即使有见面的机会，他们之间却依旧没有多少语言，仍是习惯在各处留下一张便签，写下一些自己想要说的话。

他们不再像以前一样斗嘴，很安静地坐在一起吃饭，在各自的房间里听练习室的音乐声。

就这样沉静下来的气氛，让两人之间的气氛变得有些怪异。好似有些说不清道不明的情愫，在两人之间盘旋，谁都不敢多迈出一步去探究。

说他们之间像亲人，他们之间却又真的没有那么亲近。

说他们之间像恋人，他们之间却又真的没有那么甜蜜。

说他们之间像陌生人，他们之间却又真的没有那么陌生。

倒好似有点像认识多年的老友，有一份来源于心的默契，还有一张张便笺纸留下的故意嚣张，却又温馨的话语。

蓝予溪有时候晚回来，也一定会留一张字条给戚艾艾。但是，不要以为他是留下字条说"我不回家吃饭了，你自己先吃吧！"这类温馨的话。

这样的话也不是蓝予溪的风格，如果有一天，蓝予溪若是突然间这么好说话了，戚艾艾会是第一个受到惊吓的人。

那，小蓝同志说的是什么呢？

小蓝同志说："今夜晚归，记得留好饭菜给我，要不然我一定把你从被窝里拎出来，让你现做。"

戚艾艾看到这样的话，总是有些哭笑不得。

戚艾艾不再和蓝予溪计较他的嘴贱，因为她知道，他真的只是刀子嘴，豆腐心。

他晚回来了，不但没把她从被窝里拎出来，还时常给她带爱吃的食物回来。

蓝予溪似乎越发忙碌起来，回家的次数越来越少。

这一次，他们还真真的成了最熟悉的陌生人。

住在同一屋檐下，见面的机会却寥寥可数的最熟悉的陌生人。

几天后的傍晚，戚艾艾做好了晚饭，刚坐下来，吃上第一筷子，便听到了开锁的声音。

戚艾艾的神情微微一愣，筷子含在口中，有些紧张地看着大门口，在心里算着自己有多久没有见过蓝予溪了。

就是这么一晃神的工夫，蓝予溪已经走了进来。

蓝予溪一把抢过戚艾艾嘴里的筷子和手里的饭碗，吃了起来。

"我快饿死了，你自己再盛一碗。"蓝予溪一边吃，一边护着自己手里的饭碗，含糊不清地说。

戚艾艾无奈地摇了摇头，起身又为自己盛了一碗饭。

"至于这么饿吗？"戚艾艾看着蓝予溪狼吞虎咽的样子，不禁好奇地问道。

她晚上回来的时候，可是清楚地看到她早上留下的粥被他喝个精光，也就是说他早上回来过，顶多中午一顿没吃。就一顿饭没吃，至于饿得跟狼一样吗？

"当然了，我可是走了一天，忙了一天，连喝口水的时间都没有。"蓝予溪仍旧是一边扒着碗里的饭，一边含糊不清地叫着苦。

一碗饭很快见了底，蓝予溪伸手就去抢戚艾艾手里还没有开始吃的饭。

戚艾艾见状，连忙把饭碗护在怀里，不让他抢，"蓝予溪，你别太过分了，想吃自己盛去。"

蓝予溪不满地噘噘嘴，白了戚艾艾一眼，嘟囔道："小气。"

嘟囔完，蓝予溪才站起身，自己去盛饭。

一顿饭吃下来，小蓝同志都没和戚艾艾说几句话，一直埋着头狂吃。眼见着菜就要被他吃完了，戚艾艾后知后觉地赶紧和他抢了起来。

直到饭碗和菜盘子都见了底，两人才打着饱嗝，满足地放下手里的饭碗。

两人相视而笑，完全没有了之前拼命抢夺的架势。有多久，他们没吃饭吃得这么香，这么饱了。

"蓝予溪，今天既然你在，厨房就归你收拾了。"戚艾艾站起身来，对靠坐在椅子上休息的蓝予溪不客气地吩咐道。

"切……"蓝予溪马上发出不满的声音，"哪天不是我收拾啊？"

好像每天都是你收拾似的。"

戚艾艾停下正要离开的脚步，点了点头，嘴角扯出一抹冷笑，反问道："你那也叫收拾？"

"怎么不叫收拾了？难道那些碗和盘子是自己跑到水池里去的啊？"蓝予溪理直气壮地边答，边收拾碗筷。

"呵呵……"戚艾艾被气得嘴角歪歪地笑了笑，"那要是蓝大少今天没有什么事情的话，麻烦你把碗也洗了，好吗？"

"谁说我没有事情了？我一会儿还要出去。"蓝予溪不急不慢地反驳回来。

"好好好，那你放在那，晚上我回来洗，总行了吧！"戚艾艾边说，边走回客厅，穿上自己的外套。

"大晚上的，你要去哪里？"蓝予溪见戚艾艾要走，马上从厨房里追了出来。

"去酒吧，约了朋友。"戚艾艾边换鞋，边答蓝予溪的话。

戚艾艾没有告诉蓝予溪，她去了酒吧当服务员，就是霍睿经常去的那家酒吧！她想等考完试，出了结果，就白天上学，晚上上班赚钱。

"我们学校明晚有个交际舞晚会。"蓝予溪忽然扔出一句跟刚才的话题毫不搭边的话。

"哦。"戚艾艾随口答了句，推开门，就要走出去。

"就这样？"蓝予溪不满地追过来。

戚艾艾不解地看着蓝予溪那一脸的不满，反问道："要不然呢？"

"你……"蓝予溪怒瞪着戚艾艾，气得直跺脚。最后却像个泄了气的皮球一样，不耐烦地说道："我真是败给你了，走走走，你快点走吧！"

"好的！再见。"戚艾艾无所谓地耸耸肩，"咣当"一声关上了房门。这个男人老跟她玩猜谜游戏，她也不是他肚子里的虫，哪能次次洞悉他的目的。

戚艾艾走到电梯门口的时候，忽然听到门里传来"哐当"的一声踢门声，踢门声的尾音还没有落下，蓝予溪的惨叫声便紧接着响了起来。

"啊——"

再然后，便是蓝予溪愤怒的咆哮："戚艾艾，你个大白痴。"

戚艾艾被蓝予溪的吼声震得顿住脚步，有点蒙，自己招他惹他了，他发什么疯？

戚艾艾愤怒地转过身，想回去找蓝予溪理论。才迈出一步，又收住了脚步。在心里猜测，蓝予溪到底是怎么了？刚刚不是还好好的吗？

据她所知，蓝予溪好像没有背后骂人的习惯啊！今个是哪根神经没有抽对？

戚艾艾皱着眉头，思索了半晌，才理出一点点的头绪来。

难道是邀请她，陪他去参加舞会？

戚艾艾打了个寒战，觉得自己绝对是自作多情了。她快步迈进打开的电梯，不敢深想。

她去酒吧的时候，霍睿已经坐在吧台边翘首以盼。

"艾艾，又这么早？"酒吧老板娘站在吧台里，温和地对着戚艾艾微笑。

"嗯。在家也没有什么事情，就过来看看有没有什么能帮忙的。"戚艾艾边说，边走进吧台里。

"小姐，调杯'等待'给我。"霍睿把整个身体都倾向吧台里边，对戚艾艾笑嘻嘻地说道。

戚艾艾无奈地摇摇头，拿起一旁的酒具，边调酒，边说："就算不好喝，也要付钱，听到没？"

"我有不付钱的时候吗？"霍睿用左手支着下巴，笑嘻嘻地看着戚艾艾认真调酒的样子。

戚艾艾只跟酒吧老板娘学了调这一种酒，可能是因为没有慧根的原因，所以她调的一直都不正宗。

味道不正宗不说，就连两种颜色的综合体也完全没有调出来，而是混合成一种很奇怪的浑浊的颜色。

不过，霍睿却成了她第一个客人，也是唯一的客人。不但每天为她捧场，喝她调的那些有些奇怪的酒，还每次都喝得一脸享受。

戚艾艾并不拒绝霍睿喝她调的这些不成功的作品，毕竟这是杜姐的酒吧，他给的钱也是给了杜姐，又没有给她，她不必觉得有负担，欠了他什么。

"给。"戚艾艾把调好的酒递给霍睿。

霍睿接过酒杯，轻抿一口，带着些许赞叹地说道："呵呵，不错，有很大进步了。"

"真的假的？"戚艾艾兴奋地问道。

不过，才一问出口，戚艾艾看着那杯浑浊不清的液体，郁闷地说："你就别安慰我了。"

"不是安慰你，这次酒的味道确实好了很多。"霍睿满眼宠溺地看着戚艾艾，语气有点像是在哄进步的孩子。

"真的？"戚艾艾的眼中再次冒出了金光。

"嗯。"霍睿很是认真地点了点头，把酒杯递给戚艾艾，"不信的话，你可以尝尝。"

"好。"戚艾艾兴奋地接过杯子，美滋滋地喝了一口。

"咳咳咳……"戚艾艾放下酒杯，一阵猛烈的咳嗽。

等咳嗽完了，气也顺了，戚艾艾死死地瞪着霍睿，一脸的愤怒。

"你、居、然、骗、我。"戚艾艾几乎把这五个字一字一顿、咬牙切齿地从牙缝中挤了出来,可见戚艾艾此时有多么愤怒。

霍睿拿起戚艾艾放下的酒杯,美滋滋地又喝了一口,无辜地说:"没有啊!我觉得很好喝。"

酒吧老板娘看着眼前孩子气的两个人,无奈地笑了。

第二天,酒店大堂。

午休的时间,戚艾艾收住弹琴的手,刚站起身,手机忽然间响了起来。

"你好。"戚艾艾礼貌地出声。

"艾艾,是我。"霍睿低沉且温和的声音在电话的另一端响起。

"总经理,找我什么事?"戚艾艾微微皱眉,不解地问道。

"你来一趟总经理办公室,我有事找你。"

"什么事?"戚艾艾提防地问。

她可不认为高高在上的总经理会有什么公事找她,既然不是公事,那就是私事了!

"快点上来,好事!"霍睿神神秘秘地说了一句,将电话挂断,好像生怕戚艾艾会不同意似的。

戚艾艾无奈地叹了口气,衣服也没有换,拿着手机去了二十五楼。

"当当当。"霍睿的办公室门前,戚艾艾规律地敲了三下门后,听见门里霍睿低沉的嗓音响起,"请进!"

戚艾艾推门走进去的时候,愣了下,办公室里不只是霍睿一个人,还有一位西装革履的男人背对着她,坐在霍睿的对面。

"总经理,找我什么事?"戚艾艾直奔主题,问道。

"不是说了,好事。"霍睿笑意盈盈地说。

戚艾艾皮笑肉不笑地说："那请问总经理，找我有什么好事？"

不是有句老话说"伸手不打笑脸人"吗？人家霍睿这么和和气气的，戚艾艾也不能不领情呀。

"喏，他就是我说的好事。"霍睿指了指他对面的男人。

戚艾艾皱眉看着男人的背影，问道："总经理，你不是看我单身，打算给我介绍男朋友吧？"

认识久了，她也知道霍睿其实是个随性的人，算是老板中的好老板了。你一板一眼地和他说话，他反倒是受不了你。

她刚刚的话，虽然玩笑的成分居多。但也不怪她呀，谁让霍睿指着个男人说是好事呢！

"想得美。"霍睿阴下一张脸，有些气闷地说道，"你不是想考音乐学院吗？正好，他媳妇，我妹妹，可是音乐界的名人，看看你有没有机会拜师。"

"谢谢总……"戚艾艾的话只说了一半，就被转过身的男人惊得目瞪口呆。

这不是经常见报的那位跨国公司总裁傅启云吗？他媳妇就是著名的音乐艺术家彩宁。

傅启云表情淡淡地看着眼前这位目瞪口呆的女子，一向沉稳的脸色，并没有多大的变化。

"对不起！"戚艾艾意识到自己的失态，赶忙收回视线，却还是忍不住紧张。

"彩宁还有孕在身，恐怕暂时不能带人。"傅启云婉拒。

"不是很快就生了吗？"霍睿提醒道。

"生完还要休养身体，不如我作为中间人，介绍给彩宁的师兄吧？"傅启云的唇畔含着一抹有点坏的笑意，对霍睿道。

霍睿被傅启云的话，气得一咬牙。

彩宁的那位师兄虽然也很有名气，但除了音乐方面的才能以外，在泡妞这事上的名气不亚于他。把戚艾艾送过去，岂不是羊入虎口？

　　他狠狠地瞪了傅启云一眼后，压低声音道："你今天和我说的事情，我可以考虑。"

　　"嗯。"傅启云点点头，"那就等彩宁生完孩子后，我问问她的意见再说吧。"

　　"总经理，如果于老师不方便的话，就算了。"戚艾艾虽然很想拜师，有了于彩宁的加持，她进音乐学院将畅通无阻，但她不想强人所难。

　　只是，霍睿都夸下海口了，又怎么甘心在戚艾艾面前丢了面子呢？

　　咬咬牙，看着傅启云有些发狠地笑着，"你说的事情，我答应了。"

　　"既然霍少这么有情有义，我想彩宁也不好意思拒绝。那好吧。"傅启云耸耸肩，明明占了便宜，还搞得好像乐于助人。

　　什么是狐狸？就是傅启云这种，得了便宜还卖乖。

　　不过，他嘴上虽然答应了，但心里却想着，媳妇最大，最后还得人家答应。他是新时代的好老公，绝对不会为了任何利益出卖媳妇的。

　　至于别人，那就不好说了。

　　霍睿送上门让他敲诈，他也不好意思推拒，所谓肥水不流外人田，是吧？

　　戚艾艾不知道霍睿到底答应了傅启云什么，她的心里难免有些过意不去，觉得有些尴尬，毕竟无功不受禄。正好，这时她的手机铃声响了起来。

"你好！"戚艾艾马上侧过身体，接起电话，想缓解一下自己的尴尬。

"晚上我和朋友去你上班的酒吧喝酒。"蓝予溪的声音在电话里有些兴奋地响起。

"哦，好啊！"戚艾艾因为在老板的办公室，自然不能显得太兴奋，声音听起来难免有些不冷不热的。

"你怎么这么不热情呢？不欢迎？还是怎么的？"蓝予溪对于戚艾艾的冷淡，很是不满。

"蓝予溪，你非要故意挑我毛病吗？"戚艾艾很是无语，他似乎总是能从她身上挑出毛病来。

"算了，算了，我今天心情好，就不和你计较了。"蓝予溪第一次这么大方的不与戚艾艾计较，可惜戚艾艾还没有领会到，真是白浪费了蓝予溪的感情了。

"哦！"戚艾艾心不在焉地应了一声。

蓝予溪的话，她虽然听进了耳朵里，却没有听进心里。

"我们晚上一起吃过晚饭，再一起去酒吧！"蓝予溪特意加重了"一起吃过晚饭"这几个字的音，想暗示戚艾艾点什么，戚艾艾却全然没有领会到。

"好。"戚艾艾只想快点结束通话，一直站在别人的房中讲电话，似乎有点不妥。

"那好。先这样，家里见。"蓝予溪总觉得今天的戚艾艾有些奇怪，却又说不好哪里奇怪。

"家里见。"戚艾艾连忙应声，挂断电话，对霍睿和傅启云说："不好意思。"

"原来你就是那位和蓝予溪同居的大姐啊！"傅启云近乎肯定地说。

戚艾艾惊得差点没把手机扔了，这个人她才第一次见，他怎么知道的？而且，她真的很老吗？为什么非要张口闭口地叫她大姐？她的年纪还没蓝予溪大好不好？

　　她不禁在心里愤怒，肯定是蓝予溪到处乱说的。

　　不过，等等，傅启云为什么会认识蓝予溪？

　　傅启云看向霍睿，有点看好戏的意思，"霍少，你遇上对手了。"

　　霍睿的脸色微变，语气却是不以为然："我不觉得，蓝少没准过两天就是尹家的女婿了。"

　　戚艾艾的脸色霎变，不敢置信地看着霍睿，问："你说的是尹依沫？"

　　"你不觉得他俩郎才女貌吗？从家世背景来说，蓝家和尹家都是上流社会，从个人爱好来说，两人都是音乐界的人才。而且，依沫为了和蓝予溪在一起，可是拿命要挟，才蹬掉我，和蓝予溪在一起。"霍睿故作伤心，仿佛自己真的伤心。但戚艾艾很清楚，这样的结果，霍睿恨不得放鞭炮。

　　戚艾艾的脸色青白交加，难看得仿佛得了大病。

　　傅启云打量着她的变化，又看了看霍睿，看出了端倪，玩味地笑了。

　　"艾艾！"霍睿试探着唤戚艾艾。

　　"啊！"戚艾艾回神，慌乱地说："总经理，你们慢慢聊，我还有事。"

　　戚艾艾也不等霍睿答应，转身就向办公室外走去，乱了脚步，

　　看着办公室的门关上，傅启云才看向霍睿，饶有兴致地说："大姐之后，很少有女人让你这么在意。"

　　"有吗？"霍睿把身体靠进老板椅里，脸上沉沉。

　　"不但有。想要打败情敌的手段，还有点不像是你霍少平日的风

格那么磊落。蓝予溪跟她门不当户不对，你就能对上了？家里就会同意？"傅启云提醒道。

"我已经不是当年保护不了婉蓉的霍睿了。"霍睿冷冷地说。

傅启云站起身，淡淡地说："她不是大姐。"

霍睿的身体一震，自嘲地笑了。

"还记得当年我们一起追求他们姐妹，你小子算是如愿了。"霍睿感叹道，"我这个姐夫当得倒是名不副实了。"

"彩宁一直把你当哥哥看。"傅启云说。

"这次过来，彩宁打算见蓝予溪吗？"霍睿问。

"今天见过了。"

"不吃醋？"霍睿调侃地问。

"吃醋。"傅启云认真地回，"可是那能怎么办？不和旧的彻底说再见，就没办法全心全意地开始新的生活。"

"不和旧的彻底说再见，就没办法全心全意地开始新的生活。"霍睿轻喃，这句话让他陷入了思绪。

傅启云离开后，霍睿一个人在办公室里坐了整个下午，似在思量着什么，又好像什么都没想，只是在自我修复。

坐在回家的公车上，戚艾艾靠在公交车的椅背上，闭着眼，脑中一片纷乱。

有机会拜师彩宁，她应该跟中了彩票一样高兴才对。可是霍睿的话，却让她怎么都高兴不起来。蓝予溪真的会娶尹依沫吗？

去他的门当户对，都什么年代了，还门当户对？

戚艾艾霸气地自我安慰后，还是忍不住难过。没有感情的门当户对，可以被唾弃。可是，如果蓝予溪对尹依沫有感情呢？一想到这里，戚艾艾就忍不住难过。

她骂自己没出息，她和蓝予溪又没有关系，管人家和谁门当户对呢。

回了家，戚艾艾换下衣服，走进厨房，心不在焉地做饭。

可是，洗好米，按下电饭锅的开关，要做菜的时候，她才猛地想起，自己居然忘记买菜了。

郁闷地挠挠头，打开冰箱，拿出几个鸡蛋，和昨天剩下的菜，又进了厨房。

简单地做了一个煎蛋，又把剩菜热了一下，才在餐桌旁坐下。

门这时被打开，蓝予溪兴奋地走了进来，手里还拎着一瓶红酒。

戚艾艾抬头看了他一眼，连招呼都没有打，拿起筷子就准备吃饭。

蓝予溪虽然觉得有点不对劲，也没多想，在门口边换鞋边问："饭做好了吗？"

"做好了。"戚艾艾冷淡地回。

"我去洗洗手。"蓝予溪小跑着进了洗手间，美滋滋地做好个人卫生，又是一脸兴奋地小跑进餐厅。倒了两杯红酒，才注意到桌子上的菜。一碟炒蛋，一碟剩菜。

蓝予溪原本灿烂的笑容就凝结在了脸上，问："怎么不把菜端上来？"

毕竟，就算平时他不特殊交代，戚艾艾也很节俭，也不会做这么"简单"的饭菜。

戚艾艾端起饭碗，低下头，刚要吃，却被蓝予溪问得不解地抬起头。

"就这些了。"戚艾艾看着蓝予溪一脸的不高兴，心中顿时疑惑丛生。

这男人进门时，不还是挺高兴吗？怎么这么一会儿就变脸了？

都说女人变脸和变天一样快，他一个大男人怎么也变得这么快呢?

"真的没有别的菜了?"蓝予溪又不死心地问道。

戚艾艾看蓝予溪的脸色不好看，想起白天霍睿说的话，自己胸腔里的怒气也喷涌了出来。

"是啊。没有了。"戚艾艾回得不以为然。表现得仿佛这件事，这件事情里的人，于她而言都不重要。她并没有发现，她这会儿的反应是因为在乎。

"戚艾艾!"蓝予溪几乎是咬牙切齿地从口中逼出她的名字，"你是存心的，是不是?"

他今天意外碰见了于彩宁，她大着肚子，依偎在傅启云的怀中。彩宁真的幸福了，那一刻，他比自己得到了幸福还要兴奋。他想要找人分享这份幸福，他第一个想到的人就是戚艾艾。他不知道为什么，但他想要和她庆祝这个新的开始。没错，新的开始，他们的开始。可是，戚艾艾比平日还冷淡的反应，犹如一盆冷水，迎头浇下，仿佛只是他一头热。

戚艾艾把手里的饭碗大力地放在桌子上，她站起身，发泄一般地大喊:"蓝予溪，你发什么疯啊?不喜欢吃就不要吃。不要对我大吼小叫的，我又不是你的保姆，也不是你的什么人，没有义务一定要伺候你。"

戚艾艾的鼻子泛酸，双眼湿润。

他看着她委屈的样子，燃高的气焰忽然就灭了。他咬了咬唇，叹了声，转身向自己的卧室走去。

巨大的关门声，震得戚艾艾一哆嗦，眼泪的泪水就滚了下去。

"蓝予溪，你就会欺负我。"戚艾艾擦掉脸上的泪水，"戚艾艾，你争点气，为别人的男人哭什么。"

戚艾艾也没了吃饭的胃口，向自己的卧室走去。忽然，上空飞下一件衣服，直接盖在了她的脸上，挡住她的视线。

她胡乱地拉下挡着她视线的衣服，就听见自己的上方传来蓝予溪的声音。

"穿上衣服，我们出去吃饭。"

戚艾艾可算是拉下脸上的衣服了，愤怒地瞪向蓝予溪，这人到底是怎么回事啊？有间歇性神经病啊？

想到这，戚艾艾忍不住把蓝予溪想成吃了一脸饭粒，对着她呵呵傻笑的白痴。忍不住也笑了。

"笑什么呢？"蓝予溪被笑得毛骨悚然，知道准没好事，"戚艾艾，你到底去不去？"

"喂！蓝予溪，我警告你，对我客气点。"戚艾艾抬手就拍上了蓝予溪的头，大义凛然地教育道。

蓝予溪见她笑了，竟也不与她计较，转身走到鞋架旁，拿起她的鞋子，用要杀了她一样的眼神瞪着他，走向她。

"喂！你干吗？"戚艾艾吓得直往后躲。

这个男人不是用衣服扔完她，现在改用鞋扔了吧？

眼看蓝予溪越来越近，戚艾艾撒腿就要跑，却不幸地被蓝予溪拉住胳膊，直接甩回了沙发上。场面之暴力，让缩在沙发上的戚艾艾像极了被害者。

戚艾艾直接把蓝予溪想成了杀人狂魔，还是要拿"鞋子"杀人的死变态。

戚艾艾在沙发上挪动了一下，退无可退，只能拼命地护住了脸。

呜呜呜，她可不要明天带着鞋印去上班……

等了半晌，不但没有等来鞋子满天飞的场景，脚跟却被扣住，鞋子被套在了脚上。她捂着脸的手微微一僵，立刻将合实的手指之间留出一条小缝，向下看去，就看到身材高大的蓝予溪此时正蹲在地上给她穿鞋。

戚艾艾就这么呆愣地在手指缝间看着蓝予溪，忘记了反应，也忘记了拒绝。她真的觉得不是她自己眼花了，就是蓝予溪吃错药了。

难道是因为知道她要走了？想对她好点，作为临别赠礼？

蓝予溪给戚艾艾穿好了两只鞋，才有工夫抬眼迎上头顶那道炙热的目光。还没等眼神交流，戚艾艾连忙将手指合实，挡上自己的视线。

蓝予溪无奈地失笑，竟觉得她现在的样子尤为可爱。他站起身，又拿起一旁的外套，这才扯下戚艾艾捂着脸的其中一只手，在她的面前挥舞着外套，揶揄道："衣服也要我帮你穿吗？"

戚艾艾一听蓝予溪的话，一个激灵，迅速拿下另外一只还留在脸上的手，一把夺过蓝予溪手里的衣服，迅速地穿在身上。

看戚艾艾穿好了衣服，蓝予溪才满意地说道："走吧。"

"我们去哪？"戚艾艾站在原地没有动。

已经走出两步的蓝予溪见戚艾艾仍旧站在原地，又折了回来，拉起戚艾艾的手，一句多余的话都没有，直接往外走去。

整个动作熟练自然，好似他天生就适合这种霸道的相处方式。

"我们到底去哪？"戚艾艾不死心地继续问道。

"去吃饭。"蓝予溪简略地回。

就在两人刚迈出大楼的时候，迎面走来多日不见，一身白裙，像洋娃娃一样的尹依沫。

"蓝老师……"

尹依沫的声音由高到低，表情亦由兴奋到低落，她的视线紧紧地锁着蓝予溪正牵着戚艾艾的手。

第七章　住进蓝老师心里的人

蓝予溪看尹依沫迎面走来，停下脚步，温声问："依沫，你怎么过来了？"

"我来……"尹依沫支吾着，眼睛却一直没有离开蓝予溪和戚艾艾相握的手上。

戚艾艾注意到尹依沫的反应，不禁尴尬，抽回被蓝予溪握着的手。

"那个。"戚艾艾指着门的方向，说，"我想起来，我落下点东西在屋里，你们等我一下。"

她说着，在蓝予溪不满的视线中，又跑回家里。

门才一关上，她已经忍不住后悔了，她躲个什么劲啊？弄得跟做贼似的，好像她做错了什么事情。

她忍不住把耳朵贴在门上，屏住呼吸，想要听听门口的两人打算说点什么。

"我听说学姐今天来了。她已经有宝宝了。"尹依沫轻声说。

她说话时，刻意地打量着蓝予溪，似乎很在意他的态度。

"我见到了。"蓝予溪回得平静。

"蓝老师，您放下了，对不对？"尹依沫紧张地问，"您之前跟我爸说，您的心里有放不下的人。现在没有了，对不对？"

"我心里的那个人，早就不是彩宁了。"蓝予溪的语气格外肯定，"两年前，她离开的时候，我的心就空了。后来，又有人住了进去。"

"难道你放弃家族企业，来学院教书不是为了怀念和学姐在这里念书的时光吗？"尹依沫不禁慌了。如果那个人是于彩宁，她还看得到希望，如果不是于彩宁，那会是谁？

尹依沫看向门的方向，并不愿意面对心中所想。

戚艾艾的耳朵贴着门，听着门口的对话，惊得张了张嘴巴。瓷娃娃这是知道蓝予溪和前女友没可能了，来表白的。显然并不像霍睿所说，蓝予溪并没有答应和尹依沫订婚。戚艾艾竟忍不住有些开心。这股雀跃情不自禁地从心底跳跃出来的时候，吓了戚艾艾一跳。她赶紧收敛，不敢深究自己内心的真实想法。

"吃晚饭了吗？"蓝予溪岔开话题。

"还没有。"尹依沫摇了摇头。

"正好，我们打算去吃饭，一起去吧。"蓝予溪走到门口，用力敲了敲门。

还贴在门上偷听的戚艾艾被吓了一跳，听门口的蓝予溪喊她："戚艾艾，快点，吃饭去了。"

戚艾艾有些别扭地出了门，蓝予溪见她动作缓慢，拉过她的手臂，走到尹依沫的身边，说："走吧，依沫。"

尹依沫在蓝予溪和戚艾艾走过她的身边后，狠狠地咬了咬下唇，才跟了上去。

三个人走了大概五分钟左右，来到美食街。

蓝予溪停下脚步，自然而然地问道："依沫，想吃什么？"

戚艾艾也不计较，尹依沫本来就小，大老远跑过来也算是客人。

"表姐想吃什么？"尹依沫柔声问道。

"不用问她，你选吧，远来是客。"蓝予溪不等戚艾艾回答，直接道。

蓝予溪和戚艾艾之间的默契，让尹依沫有些难过。

"我没有关系，吃什么都可以，还是让表姐选吧。"尹依沫坚持道。

戚艾艾撇撇嘴，有没有搞错，这样推来推去地，还能吃上饭吗？

"我们去吃麻辣火锅吧。"戚艾艾说。

蓝予溪微抿眉，看向尹依沫。

尹依沫不自然地笑了笑，有些勉强地说："蓝老师，就吃火锅吧！偶尔试一试也不错。"

"真的可以？"蓝予溪担心地问。

"嗯。"尹依沫点了点头。

戚艾艾忍不住腹语："蓝予溪怎么跟哄孩子似的？"

"你很想吃火锅？"蓝予溪又转头问戚艾艾。

"废话！不想吃干吗说？"戚艾艾翻白眼，蓝予溪平常除了损她，话也不多啊，今儿吃个火锅，怎么还犹犹豫的。

"不吃我就去上班了。"戚艾艾忍不住说。

"走吧！"蓝予溪连忙回应，最后还不忘嘀咕一句，"吃货。"

蓝予溪按着戚艾艾的意思选了一家正宗的四川火锅，三个人落了座，服务员立刻热情地上前。

"几位客人，要什么锅底？"女服务员用浓烈的四川口音问道。

"来一个鸳……"蓝予溪刚要说来一个鸳鸯锅，体谅不能吃辣的尹依沫。可是，话还没有说完，就被戚艾艾给直接打断了，"来一个特辣的锅底。"

"依沫她……"蓝予溪想要跟戚艾艾解释，不想才一开口，戚艾艾不给面子地直接打断。

"蓝予溪，你一个大男人不是怕吃辣的这么丢人吧！"戚艾艾故意用激将法，讽刺地说道。

她感觉得出来，蓝予溪是想迁就尹依沫。她想到这，就忍不住较劲。郎有情妾有意，不应该在她的面前秀呀。

"谁说的，就算是把你给辣哭了，我也不会有事。"蓝予溪的脾气是一激就顶烟上。

"那还啰唆，真是的。"戚艾艾没好气地白了蓝予溪一眼，继续看手里的菜单。

"你……"蓝予溪对戚艾艾表达了不满，本想反唇相讥，又想起了什么似的，软下语气，对尹依沫说："你如果不想吃，我叫些外卖来给你吃。"

"蓝老师，我没关系，我现在也能吃一些辣的。"尹依沫弯起唇角，善解人意地道。

"你确定？"蓝予溪再次确认。

戚艾艾越听越无语，她吃个火锅，弄得跟干了什么惹人厌的坏事似的。

"我确定。"尹依沫甜甜地笑了，从心里溢到双眼中的甜。

两人你一句我一句的，好似打情骂俏一样。听得戚艾艾再也坐不住了，噌地站起，问走过来的服务员："洗手间在哪？"

"直走左转就是。"服务员微笑着回。

戚艾艾大步离开，背影似乎都透着不满。

蓝予溪拧眉，不知道是哪里又得罪了戚艾艾。

"蓝老师喜欢表姐？"尹依沫难过地问。

蓝予溪被问得愣住，他从来没想过这个问题。只知道从一开始排斥戚艾艾留下，总想整她，到现在已经习惯了有戚艾艾的生活。

只是，不管他对戚艾艾是什么想法，这话题显然都不适合和尹依沫讨论。

"我怎么会喜欢戚艾艾？我和她就是债主和欠债人的关系。"蓝予溪随口反驳道。

尹依沫惊讶地看着蓝予溪身边的方向，张了张嘴，没有说出话。

蓝予溪注意到她的表情不对，转身看到戚艾艾就站在他的身后时，一惊，有些慌了。

戚艾艾走回自己的位置坐下，笑看着蓝予溪。

"好好享受吧，债主。"戚艾艾拿起茶壶，倒了一杯水，"等我过几天搬走了，你就没机会享受奴隶主的福利了。"

她说着，把水杯端到蓝予溪的面前，仿佛在尽欠债人最后的义务。

蓝予溪脸色铁青地看着戚艾艾，"你什么时候计划搬走的？"

"刚刚。"戚艾艾端起自己的水杯，喝了一口，又欢快地拿起筷子，"吃火锅喽，好饿。"

任饭桌上的气氛诡异，戚艾艾发挥吃货的本色，我就是看不到。

一会儿的工夫，服务员就把戚艾艾点的东西都上了桌。

尹依沫看了下桌子上的菜品，苦涩地笑了笑，说："表姐很了解蓝老师的口味，这些菜都是蓝老师爱吃的。"

戚艾艾拿着筷子的手僵了下，这才注意到一桌子的菜基本上都是蓝予溪喜欢的。

这样的认知让戚艾艾犹如被扔在太阳下暴晒，无处躲藏，只能承受这份灼热的痛苦。而这份灼热却让她流下了冷汗。人家刚说完和她只是债务关系，她这个时候决不能输了阵仗。

她不自然地扯出一抹笑，悻悻地转过脸去，不看桌子上的两个人，继续埋头吃自己的。一边吃一边在心里骂自己，戚艾艾，你怎么就那么不争气呢？

她点菜时也没想那么多，顺手就点了，却透露了一些自己并不愿意承认的信号。

"我是不是说错什么了？"尹依沫打量一眼戚艾艾，又看向蓝予溪。

"没有。"蓝予溪看着戚艾艾埋头只顾吃的样子，也不想再说话。

蓝予溪拿起筷子，吃得漫不经心，时不时地拿眼神扫戚艾艾，也就忽略了同桌的尹依沫。

尹依沫默不作声地察言观色许久，神色越加黯然，她将目光转向桌子上翻滚着的被辣椒染成红色的汤锅，像下了很大决心似的，夹了一筷子青菜，毫不犹豫地吃进口中，迅速地咀嚼几下，才吃力地咽了下去。

蓝予溪把所有心思都放在了吃得津津有味的戚艾艾身上，也就没有注意到尹依沫的动作。

等戚艾艾吃饱喝足，抬头看向尹依沫的时候，惊得睁圆了眼睛。

"依沫，你的脸怎么了？"戚艾艾惊呼。

尹依沫一张娃娃脸，这会儿已经变了形，又红又肿，有点像是猪头。

"依沫，你的脸怎么起红疹了？"蓝予溪震惊地问完，才恍然大悟地又问道："你刚才吃火锅了？"

"我……我只是太饿了，就想吃一点试一试，没想到……"尹依沫撇撇嘴，一副要哭的架势。

"我现在就带你去医院。"蓝予溪说着站起身，去拿尹依沫的包。

邻桌的客人看见尹依沫那张分辨不出模样的脸，窃窃私语起来。

一个不注意，声音高了，她们的嘲笑声还传进了尹依沫的耳

122

中，听得尹依沫掩面失声痛哭。

蓝予溪见状，连忙脱下外套，盖在尹依沫的头上，对邻桌的客人大吼："看什么看。"

几个女人自知理亏，外加蓝予溪像要吃人的样子，马上闭了嘴。

蓝予溪不再跟几人废话，拉起尹依沫就往外跑去。

戚艾艾虽然到现在都没有弄明白是什么状况，还是立刻结账，追了出去。只是，等她追出去的时候，蓝予溪正关上出租车的车门。随即，出租车扬长而去，根本没有等她的意思。

戚艾艾站在原地，看着出租车渐渐消失在夜幕中，傻傻地站在夜色里。她看着他焦急地离开，对她一句交代都没有，她就像是那些食客一样，同样是外人。

眼前熙熙攘攘的路人全都凭空消失不见，仿佛只剩下她自己一个人。

她大概猜到尹依沫是因为吃了火锅，才会过敏。

她有些愧疚，有些后悔来吃火锅。又有些失落，但她因为什么失落呢？

戚艾艾深深地呼吸了一口夜晚微凉的空气，向酒吧的方向走去。

她过去时，酒吧才刚刚开门，酒吧老板娘还没有来，霍睿却已经坐在吧台那里。

"艾艾，怎么了？"霍睿一眼就看出来戚艾艾的情绪不对，关切地问。

"没事。"戚艾艾没什么心情，回得冷淡。

她走进吧台里，为营业做准备。

"别骗我了，你一整张脸上都写着我心情不好。"霍睿拒绝接受她的回答，追问道："到底因为什么？"

"没有因为什么，我只是有点累。"戚艾艾随便找了借口，不想霍睿真的相信了。

"既然这么辛苦，以后酒吧的工作就不要做了。"霍睿误以为戚艾艾是两份工作很辛苦，建议道。

"不行，我需要钱。"戚艾艾想也没想，脱口道。

是啊，她需要钱，她想去读书，还想搬出蓝予溪家，这些都得钱才能解决。

霍睿以为什么事呢，钱能解决的问题就不是问题。他不甚在意地笑了笑，说："要不然我明天回酒店，让人给你加薪。"

"不用了，我只拿我该拿的。"戚艾艾回绝的声音不大，语气却是坚决的。

霍睿知道她的性格，也不再多说，沉默不语地看着她忙碌的身影。

又过了一会儿，酒吧老板娘来了，酒吧也陆陆续续地来了一些客人。

"艾艾，你有没有想过要从蓝予溪那搬出来？"霍睿沉默了一会儿，忽然问。

"想啊。我准备一个月之内从他那搬出来。"戚艾艾依旧温声软语地回答道，只是语气里的伤感却很明显。

"真的？"霍睿惊喜地反问。

戚艾艾应声抬头，看着霍睿脸上那有些夸张的喜悦，愣住。

"嗯。"戚艾艾点了点头。

"我帮你找房子吧？"霍睿自告奋勇地想揽下这光荣的差事。

"啊？"戚艾艾惊诧地看着霍睿。什么？他帮她找房子？那估计她一年的工资也住不起他找的房子吧？

他是含着金汤匙出生的大少爷，怎么都不可能去给她找个普通民宅那么体贴吧？

戚艾艾虽然也明白霍睿是一番好意，可是这份好意她却无福消受。

她笑得有些不自然地拒绝道："总经理，不用了。你那么忙，这种小事，我自己办就可以了。"

"那怎么能行呢？你一个女孩子，在这里人生地不熟的，万一被人骗了怎么办？"霍睿的表情极为认真地说道。

霍睿的话让戚艾艾的心微微泛酸的同时，亦有暖意涌起。

她可不真是一来这里就被骗去所有的钱，险些流落街头吗？

但是，感激他的关心归感激他的关心，并不代表她就能接受他的好意。

"真的不用了，我会小心一点的，而且时间也很充足，我可以慢慢在附近找，总会找到合适的房子。"戚艾艾微笑着说。虽然没有接受他的好意，对霍睿的态度却很友善。

正在这时，酒吧的门被一个俊帅的男人推开了，戚艾艾一眼就看出这个人是白天刚刚见过的傅启云。

傅启云看到吧台里的戚艾艾和坐在吧台前的霍睿，向吧台走去。

"予溪呢，怎么没有来？"傅启云的唇角挂着笑意，问道。

戚艾艾没有应声，径自干着手上的活。

傅启云与霍睿对视一眼，又看向戚艾艾。

"没见到予溪吗？"傅启云问。

戚艾艾见问到自己的头上，想了想，说："他有点事去办。"

"这小子，他找我出来，居然还敢给我迟到。"傅启云不满地道。

"他找你？"霍睿玩味地笑了笑，"你们俩这算是冰释前嫌了？"

"那么多年兄弟，我一直没关系。就是怕他有心结。"傅启云在吧台边坐下，"给我一杯牛奶。"

戚艾艾愣了下，去倒牛奶。

"你当然没心结了，你抢了人家的初恋。蓝予溪忽然不来了，不是回家想想，还是放不下吧？"霍睿慢悠悠地说，看着戚艾艾递给霍睿的牛奶，调侃道："不是吧。你现在已经退化到要喝奶了？"

傅启云喝了一口牛奶，回道："老婆大人吩咐的，每天不管多晚，都要喝一杯牛奶，做好补钙工作。"

"你也听？"霍睿有些惊讶。

戚艾艾也刻意等着傅启云的答案，喝牛奶虽然不是什么大事，但能在脱离了老婆视线，还坚持完成的人，恐怕不多。

"为什么不听？我的骨骼结实一些，身体硬朗一点，才能陪她走到最后。我可不想我先倒在病床上了，还要她伺候。"傅启云说这话时，表情格外地认真。没有青春时期的那股激昂，却把细碎的生活说成了最动人的情话。

戚艾艾一时间有些失神，这正是她想要的生活。

"羡慕呀？"霍睿忽然问。

戚艾艾回神，继续忙碌，不理霍睿。

"不用羡慕，我也可以天天听话地喝牛奶。"霍睿谄媚地说。

戚艾艾不理他，转身走出吧台。

霍睿看了一眼戚艾艾无情离开的背影，吹了下刘海，似乎有些郁闷。

"真不想和大姐在一起了？"傅启云打量着霍睿，"今天我和彩宁说起你现在的情况，她还挺遗憾的。"

"我和她不适合。"霍睿冷着脸回。

"是不适合？还是她不像你想象中的那么简单，让你失望了？你才情愿用戚艾艾代替她？其实，戚艾艾和大姐一点不像，就是骨子里的那股子傻劲挺像的。只不过大姐曾被仇恨迷住了眼睛，好在她现在清醒了，不是吗？"傅启云叹息着劝道。

霍睿的脸色阴沉，"过去的事情，任凭我们再努力，也追不回来了。"

傅启云摇头叹息，没有再说话。

另一边，戚艾艾送酒时，被一桌男顾客起哄，要她喝酒。

酒吧什么样的客人都有，平时戚艾艾也不是没遇上过这样的事情。她拒绝了，客人也不会过分。这一次她不知道怎么了，就接下了客人的酒瓶子，在男人们的叫好声中，干了一大杯啤酒。

男客人觉得有趣，高呼着要酒，就递给戚艾艾一大杯。戚艾艾再次干了。

"我去看看她。"霍睿对傅启云交代一声，眸子深了深，快步向戚艾艾那桌走去。

霍睿抢下戚艾艾要干下的第三杯啤酒，大力地放在桌子上，视线冰冷地扫了桌子上的顾客一圈，扶着戚艾艾果断离开。

走出没几步，戚艾艾大力地甩开霍睿。

"不要管我。"戚艾艾激动地说了句，激动地要走，脚下不稳，整个人向霍睿倒去，头撞在霍睿地胸膛上。

霍睿见状，连忙抱住戚艾艾。看着她微微皱起的眉头，他心疼地问："艾艾，是不是头很痛？"

"嗯。"戚艾艾从嗓子里挤出一个长音，推开霍睿，站直身体，走两步又觉得头晕，坚持自己一个人走到吧台边坐下，一会儿就已经支着头，醉得昏昏欲睡。

"老板娘，今晚给她放个假。"霍睿丢下一句话，直接打横抱起戚艾艾就走。

霍睿带着戚艾艾刚离开，傅启云的手机就响了起来。

"蓝少，你还记得今晚约了我呀？"傅启云调侃道。

"不好意思，我今晚有点事情。"蓝予溪抱歉地解释道。

"我倒是没什么。就是你家的戚艾艾，刚刚醉得不省人事，被霍睿带走了。"傅启云不怕事大地说。

"你说什么？她醉得不省人事被霍睿带走了？"蓝予溪压抑着怒火，狠声质问道。

"是。"傅启云回得很是轻松，"我还是早点去把霍睿劫下，免得他对戚艾艾做点什么。"

傅启云的声音才一落下，蓝予溪已经挂断电话。他无所谓地收起手机，估摸着蓝予溪不会来了，他还是回酒店去陪媳妇吧。顺便跟媳妇八卦一下，他刚刚怎么把俩男人引到一起去掐架的。

霍睿抱着戚艾艾出了酒吧，将她轻轻地放在副驾驶的座位上，才绕到另一边上车。他没有马上发动车子，而是坐在驾驶座上，静静地看着戚艾艾，享受着两人之间难得独处的安静时光。

睡梦中的戚艾艾因为酒精的原因睡得并不安稳，紧皱着眉头，卷翘的睫毛微微轻颤，好似人从睡梦中即将苏醒的前兆。

他俯身为她系安全带，越是贴近戚艾艾的身体，心跳越是飞快加速，好似马上就要跳出胸口。

这样强烈心跳的感觉好陌生，多年前，年少的时光里有过一次，但已经随着时间的长河被渐渐遗忘。他不明白为什么会对戚艾艾有这么强烈的感觉，从一开始她相近于于婉蓉的气质让他好奇。再到后来的探究中，他渐渐地深陷。越是说不出道理，越是难以自拔。

第一次，系安全带这种熟练工种，他显得有些笨拙，和安全带斗智斗勇了很久，他才将戚艾艾的安全带扣好。

他没有立刻起身，咬住自己的下唇失笑。

"丫头啊丫头，你怎么和她一样，不懂得照顾自己！"霍睿深吸一口气，在戚艾艾的耳边轻喃。

戚艾艾的体香混合着酒精的特殊味道沁入了他的心田，刺激了他的每一根神经。

不敢再胡乱呼吸，憋紧气息，强迫自己直起身体，曾经风流成性的花蝴蝶，今天彻底做了一回正人君子。

发动车子，才开出一段距离，霍睿忽然刹住车。

他现在把醉得不省人事的戚艾艾送回去，不是羊入虎口？

就算是滴酒未沾的戚艾艾，他也不放心她和一个男人住在同一屋檐下，要知道男人的那些个想法，霍睿可是再清楚不过了。

当然，他是完全以他和他身边的男人为衡量标准的，可是，他身边的男人有几个不花心的？不乱来的？

算了，还是放在自己的眼前看着比较保险。

他将车子掉头，向自己的私人别墅开去。才走了一半的路程，原本安静的戚艾艾将眼睛睁开一条小缝。

"唔……"戚艾艾的胃里翻滚着难受，一股想吐的欲望，怎么压都压不住。

"艾艾。"霍睿赶忙将车子停在路旁，"你还好吧？"

戚艾艾手捂着嘴，眯着眼睛看去，恍恍惚惚地看到身边好似有个人影，无论她怎么努力，都看不清眼前的人是谁。

"唔……"胃里又是一阵难受。

由于系着安全带，戚艾艾倾身的幅度有限，一时行动受制，胃里反上来的又太快，一口呕吐物直接吐到了自己的裤子上。

"艾艾！"霍睿赶快抽了张纸巾出来给还处在迷迷糊糊中的戚艾艾细心地擦干净嘴角，又去擦拭戚艾艾的裤子。直到戚艾艾的裤子上没有脏东西了，他才停手。

整个过程，被伺候惯了，有着洁癖的大少爷连眉头都没有皱一下，好似这本该就是他分内的事情，丝毫不介意难闻的气味，更加不嫌弃呕吐物弄脏了他那双从未伺候过人的手。

霍睿看着不知何时又闭上眼睛，靠在座椅上睡着的戚艾艾，满眼的宠溺。

他伸手捋了捋落在戚艾艾脸上的发丝，轻轻别在她的耳后，开口的语气温和得可以沁出水来，"艾艾，再忍一忍。"

霍睿恋恋不舍地看了一眼戚艾艾，才转头打开自己那一侧的车窗，看了看周围的环境，才又发动车子。

车子大概又行驶了五分钟，他才在一家五星级酒店的门前停下车。

霍睿动作温柔地抱下完全没有一点安全意识，睡得死死的戚艾艾。

夜晚的空气有些凉，戚艾艾从暖乎乎的车厢里出来，不免有些不适应这个温度，到处寻找热源。终于，在她贴上温暖而宽厚的胸膛后，她才满意地弯起唇角，继续沉沉地睡去。

霍睿低头看着窝在他怀里的小女人，心情顿时又好了几分，看来这次为奴为婢的回报还不赖啊！

霍睿抱着戚艾艾走到服务台，拿了房卡，忍受着一路上各种异样的目光。他知道他们一定在想，他带着个醉得不省人事的女人来酒店准没好事，他还真是比窦娥还冤啊！

带戚艾艾进了他开的房间后，他叫来酒店的女服务人员，给戚艾艾洗澡换衣服。

他之所以没有回别墅，而是带戚艾艾来了酒店，也是为了给吐了一身的戚艾艾洗个澡。

等酒店的女服务员把戚艾艾带进了浴室，霍睿才能歇息一会儿。

他刚想倒在沙发上看一会儿电视，就听见手机的铃声响了起来。

霍睿在室内巡视了几圈，也没有找到发声的源头。

就在霍睿诧异不解的时候，浴室的门被打开，为戚艾艾洗澡的女服务生走了出来。

"先生，那位小姐放在裤袋里的手机响了。"女服务生将还在响着的手机递给霍睿。

"谢谢你。"霍睿接过手机，看了一眼来电显示屏幕上跳跃的"蓝予溪"三个字，接了起来。

"你好。"霍睿的声音磁性十足。

电话另一端的蓝予溪心跳漏跳了半拍，他深呼吸，压下心中的不安，告诉自己保持镇定。

"戚艾艾呢？"蓝予溪虽稳下了情绪，出口的语气却含着几分怒气。

"在洗澡。"霍睿丝毫不在意蓝予溪的愤怒，简洁且有些故意地说。

"什么？"蓝予溪的怒火顿时狂飙。

虽然霍睿只说了三个字，可是这三个字能让人产生绮念的概率太大，而霍睿也是抓住这一点才故意不加隐瞒地说了实话。

蓝予溪的怒气狂飙，也正好说明了他做的这个决定有多么正确。

他并不认为这么说这么做很小人，他只知道他投入整颗心在戚艾艾的身上，他就要争取。

勇于争取才是一个男人的行为，而不是躲起来，站在爱的人身后黯然神伤。

"她在洗澡，现在不方便接你的电话。"霍睿声音清晰地又重复了一遍。

"你们在哪？"蓝予溪的面部线条绷得紧紧的，随时都在爆发的边缘。

"酒店。"霍睿不紧不慢地应道。

蓝予溪拿着手机的手不停收紧，胸口气得不停地上下起伏。这莫名的愤怒同时，似乎还有着隐隐的担心。他很担心自己根据霍睿的人品和他的话勾画出的不美好场景真的发生。

"让、她、接、电、话。"蓝予溪一字一顿，咬牙切齿地说道。

戚艾艾天天都和他住在一套房子里，他知道她不是个随便的女人，他不相信她会开放到与霍睿去开房，除非她真的爱霍睿。

"好，你等等，我去浴室给她手机。"霍睿丝毫没有犹豫，就答应了下来。

两军对战就是这样，如果不能先从心理或是气势上赢了对方，你就等于未开战已经输了一半。

霍睿走到门前，并没有走进去，轻轻地敲着浴室的门。

"当当当。"

"艾艾，你的电话，要不要接一下。"按摩浴缸流动的水声配合着敲击的声音，以及霍睿磁性的男声，一起响起，让电话另一边，蓝予溪的心一寸一寸地往下陷。

他还是告诉自己不要信，因为他没有听到戚艾艾的声音。

"艾艾，你再不来接，我就进去了。"霍睿继续敲着满是雾气的玻璃。

"艾艾，是你的室友蓝予溪，你真的不接吗？"霍睿继续不懈努力，女服务生走了过来，不解地看着霍睿。霍睿把手指放在唇边，做了个噤声的动作。女服务生立刻识相地默不作声。

浴室里迷迷糊糊的戚艾艾，终于被不停说话的声音和敲击的声音给弄得烦躁起来，也没有思考自己到底听到了什么，就直接作答，喊道："讨厌，走开，别吵我。"

戚艾艾迷糊而无力的声音，让人听入耳中像极了撒娇。

霍睿满意地勾起了唇角，再次将电话放回自己的耳边，对电话里的蓝予溪，近乎挑衅地揶揄道："怎么办？她好像不想接你的电话。"

电话那边的男人没有再说话，沉默良久之后，用已经僵硬的手挂断电话。一切关于美好的回忆都成了撕裂他内心的利器。

他的手无力地垂下，手机从僵直的手指间滑落在地。

"啪——"

手机接触地面时发出的清脆声音，并没能唤回他被抽走的神志。

他有问过自己："自己为什么要这般在乎？她做了谁的女人又跟他有什么关系？"

从蓝予溪急急忙忙地跑下楼那一刻起，尹依沫就打开了窗子，站在窗边望着楼下。

她不知道到底发生了什么事，她猜一定和戚艾艾有关系。

这几年来，已经没有什么事情能牵动蓝予溪的情绪了。

蓝予溪也会心疼她，会很关心她。遇上她的事，每次都会很冷静地处理到最好，不会出一点的差错。所以，在她的面前，他完美无缺，却独独少了七情六欲。她只能站在远处膜拜他，却永远都无法接近他。他在她面前的完美表现，在这一刻成了他们之间无形的屏障。而他在戚艾艾的面前，却有了喜怒哀乐，总是喜欢跟着自己的情绪走，更像个有血有肉的人。

尹依沫看着那个在她这个高度看得不是很清的人影，烦躁地踱步许久。静寂的夜里，她隐约听到他在讲电话，再然后便是他噤了声，傻傻地站在那里，一动不动。

即使她看不到他的脸，他的表情，只看他僵直的身影，她已经能够体会他此刻的心是痛的。

　　他不知道，她也在窗前遥望着，陪他痛着。

　　因为他从来不会为了任何人失常，所以尹依沫便以为这一次即使戚艾艾可以让他活得更像一个七情六欲齐全的人，他也还是蓝予溪，那个懂得克制情感的蓝予溪。

　　她相信，不管是怎样的事情伤了他，他也一样会上楼休息，等着睡醒后，迎接新的一天，新的希望。

　　可是，这一次，她失算了。

　　他并没有回家休息，而是僵直地站在寂寥的夜里，一动不动，似没有了生气的雕像一般，站在原地。

　　蓦地，有人从他的身后抱住他颤抖的身体。

　　"蓝老师……"

　　尹依沫柔弱的声音，在深夜里充满了坚定。

{♥}
第八章　纠缠不清的误会

午间强烈的阳光透过窗帘的缝隙，投射到床上睡得正香的女人的脸上，她不适地睫毛轻颤，嘤咛一声，缓缓睁开眼。

戚艾艾隐约地好像看到眼前有一个人形物体晃动，却迷糊地以为自己看错了，仍在梦中。她使劲闭了闭眼，再次睁开，确定了眼前的人影不是幻觉，而是活脱脱的男人。

"啊——"戚艾艾失控地尖叫。

本来一脸陶醉地看着睡美人的霍睿，被她这一声见到狼一样的惊叫吓得一惊，保持着一个姿势，半晌没敢动。

戚艾艾胡乱地把被子往自己的身上拉了拉，一脸防备地瞪着霍睿，质问道："你为什么在我的房里？"

被戚艾艾这么一质问，霍睿才算是回了魂。

这女人还真是会煞风景啊！

霍睿昨夜在戚艾艾睡了后，不放心戚艾艾一个人留在酒店，就睡在沙发上陪她。

可是，沙发再高级，也没有床舒服，是不是？

霍睿早早就醒了过来，洗漱完毕，戚艾艾还是睡得死死的。他便利用这有限的时间，坐在床边的地上，用右手支着头，静静地看着她恬静的睡颜。这时的她，和平日的她很不一样。

不知道为什么，这个女人总是能给他新鲜感。

弹钢琴时，全情投入的痴醉，在酒吧的风风火火，以及这会儿的恬静。

他只是静静地欣赏她，就已经觉得满足。

就在他陶醉地欣赏她时，她却像是看到了鬼似的，一声尖叫。真是什么好意境都被她给破坏光了。

不过，看着她一脸防备，拉着被子的紧张样子，好似他随时会化身饿狼扑上去似的。

"小姐，拜托你看清楚了再问，好不好？"霍睿顿了顿，看戚艾艾愣了下，又接着揶揄道："这里是酒店，不是你的房间。"

戚艾艾听到酒店两个字后，倒吸一口凉气，半晌才结巴着吐出几个字："酒……酒店……"

戚艾艾真是连撞墙的心都有了，她怎么会来酒店？而且……而且还是和这匹种马来的酒店开房，她不要活了。

"嗯。"霍睿点了点头，弯起的唇角，笑得有些坏坏的。

戚艾艾操起一旁的枕头，狠狠地向霍睿砸去，大喊道："你个死种马，居然敢骗我来酒店，我不会放过你的。"

霍睿迅速地将头偏向一侧，才躲过戚艾艾的突然袭击。可是，才躲过一个，第二个就已经飞了过来，再想躲也来不及了。只见，一个白色的枕头就这样直直地贴上了霍睿的一张俊脸。

霍睿一把抓住飞到脸上的枕头，狠狠地拉下，眯起一双狭长的眸子盯视着戚艾艾。那神色显然是发怒的前兆。

戚艾艾被霍睿的眼神吓得浑身一哆嗦，不自觉地咽了咽口水，故作镇定地警告道："我警告你，你敢再伤害我，我一定跟你没完。"

戚艾艾警告完霍睿，还不忘把被子又往自己的身上裹了裹，可见对霍睿的信任度。表面看似镇定的她，额角已经有冷汗渗了出来。

笑话，她就算再小白，也知道男人发起怒来不能惹。从体力上来说，他们就不是一个等量级的。

不行，她绝对不能硬碰硬。

霍睿看着戚艾艾在这个时候，还仍是一脸算计的模样，简直哭笑不得了。

这女人真是越来越好玩了，总是能给他与众不同的惊喜。

别的女人遇上与他单独相处的机会，都会开心地马上黏过来，她却对他一脸的防备，外加算计。

"丫头，行了，别盖了。你穿得严严实实的，有什么可盖的？"霍睿起身坐在床边，揶揄着坐在床另一边的戚艾艾。

戚艾艾一愣，下意识地将身上的被子揭开一条小缝，向里边看去。

这才发现，自己穿得还真不是一般的严实。不但没有袒胸露背，就是胳膊和腿都没有露出一点点。不过，等等，自己身上这件卡通的睡衣是哪来的？又是怎么穿在自己身上的？

戚艾艾使劲地拍了拍自己的头，仔细想了想，仍旧想不起一个片段。而唯一能联想出来的片段，只有……霍睿给她换了衣服。没想到他还有这么变态的嗜好。

霍睿一看戚艾艾这表情，知道再这么任由她随意地胡思乱想下去，他就够格推去菜市口问斩了。

"好了，艾艾，我投降了。"霍睿举起双手，无奈的做投降状。

戚艾艾眨巴着眼睛，很是不解霍睿这是唱的哪一出，怎么刚刚还一副痞子相的男人，这会儿就投降了呢？

"你的睡衣是我让酒店的人帮你买的，帮你换的。"霍睿有些无可奈何地解释道，"房间里只有浴袍，我怕你穿着不舒服，就让人给你买了睡衣。"

霍睿嘴上说的原因只是一部分原因，另外一部分原因则是，戚艾艾有踢被的坏习惯。

一开始，他本来没有睡，一直守在她的床边，因为她一会儿想吐，一会儿又想喝水的，他实在是没有时间去睡。

这还不算是折磨他的，毕竟为她服务，他甘之如饴。只是，这小女人睡个觉也不安分，一会儿一踢被子，从浴袍中露出她雪白的大腿来，严重的时候，甚至露到了大腿根。

他可是个血气方刚的正常男人啊！而且眼前的女人又是自己喜欢的女人，他怎么可能一点反应都没有啊？

可是，就算是反应再强烈，他也不敢下手啊！

他很透彻地明白，他若是下了手，戚艾艾那样的性子，必定会恨他一辈子。

他本来忍得就够辛苦的了，床上的小妖精却不肯放过他，基本上是才一盖上被子，人家就伸出美腿来秀一秀。若是换作别的女人，他一定会认为那个女人在故意勾引他呢！

霍睿被气得差点没有当场吐血，倒地身亡。

就以戚艾艾总喜欢倒打一耙的性格，想必这样的场景出现在她眼前的话，她一定会大骂他偷窥她。

危险系数这么高的事情，他坚决不做。

于是，他赶紧打电话给酒店服务台，吩咐她们买一套捂得越严实越好的女款睡衣。

这样一来，戚艾艾一醒来，他就可以直接邀功自己有多么君子了。

给戚艾艾换了睡衣后，戚艾艾又折腾了一阵，可算睡实了，霍睿这才敢去沙发上睡一会儿。

想想平日里以风流事迹为自豪的男人，今儿却连做个君子都要做得小心翼翼的，生怕出了一点点的差错，人家会不领情！

只是，没想到早上醒来后，他只是坐在她的床边，看看她的睡颜，就险些让他一夜的劳动成果都化为乌有了。

"真的？就这么简单？没有别的事情了？"戚艾艾将信将疑地瞪着霍睿。

"丫头，你还想有什么事情？"霍睿好笑地反问。

戚艾艾的脸被霍睿问得一下就红了，看看这问的是什么问题啊？

怎么好像是她很是期待有什么事情发生似的？

"丫头，用我去找昨天被你吐了一身的女服务员来为我作证吗？"霍睿看着戚艾艾红得像苹果一样的脸，忍不住逗弄道。

"啊？"戚艾艾被霍睿一句话窘得简直无地自容了。

霍睿伸手敲了敲她的额头，无奈地道："行了，小丫头，别用你那小脑袋想些有的没的。我虽然不是什么正人君子，也绝不会趁着我喜欢的女人喝醉酒，占她的便宜。"

戚艾艾本就已经红了的脸，被霍睿云淡风轻的话一说顿时更火烧火燎起来。怎么感觉好像是自己思想太复杂，硬要往歪了想呢？

霍睿看着戚艾艾羞得发窘的可爱样子，真想把她揽入怀中，好好亲昵一番。可是，就算心中再想，他还是克制住了自己的情感。在戚艾艾没有接受他之前，他必须随时保持翩翩君子的形象，来为自己之前的风流生涯洗底。

"丫头，去洗漱吧。然后我们下楼去吃个午餐。"霍睿站起身，说道。

"午餐？"戚艾艾惊讶地大呼，"现在已经中午了？我不是迟到了？"

"不用紧张，我已经帮你请假了。"霍睿慢悠悠地说。

戚艾艾警惕地看着霍睿，问道："你不会告诉酒店的人，我和你在一起吧？"

霍睿眯眼，逼近戚艾艾，问道："跟我在一起很丢脸吗？"

"我是怕你的女人撕了我。"戚艾艾无辜地说。

霍睿无奈地摇了摇头，指了指床头说道："你原来的衣服被你吐脏了，这条裙子是我让服务员帮你买的，也不知道你喜欢不喜欢，如果不喜欢的话，等我们吃过午餐，我再带你去买。"

戚艾艾顺着霍睿手指的方向看过去，才看到床头柜上放着一条浅粉色的真丝长裙。不用上手摸，单看布料，戚艾艾也看得出来这件衣服的价值不菲。

再看看自己身上这件卡哇伊的睡衣，戚艾艾实在是迷惑霍睿到底是属于哪种风格的。

就算是都是服务员买的，也会问他的意见吧？

可是，为什么他会选出两种风格这么迥异的衣服来呢？难道有人格分裂？

戚艾艾使劲了摇险些又陷入了胡思乱想的脑袋，抓起一旁的裙子，落荒而逃地进了洗手间。

她锁上洗手间的门，脱下了身上的睡衣，还不忘照着镜子，一遍又一遍地检查自己的身体。

直到全身上下看了几遍，也没有发现一块可疑的印记，这才重重地舒了口气，放了心。

不是她生性多疑，怪只怪霍睿以前的记录太过不良。

估计只要是认识霍睿的人，都不会相信，他会跟一个女人待在一间屋子里一晚上什么都没干。

戚艾艾放下心，迅速地梳洗一番，才换上霍睿买来的浅粉色长裙。

镜子中肌若白雪的戚艾艾在浅粉色长裙的衬托下更娇艳了几

分，而长裙匀称的剪裁，好像是为她量身定做的一样。

她不禁觉得酒店服务员的办事能力，还真不是一般的强。居然能买来一件这么适合她的衣服。

其实戚艾艾不知道，这件衣服根本就不是像霍睿说的那样，是酒店服务员买来的。而是霍睿早就买好了，却因为不知道要用什么理由送给戚艾艾，才一直放在车里。

他了解戚艾艾的脾性，如果没有必须要的理由，戚艾艾是断然不会收他的东西的。

还记得那天，他在十字路口等红灯，无意中瞥见橱窗中挂着这件长裙。那一瞬间，他就觉得她穿上后，一定会很好看。于是，他毫不犹豫地将这条裙子买了下来。

洗手间的门开启的声音打断了霍睿的思绪，吸引去他的目光。

当霍睿的目光触及那抹粉嫩娇俏的身影时，瞬间定格在戚艾艾的身上。

戚艾艾几步走到霍睿的面前，用白皙的小手在他直愣的眼前晃了晃，问道："喂！还要不要去吃饭？"

"去……这就去。"霍睿慌神的从沙发上站了起来，拼命地想要掩饰窘迫的样子。无奈越是掩饰，越是让他的样子显得异常慌乱。

"我的脏衣服和包放在哪里了？"戚艾艾一边四处查看，一边问就要走出去的霍睿。

"在衣柜里。"霍睿连忙又折了回来，拉开衣柜，拿出戚艾艾的包和已经被服务员洗干净的衣服。

"咦……我的衣服为什么是干净的？"戚艾艾上下左右地瞧着自己的衣服，不解地问道。

"我让酒店服务人员帮你洗的。"霍睿想也没想，顺口说了实话。

"既然我的衣服都洗干净了，干吗还要买新裙子给我？"戚艾艾微微皱眉，越发不解地问。

霍睿一时间被戚艾艾问个哑口无言。本来想着终于找到好理由送戚艾艾裙子了，没有想到居然还是出了纰漏。早知道这样，打死他他也不让酒店的服务人员把戚艾艾的旧衣服给洗了。

"我还是把你的裙子脱下来，还给你吧。"戚艾艾拿起自己的衣服，就要往洗手间走。

"等一下。"霍睿连忙拉住她，却不知道自己下一句该说什么。

总不能说："我喜欢看你穿这条裙子，你就穿着吧！"

他若是敢这么说，依着戚艾艾的脾气，一定会一点面子都不给地换下来，而且绝对还会怀疑他又是色心大起了。

他现在走的路线可是先洗底，再俘心。靠着耐心，跟戚艾艾打一场持久战。

"这条裙子我只穿了一下，你还是可以送人的。"戚艾艾对霍睿眨了眨眼睛，狡黠地笑着说道。

就好像她多聪明，献了个妙计似的。

一句话差点没有把霍睿气到吐血，他至于浑到担心一条裙子能不能不浪费地再转送吗？

"就穿这条裙子下去吃饭吧！这里是五星级酒店。"想了半天，霍睿才找了这么一个借口。

"五星级酒店怎么了？我还不是穿着这身衣服去咱们酒店上班？"戚艾艾嘴快地反驳一句，忽然尴尬地笑了笑，问道："那个……我们要在这吃饭啊？"

她之所以没拒绝陪霍睿去吃饭，完全是因为她觉得自己这个酒鬼让人家伺候了一晚上，又出钱又出力的，总该请人家吃顿饭作为报答的。可是，霍睿一开口就要在五星级的酒店吃。这个对于她来说，超出她的资金能力范围。

"嗯。"霍睿不解地看着戚艾艾的心虚，点了点头。

"可不可以换个便宜点的地方啊？"戚艾艾笑得很狗腿，试探着问道。

霍睿真是彻底被戚艾艾打败了，她是为了给他省钱吗？在那研究了半天，就为了选个便宜的地方吃饭？亏他还以为她有什么大事要说呢！

他不由分说拉起戚艾艾的手，不给她再开口的机会，往门口走去。

霍睿觉得自己如果再给戚艾艾说话的机会，他们恐怕要直接改吃晚饭了。

戚艾艾被霍睿跌跌撞撞地扯到门边，两个人看着戚艾艾那双静静地躺在地上的白色运动鞋，就都傻了眼。

霍睿郁闷地抚额，真是有种想要立刻去撞墙的冲动啊！

他怎么千算万算，就算漏了鞋子的问题呢？

这下要怎么办？难道要让她穿着一条真丝长裙配一双运动鞋出去？他倒是不介意奇怪的搭配，甚至还隐隐地有些期待看到她穿上不协调的装扮后，俏脸发红、一脸发窘的可爱样。

可是，很明显这个女人绝对不会为了取悦他，而出去被人当怪物欣赏。

"呵呵……"戚艾艾干笑两声开场，表示她之后要说的话有些不好意思开口。

"那个，总经理，我看我还是换回自己的衣服比较合适。"戚艾艾小心翼翼地瞄了一眼霍睿郁闷的神色，抽出被霍睿拉着的手，拿着自己原来的旧衣服跑进洗手间。

再出来的时候，戚艾艾已经换回了自己原来的一身廉价休闲装。

戚艾艾在室内巡视了一圈，在沙发上成功地搜获一个纸袋后，将折好的裙子装了进去。

"总经理，这次真得还给你了。"戚艾艾把纸袋递到霍睿的面前，嘴角狡黠的笑意，有点奸计得逞的味道。

要知道，她有多么不想穿这么贵的裙子招摇过市啊！特别是一会儿还要去上班呢！如果被同事看到一直以来都穿着地摊货的她，突然穿这么贵的裙子出现，铁定会谣言满天飞。

她怎么能不庆幸自己终于可以脱掉这条裙子了呢！

霍睿将戚艾艾伸过来的手推了回去，"送你吧，我要一条女人的裙子也没有用。"

"你可以送给其他女孩啊！"戚艾艾很好心地提醒道。

"没女人可送。"霍睿轻描淡写地回道。

戚艾艾不敢置信地看着霍睿，他会没女人可送？她看是女人太多，不知道送给谁好吧。

"裙子还给你，我想我也不适合这款裙子。"戚艾艾再次将裙子递到霍睿的面前。

裙子的款式，她真的很喜欢。只是，她无福消受它的昂贵价格。

"你不喜欢？"霍睿的眸子暗了暗。

"不是的。总经理你误会了。"戚艾艾瞄了一眼霍睿，解释道："你不觉得我平时都穿地摊货，突然间穿这么件高档货出现在大家的面前，会很不好吗？"

霍睿微微皱眉，勉强接受了这个理由，给出了最后的让步决定，说："带去酒店，做演出服用。"

"呃……"戚艾艾的嘴角不自在地抽动了两下。

这算是吩咐吗？她是不是就没有理由拒绝了？毕竟做演出服的话，这衣服就属于酒店的，送衣服也是公务。可是，酒店钢琴师的演出服要总经理亲自采购的事，恐怕有些骇人听闻了吧？

"好吧！"戚艾艾不情不愿地点了点头。

"去吃饭吧！"霍睿满意地弯起唇角。

"总经理，改天行吗？"戚艾艾征求道。

"刚才不是说好了去吃饭吗？"霍睿有点郁闷地问。

"我上班迟到太多不好。"戚艾艾小声嘀咕。

他看她明显不想去，叹了口气，说道："这顿饭先让你欠着，记得还就好。"

"好，没问题，等我开工资了，请你吃顿好的，好吃的。"戚艾艾保证道。

"正好我也要去上班，一起吧！"霍睿提议道。

戚艾艾犹豫一下，点了点头。总是拒绝别人的好意，到底是不礼貌。

两人达成协议后，走出酒店的房间，向停车场走去。

就从他们从房间走出来的那一刻起，就一直有一个镜头追随着他们的身影。

毫无提防之心的戚艾艾，根本没有想到，也没有注意到新一轮的危机即将到来，会打破她平静的生活。而戚艾艾身边的霍睿，微微侧目，嘴角不自觉地勾起一抹笑意。

"艾艾，别怪我。"他看了身边一心急着去上班的戚艾艾一眼，在心里默默地向她道了歉。

这家报社的人虽然不是他找来的，他也清楚地知道这一个月以来，这家报社的人一直都埋伏在他的身边，为的就是挖掘他为什么突然退出花丛的新闻。

霍睿始终都当没有这么回事，毕竟，他现在也没有什么给他们做新闻的事情，不是吗？

至于今天，他虽然明明可以避免这场风波，却还是选择了任由风浪大起。

蓝予溪和戚艾艾的特殊关系浮出水面，让他倍感危机。

如果戚艾艾的心里可以为他留一点点的位置，他也不会任由那些记者大做文章。

霍睿最终应戚艾艾的要求在离公司还有一段路程的路边放下了戚艾艾，心里虽然不满戚艾艾怕别人看到他们在一起的小心翼翼，也没有拆穿她。

戚艾艾去更衣室换了衣服，又将霍睿送的那条长裙挂入一堆演出服中，才开始了一天的工作。

手上虽然弹着琴，人却心不在焉。

昨晚分别后，再也没有联系，不知道蓝予溪怎么样了，尹依沫又怎么样了。

时间在戚艾艾的胡思乱想之间飞逝，下班的时间来临，戚艾艾迅速地跑去更衣室换衣服。

她才一打开更衣室的柜子，她的手机就响了起来。

"这谁啊，时间掐得这么准。"戚艾艾一边嘀咕，一边拿出手机。

看了一眼手机屏幕上跳动的"总经理"三个字，戚艾艾下意识地皱起眉头。

"你好，总经理。"戚艾艾礼貌性地问候道。

"艾艾，晚上一起去吃饭吧！"霍睿开门见山地说道。

戚艾艾闻言不禁在心里诽谤起了霍睿，"不就是欠他一顿饭吗？至于这么快就找上门来吗？"

"艾艾，你可是答应我了，不带反悔的。"霍睿见戚艾艾支支吾吾的，马上提醒道。

"总经理，我不是要反悔。只是，我晚上还有事情要做。再说了，我不是说开工资后，再请你吃顿好的吗？"戚艾艾不忘提醒霍睿自己的承诺可是说要等到开工资后再请的。

"别等开工资了，这顿我请。"霍睿以为戚艾艾是因为没有钱，所以才非要开工资后陪他吃饭呢！这女人的脑子到底在想什么？他怎么会让她请吃饭。

"呵呵……"戚艾艾干笑两声，下边的话还没有说出口，就被霍睿抢了先。

霍睿很了解戚艾艾，她干笑的声音就代表着歉意地拒绝。

"艾艾，你不是那么狠心要拒绝我吧？我为了照顾你，早饭没吃。为了送你，午饭又没吃。"霍睿装可怜地埋怨道。

"呃……"戚艾艾被霍睿可怜兮兮的声音给说得再次无语，身上连鸡皮疙瘩都起来了。

难道，是她真的不适合高档货吗？为什么别的女人多看霍睿一眼，都是一脸的享受，而她有幸与总经理通话，却浑身的汗毛都要竖起来了呢？

戚艾艾本想找个说法，委婉点拒绝霍睿。可是，很不巧的是，这个时候休息室的门被推了开，酒店的其他员工走了进来。

戚艾艾看着走进来的几名女职员，马上对着电话另一端迅速地说道："不好意思，我晚上真的有事，先这样。"

戚艾艾说完了，也不给霍睿再说话的机会，直接挂断电话。她可不想让别人知道她在和万人瞩目的总经理通电话。

霍睿将响起"嘟嘟"声的手机从耳边拿下，眼里渐渐泛起了冷意，嘴角的笑亦冷得让人发颤。

他在办公室想了一天，真怕明天报社公开了他和戚艾艾在酒店开房的照片时，戚艾艾会受不了舆论的攻击。

到了关键时刻，他对她终是不忍心的。

可是，事情都到了这一步，要他放弃打击情敌的大好机会，他又怎么会甘心？

她晚上能有什么事情？是急着回家哄蓝予溪吗？

他越想越不甘心，也越是坐不住了。他拿起车钥匙，奔出了办公室。

霍睿开车经过巴士站的时候，好巧不巧地看见戚艾艾挤上公交车的身影。

他鬼使神差般地开车一路跟着公交车，直到戚艾艾下了车，进了菜市场，他的豪华跑车才在菜市场的对面马路旁停了下来。

霍睿拿出一支烟，烦躁地吸着，目光透过缥缈的烟雾死死地盯着菜市场的出口。

直到半个多小时后，戚艾艾才吃力地拎着一大堆菜，从菜市场走了出来。她的脸上有着满足的笑容。

霍睿不懂，这么辛苦的活，为什么会让人有满足感。只会是为了某个人。是为了蓝予溪吗？

他深吸一口气，启动车子，绝尘而去。

戚艾艾脸上为了别的男人而存在的笑容又一次成功的成了利器，在他的心口重重地划下了一道深深的伤口。

这个女人拒绝了他的邀请，果真是为了哄别的男人开心。

戚艾艾吃力地拎着大包小裹，艰难地走回家。等把东西全都放到厨房里的时候，一双白皙的手早已经被塑料口袋勒得发红。

戚艾艾用左手揉揉右手，又用右手揉揉左手，缓解着手上的酸痛。

尽管手很痛，胳膊很酸，戚艾艾的脸上仍旧挂着淡淡的微笑。

她回房脱下身上的外套，套上围裙，在厨房里忙碌了两个小时，一道道蓝予溪喜欢吃的菜，才端上了桌子。这一餐就算是补偿昨天那一餐的剩菜剩饭了。

　　戚艾艾看了一下墙上的挂钟，指针已经指向晚上八点钟，蓝予溪还没有回来。

　　除了蓝予溪的卧室以外，戚艾艾找遍了屋子的各个角落，就是没有找到一张蓝予溪留下的便签。

　　平日的蓝予溪若是晚归的话，一定会留张字条给她的，今天是怎么了？

　　戚艾艾又等了一会儿，不见蓝予溪回来，才拿出手机准备给蓝予溪打电话，想问问他到底怎么回事？

　　熟练地按下一组自己虽然不常拨打，却依然记得的号码。

　　电话还没有拨通，钥匙转动门锁的声音就响了起来。

　　戚艾艾的第一反应是猛地站起身，奔出餐厅，满眼喜悦地看向还未开启的大门。

　　只是，在大门开启的下一秒，门外传来的声音，便让她灿烂的笑容在一瞬间僵住。

　　门前的女人挽着男人的胳膊，将外套的连衣帽戴在头上，脸上带着一个很可爱的卡通口罩，齐齐的刘海遮住了额头，一张脸便只能看见一双闪亮的大眼睛。

　　尽管如此，那双笑弯了的大眼中却还是透露出了她满心的喜悦。

　　"蓝老师，我喜欢吃他家的菜，下次还带我去吃，好不好？"女子昂头看着蓝予溪，语气里满是撒娇。

　　"小馋猫，脸还没有好，就到处跑，你不怕别人看到吗？"蓝予溪拉开门，宠溺地说。

　　因为是侧着身子，所以他丝毫没有注意到戚艾艾就站在客厅里，看着他们的方向。

"看到就看到呗！要不是你给我准备了口罩，我连口罩都不带。"尹依沫满不在乎地说道。

"你不怕别人笑你现在的样子丑？"蓝予溪惊讶地问。

"不怕，只要蓝老师不嫌我这个样子丑就行，别人的看法我都不在乎。"尹依沫摇了摇头，随即又小心翼翼地问道："蓝老师，你觉得我现在这个样子丑吗？"

前一秒还一脸笑意的蓝予溪，在听到尹依沫小心翼翼的话后，马上收起脸上的笑，一本正经地说道："依沫在蓝老师心里永远都是最漂亮的。"

"真的？"前一秒还不确定的人儿在这一秒眼中已经涌起了浓浓的喜悦。

"真的。"蓝予溪很认真地点了点头，才揽上尹依沫的肩膀，转过一直侧着的身体，说道："进去吧。"

戚艾艾看着在门口甜蜜了半天的一对男女终于转过的时候，真恨不得转过身去，将自己藏起来。

最终，她用指甲陷入肉中的疼痛克制了自己的想法。她不知道为什么想躲，更不知道自己为什么一定要留下来当个看客。

她只知道，自己辛辛苦苦做了两个小时的饭菜，就是为了补偿自己昨天的过失。

蓝予溪已经吃过了，她也不求邀功，却还是想让他知道，自己昨天真的不是故意在与他作对，她想告诉他，她很想珍惜剩下来不多的独处时光。她更想告诉他，在这座陌生的城市里，他是第一个让她有安全感的人。在不知不觉间，她已把他当成了亲人。

戚艾艾和蓝予溪四目相对时，蓝予溪眼中之前还为别的女人停留的宠溺此时已经变成了挣扎。待挣扎渐渐平复，换上的是一片冰寒与漠视。

他拉住尹依沫的手臂，从戚艾艾的身边走过，与尹依沫一起在沙发上坐下，打开液晶电视看了起来。好似一直站在客厅中的戚艾艾已经隐身了，他根本就没有看到一样。

戚艾艾呆愣的面孔渐渐染上了怒气，这股怒气成功地掩饰了她看来有些莫名其妙的失落，也骗过了自己的心。

她怒气冲冲地大步奔回卧室，换好衣服，拎着手提包，就奔出了家门。

反正她能做的都已经做了，他非要和她拽，不肯领她的情，她也只能认倒霉了。

怒气让戚艾艾脚下的步伐提速了不少，到达酒吧的用时比平时快了将近十分钟。看来，偶尔生点气，也不是全无好处。

戚艾艾习惯性地走进吧台，调酒，待她把那杯调得并不成功的酒放在吧台上的时候，才发现那个每天都夸她有进步了的男人，今天居然没有出现。

"今天我帮你试酒吧！"酒吧老板娘拿起吧台上的酒，轻抿了一下唇，细细地品尝了一下，才发表评论道："不错，比我当年进步得快多了。"

"真的？"就算被夸奖，戚艾艾的脸上也没有多少喜悦。

她辛辛苦苦准备了两个多小时，换来的却是人家的漠视，她又怎么会不郁闷呢！

无论她怎么努力地想，都想不明白蓝予溪到底抽的是什么疯？

难道是因为尹依沫过敏？

就算吃火锅是她要去的，尹依沫也是个能分辨是非的成年人了，吃东西吃出了问题，怎么能硬怪到她的头上呢！

"艾艾，怎么了？"酒吧老板娘看了看发愣的戚艾艾，弯起唇角，会了意似的问道："是因为今天买你酒的人没来，所以不开心吗？"

"啊？"戚艾艾被酒吧老板娘的问题惊得睁大了眼睛，马上为自己澄清道："不是的，老板娘，你想哪去了？"

她承认，调好了酒那一瞬间，没人来喝，她的心里是有些失落。可是，随即她的大脑又被蓝予溪今晚的莫名其妙给塞得满满的，哪里还有一点的空间去想别人啊！

酒吧老板娘将戚艾艾刻意的澄清当成了心虚的表现，更加认为戚艾艾对霍睿一定是有感情的，只是因为脸皮薄，而不好意思承认罢了。

酒吧老板娘拉过戚艾艾的手，温和地看着戚艾艾，感慨道："艾艾，不管你心里是怎么想的，我只想告诉你，要珍惜眼前人，不要等到失去了才后悔。有些人一旦失去了，就会永远的错过。"

"老板娘。"戚艾艾的心里因为酒吧老板娘的话微微有些疼痛。

"艾艾，霍少也是为了你，改变了很多。"酒吧老板娘感叹道。

戚艾艾微微皱眉，一时间不知道自己应该怎么接话好了。

霍睿的改变，她一直都看得到。只是，她从来不认为她有那么大的魅力让他改变。即使今天听老板娘这么说，她也只是认为老板娘是看错了，误会了。

"老板娘，我想你是误会了。"戚艾艾连忙解释道。

"时间会证明一切的。"老板娘拍了拍戚艾艾的手，"正好，今天酒吧来了新的驻唱，你帮我听听他的水平怎么样。"

戚艾艾来了酒吧后，酒吧驻唱的人选和曲目就都交给了戚艾艾。偶尔驻唱没来，戚艾艾还会充充场面，上去弹个吉他。

对于戚艾艾想去念书这事，酒吧老板娘是一百个支持。还承诺她考上以后，可以一直在酒吧工作。

珍惜眼前人，不要等到失去再后悔！

从酒吧回家的一路上，戚艾艾的心里都在忐忑不安着，自己一会儿回家后，要如何面对蓝予溪。

她现在除了满心的怒气外，心里还有股委屈的情绪滋生。

就算判了她死刑，也要给她个明白吧？

她真不知道自己到底做错了什么，要让他对她的态度一百八十度的大转弯，速度快得根本不在她能理解或是接受的范围之内。

戚艾艾走到小区的楼下，抬头看着已经没有了灯光的窗口。

她忍不住苦笑，看来她的担心是杞人忧天了，人家已经睡觉了，哪里还需要她去面对啊！

她上了楼，放轻动作开了门，没有开灯，而是摸着黑，凭着自己对这间屋子的熟悉感摸回了自己的卧室。

按开卧室的灯，换上睡衣，才走出卧室，向洗手间走去。

在经过客厅的时候，她不自觉地看了沙发一眼，凭借着月光，她很清晰地看到沙发上有一个人躺在那里。

不用猜也知道沙发上的人一定是蓝予溪了！而让他睡沙发的原因想必也只有一个，那就是他的房间让给了他的依沫妹妹。

她没有停下脚步，直接进了洗手间，放了满满的一浴缸温水，将疲惫的身体泡了进去。

就在洗手间的门关上后，那双一直紧闭着的双眼就睁了开，看向洗手间紧闭的门。

蓝予溪一直都没有睡，只是躺在沙发上任由思绪混乱，找不到一个出口。

他一边在心里不屑戚艾艾的同时，一边却又期待着戚艾艾开口和他解释。他甚至在心里一再地否定自己的听力，想要试着让自己相信，他听到的那有些含糊的声音不是戚艾艾的，只是他听错了。

他一直在等她的解释，等她给予他坚定。他却没有想过，就凭着他和戚艾艾的关系，戚艾艾要以什么样的立场向他解释她的一夜未归。

时间一分一秒地流逝，明明待在一套房子里，中间却隔着一堵墙的两个人各自沉思着，烦躁着，却不愿意面对这份过分执着的原因。

深陷其中的人永远都是最迷茫的，要不然也不会有旁观者清这句至理名言了。

水温凉得不能再泡下去时，戚艾艾迈出浴缸，擦干身上的水珠，换上睡衣。

她对着镜子随意地擦着湿发时，肚子不争气地咕咕叫了起来。她这才记起自己午饭和晚饭都还没有吃。

她放下浴巾，拉开洗手间的门，直接走向厨房。

这次经过客厅的时候，她没有看向他，学着漠视，当客厅里空无一人。

至于他的态度为什么会突然间一百八十度的大转弯，她已不想再问了，这是她在浴缸里泡了半个多小时，得出的最终结果。

她想，也许有些人注定只是她生命中的过客，所以有些事真的不需要太计较原因。

尽管这样的理由自己都觉得有些蹩脚，可在目前来说，却是她唯一能给自己的说法。

啪的一声，原本漆黑的餐厅被灯光照亮。而原本摆了满满一桌子菜的餐桌，此时已经空无一物。戚艾艾微微皱眉，有不好的预感在心里滋生。却仍旧不死心的快步走向冰箱，待看到冰箱里也没有她花了两个多小时烧出来的菜时，又快速地奔去厨房。

戚艾艾一进入厨房，就看到厨房的水池里放着一堆的盘子。

心，一点一点地向下沉去，取而代之升起的是眼中的雾气和胸口的怒火。

她低头，瞥了一眼不远处的垃圾桶，没有再快步奔过去，而是一步一步，迈着沉重的步伐靠近垃圾桶。

她咬了咬牙，才抬脚踩开了垃圾桶的盖子，等看到里边满满的都是她辛辛苦苦烧出的菜时，所有的怒火一瞬间爆发，再也压不住了。

她快步冲向客厅，没有开灯，就一把扯起沙发上的蓝予溪。

"为什么？为什么你要那么做？"戚艾艾满是怒火的质问声中，只要稍加留意，还是可以听出里边有委屈的颤音。

蓝予溪突然被戚艾艾从沙发上扯了起来，虽然有片刻的呆愣，却马上反应过来，从厨房里冲出来的戚艾艾是为了什么这么愤怒。

戚艾艾这句满是怒火的质问，却是他从昨夜开始就想要问她的，没想到让她抢了先。

她的手死死地抓住蓝予溪的胸口，也只有这么死死地攥住拳头，才能让身体的颤抖得以减轻。

此时的戚艾艾已经不知道自己是怒气多一点，还是委屈多一点了。唯一知道的就是身体在不停地发颤，任凭自己将下唇咬得沁出了血珠，还是止不住强烈的颤抖。

暗黑的夜里，蓝予溪虽然看不清楚戚艾艾的表情，却依稀能看见在月光下，她眼中盈动的晶莹泪光，以及清晰地感觉到她抓着自己衣襟那双颤抖不已的手。

有那么一瞬间，他居然有一股冲动，想把她揽入怀中，轻抚她的背，告诉她："不是的，他没有倒掉她做的菜，他没有……"

当他听到门板重重地摔上的声音时，他是很气她没有一句解释，就摔门而去的。

他想要下定决心从此以后与她这样的女人形同陌路，最终还是寻着菜香走进了餐厅。

当他看着满桌子他爱吃的菜，甚至有的菜只是他昨天才无意中说起过，她就记得做给他了，他怎能不感动？

他艰涩地滚动着喉咙，胸口一瞬间被酸涩挤满。右手微微发颤地向筷子伸去。

可是，就在他的指尖即将触及筷子的时候，身后一个带着哭腔的声音拉回了他的神志。

"蓝老师，表姐为什么又做了这么多辣的东西，是在暗讽我的脸有多丑吗？"尹依沫的脸仍旧长满红疙瘩，让她原本可爱的娃娃脸此刻变得狰狞。而她眼中摇摇欲坠的泪水好似在控诉着戚艾艾对她所造成的伤害。

"依沫……"蓝予溪收回摸向了筷子的手，微微叹了口气，压住心中翻涌的情绪，"她并不知道你吃辣的东西会过敏。"

"蓝老师，你是要护着她，是要为她辩解吗？"尹依沫眼中摇摇欲坠的泪水颤了几下，滚落在她的脸颊上。泪水的刺痛，让她忍不住想要去抓挠。

蓝予溪见状，连忙上前，拉住她的手，叹道："依沫，我没有想要护着谁，只是在说事实而已。"

"就算是她不知道我吃辣的会过敏，难道她看不出来我不想吃吗？难道她不是故意非要和我唱反调吗？"尹依沫哭得一颤一颤的，指责着戚艾艾，那架势就好似戚艾艾干了什么伤天害理的事情。

蓝予溪被尹依沫指责的哭声堵得一句话都说不出，毕竟尹依沫说的是事实。

"蓝老师，你为什么你总要护着她？就算她不知道我吃辣的东西会过敏，你也不知道吗？"尹依沫见蓝予溪的表情有些不耐烦，更委屈了几分，哽咽的质问声也就更尖锐了。

蓝予溪别过脸，尹依沫今天的无理取闹让他格外烦躁。

他本不想留下她的，但是她说，如果她母亲知道她过敏成这样，对戚艾艾的印象一定很差。而尹依沫的母亲就是蓝予溪任教，戚艾艾想考的音乐学院校长。蓝予溪这才妥协，让尹依沫来他家里养病。

不管尹依沫的母亲会不会成为戚艾艾考取音乐学院的阻碍，但是，还没考就给校长留个坏印象也是不好。即便在昨夜霍睿的那个电话让他还不能释怀的情况下，他还是忍不住为她着想。

"够了！以沫，如果你觉得这间屋子里的菜味难闻的话，你就回家吧！"蓝予溪大吼了一声，转身向餐厅外走去。

他虽然一直和尹依沫保持着距离，却从来没有对她发过脾气。对人礼貌，向来是他的好教养。

蓝予溪才一走到餐厅的门口，就听到尹依沫气急败坏的尖叫声和盘子碰撞的声音。

{♥}
第九章　逼供

　　蓝予溪惊讶地转头看去时，尹依沫已经端着两盘子的菜，奔向厨房。他马上快步追了上去，想要阻止尹依沫的行为，可是终究还是晚了一步，只能眼睁睁地看着她把菜倒进了垃圾桶。

　　尹依沫随手将空盘子扔入水池中，又奔向餐桌。

　　经过蓝予溪身边的时候，她看也不看蓝予溪一眼，直奔她的目的地，随手又拿起两个盘子，奔回厨房。

　　再次经过蓝予溪身边的时候，蓝予溪猛地拉住她的胳膊，双眼含怒，声音泛着寒气地从牙齿中逼出了两个字："够了！"

　　"蓝老师舍不得吗？就那么在乎她吗？那她呢？她也在乎你吗？"尹依沫昂着头，第一次勇敢地想要在蓝予溪的面前据理力争。她不可以，也不能再坐以待毙，她不能眼睁睁地看着原本属于她的幸福被别人那么轻易地拿走。

　　蓝予溪原本就皱起的眉头又紧了紧，耳边不停地盘旋着尹依沫的质问。

　　他在乎戚艾艾吗？如果他在乎，那戚艾艾也在乎他吗？

　　蓝予溪不知道自己是真的找不到答案，还是在回避真实的答案，他只知道这样的问题在大脑中盘旋了一遍又一遍，始终无解。

　　"依沫，够了！不要再跟几盘菜过不去。"蓝予溪缓下语气，温声劝道。

"你珍惜她，那她呢？她也珍惜你吗？如果她珍惜你，她昨夜去了哪？"尹依沫从来没有像此刻这般尖锐过。仿佛拼死一搏的战士，这一次如果不能胜利，就永远都没有胜利的机会了。

蓝予溪刚刚才温和下来的情绪，又冷了下来。他的耳边又响起了潺潺的水声合着戚艾艾含糊不清的声音。

"不想回答是吗？那我来说，她昨夜和霍睿在一起。"

胳膊上传来的疼痛虽然让尹依沫皱起眉头，却丝毫不影响一句句刻薄的话从她的口中溢出。

她早就看出戚艾艾和霍睿之间的那点暧昧了，只是没有想到真的发生后，蓝予溪的反应会那么激烈。

她知道蓝予溪最讨厌那些为了钱，甘愿堕落的女人。她就要不停地在他的面前提醒他，戚艾艾就是那种人，直到他讨厌她为止。

她每天温声软语地与他说话，做足了一个温柔似水的女人。到头来，他却喜欢一个成天与他吵架的女人，难道这才是他的真实喜好？那她是不是也该改变了？

如果不是今天她真的质问他，她以为她在他的面前会永远温柔可人。

原来，极度的惶恐和不安真的可以让人的性格彻底转变。

"蓝老师，你醒醒吧。她那样爱钱的女人，是不会放弃金龟婿的。"尹依沫见蓝予溪眼中的戾气越来越旺，尖锐的声调也降了下来，改成了低声劝说。

缓缓的，蓝予溪松开尹依沫的手，如游魂一般走回客厅，倒在沙发上，闭上眼，不想看，亦不想听了。

尹依沫如急于发泄一般地倒掉了所有菜，才奔回客厅。

"蓝老师……"尹依沫轻唤的声音又恢复了往日的温和，却始终没有得到蓝予溪的回应。

她知道他没有睡，只是他不想答她。是真的生气了吗？

其实，他没有生她的气，他只是觉得突然间尖锐起来的依沫让他觉得好陌生，她那一句句讽刺戚艾艾的难听话语，如钝器一般砸在他的胸口上。而他疼痛无比的同时，连呼吸都变得困难了起来。

尹依沫识趣地没有再打扰蓝予溪，物极必反的道理，她还是懂的。

她关了客厅的灯，回了蓝予溪的卧室。

空荡荡的客厅中只剩下蓝予溪一个人，不敢闭眼，只能睁着眼，望着天花板发呆。

因为闭上眼后，脑中的记忆要远比睁着眼来得清晰。

他不知道等了多久，终于等到了她回来。

"说话啊？为什么不说话？"戚艾艾见蓝予溪明明看着他，意识却已经神游太虚，声音不自觉地又提高了几分。

蓝予溪被戚艾艾的声音拉回了飞走的思绪，神色复杂地又看了一眼戚艾艾，才别过脸去，沉声道："没什么好说的。"

要他说什么？他是个男人啊！他总不能说不是他干的，都是依沫干的吧？

"你太过分了。"戚艾艾愤怒地一把将蓝予溪推开，她对这种随意践踏她心意的人已经无话可说。

她转身，想要奔离这个令她窒息的现场，却不想离开的时候因为思绪太过混乱，屋子里又太黑，而没有注意到旁边的茶几。

戚艾艾的膝盖猛地磕在茶几上，因为膝盖上剧烈的疼痛，脚又刚好也绊到了茶几上，她脚下一个不稳，人就摔了下去。

"啊——"

"嘭——"

戚艾艾身体落地的声音和她呼痛的声音在寂静的夜晚中异常的清晰。

蓝予溪几乎想也没想，就冲了过去，将已经趴在地上的戚艾艾抱进怀里。

"戚艾艾，你没事吧！"蓝予溪紧张地问道。

戚艾艾一开始被摔得迷迷糊糊的，蓝予溪又是突然之间抱住了她，她没有反应过来是怎么一回事。等到蓝予溪问她这句话的时候，她已经完完全全的醒过来了。

"别碰我。"戚艾艾使劲地推了一把蓝予溪的胸膛，想要把蓝予溪推开。无奈蓝予溪抱得太紧，她竟是一点办法都没有。

"别闹。"蓝予溪又紧了紧手臂，生怕戚艾艾的胡乱挣扎会伤了她自己，等到怀里的戚艾艾完全动弹不得的时候，才又问道："到底有没有哪里受伤？有没有哪里疼？"

"有，而且还是很痛。"戚艾艾一边挣扎，一边不满地大吼。

"哪里？哪里疼？"蓝予溪信以为真问地道。

"胳膊疼，而且还是被你勒得很……疼。你可以再使点劲儿，估计我的胳膊就可以直接残废了。"戚艾艾在黑夜中怒瞪着蓝予溪，喊道。

蓝予溪被戚艾艾这么一嘲讽，这才发现自己抱着戚艾艾的力气似乎是真的过大过紧，而戚艾艾的两条胳膊也正在自己的怀抱范围内。

蓝予溪马上松开自己的手臂，将戚艾艾从地上抱起，放在柔软的沙发上，这才去开灯。

开了灯，又马上奔回沙发边，拉下戚艾艾正在膝盖上轻轻揉搓的手，伸向戚艾艾的睡裤裤腿。

"你干什么？"戚艾艾防范地向后躲了躲，躲开蓝予溪的手。

蓝予溪看着戚艾艾像防狼一样地防着他，火气又不可自抑地向

161

外冒。

既然对他都这般防范，为什么还要跟霍睿在一起？难道她不知道那个男人是出名的花心吗？

可是，就算是他再气，他却仍是没有办法就那么狠心地不管疼得龇牙咧嘴，却又小心防备着的她。

蓝予溪在沙发上坐下，无奈地看了戚艾艾半晌，才拍了拍身边的位置，一脸正色地对沙发另一边的戚艾艾说道："过来。"

戚艾艾差点没有直接喷笑出声，她没有听错吧？一脸凶巴巴地让她过去？

是命令吗？如果是，那她有什么理由非要听他的？而且她摔倒是因为谁啊？之前还是一副不想搭理她的样子，现在这算什么？

假好心！

蓝予溪看着戚艾艾清澈的眸子中那抹单纯的倔强，潜意识里仍是觉得她不会是那种浮华虚荣的女人。

可是，昨晚的事情又要如何解释？难道不是她？抑或是她并不是为了钱，而是为了……感情……

一想到这，蓝予溪的心便会莫名地难受！

驱除杂念，不再放任杂乱无章的思想泛滥。

尽力地缓和自己紧绷着的脸孔，放低音量地再次说道："过来，给我看看磕到哪了。"

"不需要，假好心。"戚艾艾一时激动，把刚刚在心里对蓝予溪的评价直接说出了口。

蓝予溪看了看别过脸，明显不想搭理他的戚艾艾叹了口气，便从沙发上起身，一声不响地走开了。

戚艾艾闻声，用眼角的余光瞥了瞥蓝予溪的身影，不禁在心里把蓝予溪家的祖宗十八代都问候了个遍。

说他假好心，还真是假好心，人家只说了一句不用，他就溜之大吉了。

再看看昨天他依沫妹妹有事的时候，他那个紧张的样子，两者一比较之下，还真是相差悬殊啊！简直就是一个天上，一个地下。

"虚伪小人……"戚艾艾不满地小声嘀咕道。

一个高大的身影挡在戚艾艾的身前，挡住了她眼前的光亮。

"谁是虚伪小人啊？"听不出喜怒的质问声从戚艾艾的头上缓缓飘来。

"啊？"戚艾艾惊得循声望去，待看见蓝予溪正眯着眼睛打量着她的时候，吓得她整个身体不自觉地向后仰去。

幸好是在沙发上，一仰就仰到沙发的靠背上了，要不然戚艾艾准被蓝予溪吓得又去与地板亲密接触了。

蓝予溪的唇角不可自抑地抽搐了两下，想笑，又硬生生地忍住了。

"想笑就笑呗，别弄得跟面部痉挛似的！怪吓人的。"戚艾艾撇撇嘴，给了蓝予溪一个超级大白眼。

蓝予溪被戚艾艾这么一讽刺，抽搐的嘴角不但没见好转，反而更加剧烈地抽搐了几下，差点没笑出声。之前是觉得戚艾艾可爱，被她给逗的，这次就完全是被她给气的了。

他就不理解了，这女人为什么就这么喜欢这种针锋相对的沟通方式。

难道和平年代即将过去，他们之间即将迎来第二次世界大战？

不过，秉承着好男不跟女斗的原则，蓝予溪选择了沉默是金，不再与戚艾艾较真儿。

他深知，他要是有闲心跟戚艾艾较真儿的话，戚艾艾绝对有实力跟他一较到天亮。

蓝予溪在沙发上坐下，随手将医药箱放在茶几上，耐心地说道："过来。"

戚艾艾别过头去，装没听见。既不过去，也不搭话。

蓝予溪无奈地摇了摇头，主动向戚艾艾的身边挪去。只是，他向戚艾艾靠近一点，戚艾艾就离他远一点。

他一路追，她一路躲，直到无路可躲，退到了沙发的边沿上，戚艾艾的身体还拼命地向后仰着，能躲远一点是一点。这可是真真的把蓝予溪当成了洪水猛兽了。

蓝予溪不再由着戚艾艾的性子，伸手迅速地抓住戚艾艾受伤的那条腿。

戚艾艾因为突然间被蓝予溪拉住了脚腕，条件反射地抬起另一只自由着的脚，就对着蓝予溪的胸口踹了过去。

"你放开我！"

"呃……"蓝予溪被戚艾艾踹得闷哼一声，抓着戚艾艾脚腕的手也松了松。

戚艾艾也没有想到自己一脚下去，会直接踹在蓝予溪的胸口上，而且还踹得那么重。

一时之间，戚艾艾心虚得忘记了再挣扎。

蓝予溪看着戚艾艾难得安静的样子，心软了软，也不想再多做计较。

松开戚艾艾的脚腕，将戚艾艾的脚放回沙发上，再次伸手去挽戚艾艾的裤管。

戚艾艾的腿得到了自由后，蓝予溪再向她伸出"魔爪"的时候，她的自然反应当然还是躲了。

可是，她的脚才一有动作，就被蓝予溪一声含怒的声音给吓了住。

"别动！"蓝予溪怒喝道。

蓝予溪突然之间的呵斥倒是唬人，再加上戚艾艾刚刚踹了人家一脚，有些过意不去，一时之间还真没敢再动。

蓝予溪满意地弯了弯嘴角，迅速卷起戚艾艾的裤管。快挽到膝盖的时候，又小心地放轻了手上的动作，生怕动作大一点，就会伤到戚艾艾的伤处。

待裤管挽到了戚艾艾的膝盖上边，入眼的是戚艾艾青紫一片的膝盖，严重的地方甚至有鲜红的血渗了出来。

虽然流的血不是很多，看起来却也是触目惊心。

蓝予溪皱了皱眉，眼中不自觉流露出的心疼，自己竟是一点都没有发觉。

可是，他没有发觉，坐在他对面一直小心翼翼、紧张兮兮地看着他的戚艾艾可是将一切尽收眼底。

这一发现不禁让戚艾艾皱起眉头，又揉了揉眼睛，就是没有办法相信自己看到的是真的。

就算是自己心里有那么一刻认为他在心疼自己，她也马上就会在心里暗骂自己自作多情。

蓝予溪是谁？她的天敌，整天以气她、捉弄她为娱乐，会好心到心疼她？

打死她，她也不信。若是打不死，就更不相信了！

蓝予溪放开戚艾艾的腿，在医药箱里迅速地找出碘伏和棉签。

打开碘伏的瓶盖，用左手拿着碘伏，右手拿着棉签，蘸了一点碘伏，就向戚艾艾膝盖上的伤口涂去。

戚艾艾看着蓝予溪这一系列的动作，看得眼睛都直了。

完了，她确定，这男人一定是有人格分裂。

现在这个是温柔的他，什么时候会变回无情的他呢？

不会给她擦着擦着碘伏，就直接变身吧？

"哎哟……"戚艾艾光顾着胡思乱想了，连蓝予溪的棉签是怎么落下的都没有注意。直到膝盖传来疼痛时，才拉回了她的神智。

蓝予溪被戚艾艾突然间发出的惨叫声给吓得手上一颤，原本要拿开的棉签直接杵到了戚艾艾膝盖的伤口上。

"啊……"戚艾艾又一声惨叫，大喊道："你谋杀啊？"

蓝予溪的眸子一缩，嘴角动了动，心里想要说些好话，哄哄戚艾艾，出口的话不知道为什么变了样，走了形。

"你忍着点，这么点痛就受不了，真是金贵。"蓝予溪故作嘲讽地顶了回去。

"你……"戚艾艾被气得手指颤抖着指了蓝予溪半晌，才深吸一口气，压下要喷泄而出的怒火，似笑非笑的，有些咬牙切齿的，一个字一个字地说道："你给我滚远点，我不用你假好心。"

蓝予溪抬头打量了一眼戚艾艾气鼓鼓的脸颊，没有接话，而是又用棉签蘸了碘伏，向戚艾艾的膝盖上的伤处擦去。

戚艾艾见蓝予溪把她的话当耳边风，心里刚压下的怒气，直接冲了上来，抬手就对蓝予溪拿着棉签的手挥去，嘴里还不满地大吼道："我说不用你假好心，你听不到吗？"

低着头的蓝予溪完全没有想到戚艾艾会突然间抬手挥向他的手，自然是连躲闪都没有机会用上了。

右手直接被戚艾艾打开，被甩到左手上，连累拿着碘伏的左手一个倾斜，里边的黄色液体便洒在了蓝予溪的手上，又顺着蓝予溪的手落到了戚艾艾的腿上和布艺沙发上。

蓝予溪低头看了一眼被染上了一大片碘伏的沙发，所有的耐心都上了西天。

"你疯了啊！"蓝予溪忍不住怒吼。

戚艾艾被蓝予溪突然拔高的声音给吓得顿时浑身一颤，好半天才不服输地憋出一句底气不足的话："你才疯了呢！"

"啪——"

蓝予溪把手里的碘伏瓶子使劲地拍在茶几上，任由里边的碘伏溅到手上，擦也不擦一下，目露凶光地瞪着戚艾艾。

"完了，变身了。"戚艾艾在心中暗叫不好，身体不自觉地想要向后挪，无奈身后早已没有可以挪动的地方了。

"你到底想怎么样？"蓝予溪气得咬牙切齿地质问道。

"我……"戚艾艾被问得一时间哑口无言。

她想怎么样了？她没想怎么样啊！

她只是对他那种忽冷忽热，随时随地都会转变的态度很不适应。

蓝予溪见戚艾艾不说话，也不再说话。一双原本漆黑的眸子，此刻已经燃起了熊熊怒火地瞪着戚艾艾。

戚艾艾像个犯了错误的倔强小孩一样，既心虚，又不甘示弱地与蓝予溪对视着。

无奈自己电力不足，底气又不足，不到两分钟，就败下阵来。

戚艾艾放在沙发上的腿一点一点地向地上挪去，一副小心翼翼、想要逃跑的样子。

直到她的两条腿都已经落了地，蓝予溪还没有任何的行动，仍旧瞪着她。

戚艾艾见状，便想溜之大吉，撒腿想跑，一时间连自己膝盖上的伤都忘记了。

只是，才迈出去一步，还谈不上跑的时候，膝盖上传来的剧烈疼痛，就让戚艾艾腿一软，向前扑了去。

就在戚艾艾以为这下难逃一扑的时候，蓦地被人拎住脖领子，直接拎进一个硬邦邦的地方，撞得戚艾艾头昏眼花了。

"唔……"戚艾艾的小脸皱得跟团子似的，不满地埋怨道："有没有搞错，什么东西这么硬。"

埋怨好像还没能让戚艾艾过瘾，揉着头的手直接对着那硬硬的东西就锤了两下。

"艾艾……"蓝予溪的胸口被戚艾艾捶打着，发出的声音闷闷的。

戚艾艾低着头，唇角微微弯了起来，一副小女人得志的狡黠模样。

蓝予溪看着这样的戚艾艾，一时间入了神，沉默了。

"喂！又变身了啊？"戚艾艾一时逞英雄，顺嘴就溜了出来。

蓝予溪被问得微微一愣，愣是没有明白戚艾艾话里的意思。

他有些不解地问道："什么？什么又变身了？"

"啊？没什么，没什么……"戚艾艾连连摇头。

其实这话只是一时口快说出来的，被蓝予溪问到了头上，她若是给解释一番，不是找死吗？

"我像那么笨的人吗？当然不笨了……"戚艾艾在心里自说自话。

这问题要是问蓝予溪的话，想必答案跟戚艾艾一样是两极分化。

蓝予溪皱着眉头思索了一下，还是没想明白，戚艾艾所谓的变身是什么意思，索性便不想了。

毕竟戚艾艾的口中一天到晚的总是蹦出一些奇奇怪怪的话，他都见怪不怪了，若是每回都要计较，他不被气死，也被累死了。

"咕噜。"戚艾艾的肚子突然间发出的声音，使本来就有些窘迫的戚艾艾更是窘迫得恨不得当一回小乌龟，把头缩回壳里去。

不过，这声在戚艾艾看来不和谐的声音，却成功地拉住了蓝予溪的注意力，让刚刚还不知道要做什么好、说什么好的蓝予溪有了目

168

标，找到了方向。

他将一只手伸到戚艾艾的腿弯处，一只手放到戚艾艾的背上，直接将戚艾艾打横抱起。

"啊……"突然间腾空而起，吓得刚才只顾着发窘的戚艾艾下意识地尖叫，出于自保地环上蓝予溪的脖子。

"别叫了，大半夜的，你再把邻居都叫起来了。"蓝予溪黑着一张脸，想起初见那日，戚艾艾引来的围观。

"蓝予溪，你也知道是大半夜了啊？既然知道，为什么还总是在大半夜的变身吓人啊！"戚艾艾不满地还口。

蓝予溪又一次在戚艾艾的口中听到"变身"这个词，不禁眯起眼，不得不思考一下这个词的概念是什么了。

虽然一直没有想明白戚艾艾是怎么个意思，但是，他再傻也知道戚艾艾绝对不会在夸奖他。

"变身？"蓝予溪冷寒地从牙缝中逼出这两个字。

戚艾艾的双眼睁圆，环着蓝予溪的手旋即松开，捂住了自己的嘴巴。

天啊，自己的这张嘴怎么一到关键时刻就管不住呢！

蓝予溪之前好不容易大发善心地不追究了，她居然白痴地又往枪口上撞，这不是在拿自己的小命开玩笑吗？

"解释。"蓝予溪又从牙缝中逼出这两个字。

戚艾艾捂着嘴，摇着头，打死也不说。

开玩笑，她要是说，自己认为他是人格分裂，他不铁定把自己直接扔地上啊！

之前还一副逼供架势的蓝予溪嘴角勾了起来，露出一抹堪称完美的、迷死女人不偿命的笑容，看得之前还眼神闪烁不定的戚艾艾，一时间恍了神。

就在戚艾艾即将沉迷在蓝予溪的完美笑容中时，身体忽然下落，瞬间便唤醒了戚艾艾。

"啊……"戚艾艾尖叫一声，条件反射地再次环住蓝予溪的脖子。

猛烈地喘息了半天，戚艾艾才得空对着蓝予溪不满地大吼道："蓝予溪，你疯了啊？"

"疯了？"蓝予溪不以为然地反问，不等戚艾艾说话，便自说自答地道："你觉得一个疯子会知道用这种方法逼供吗？"

"逼……逼供？"戚艾艾舌头打结地反问道。

"嗯。"蓝予溪面带笑容地点了点头，一脸奸诈的笑容，看得戚艾艾毛骨悚然。

"逼什么供啊？我又没说什么。"戚艾艾嘴硬地准备否定到底。

"那我可要松手了！"蓝予溪的脸上仍旧挂着笑容，揽在戚艾艾背上的手，却有了想要松开的架势。

"不要。"戚艾艾大叫一声，环着蓝予溪脖子的手臂紧张地又紧了紧，整个人都死死地贴在蓝予溪的身上。

蓝予溪俯视着紧紧窝在自己怀中，一副打死也不松手架势的戚艾艾，嘴角早就已经悄悄地弯了起来。

他第一次在被人这样依赖着的时候，心里会不自觉地划过幸福的感觉，心跳会不停地加速，再加速。

将头紧紧贴上蓝予溪胸口的戚艾艾，将蓝予溪心跳加速的全部过程听得一清二楚。那心跳快得好似不受控制般，就要跳出胸口。戚艾艾终于感觉到了不对劲，悄悄地抬起头，看向突然间沉默的男人。

戚艾艾抬头的一瞬间，刚好撞上蓝予溪深情凝视的目光，不自觉地便被那股深情吸了进去。

四目相对在柔和的灯光下，情感在这一瞬间开始升华。

周围的空间开始静止，他们的眼中此刻只有彼此。

不知道过了多久，蓝予溪的俊脸开始一寸一寸地在戚艾艾的眼前放大，惹得戚艾艾的心跳也在瞬间加速，直追蓝予溪的心跳速度。

两人的呼吸连成了一片，唇与唇近在咫尺间的时候，蓝予溪那双深情的眼眸缓缓地闭上，却仍旧没能阻碍他深情的传递。

两片温热的唇缓缓地落在戚艾艾有些微凉的唇上，惊得戚艾艾睁大双眼。她知道自己该推开蓝予溪，该拒绝的。

可是，环着蓝予溪脖子的双手，却怎么都无法动弹一下，好像还有了自己的意识，主动地环紧蓝予溪的脖子。

蓝予溪的唇在戚艾艾的唇上停顿一秒后，才开始温柔地辗转吮吸。好似这一秒的停顿是在征求当事人的意见一般。

戚艾艾心跳的速度与蓝予溪心跳的速度和谐成了同一个速度，就如携手向前的人一样，不离不弃的，秉持着一个步调，向前行走。

戚艾艾的大眼睛终于情不自禁地闭了起来，遮住眼中那一片初尝情事的羞涩和紧张。

忘我的缠绵，情不自禁的贴近，两颗心一样的跳动速度，好似在这一刻，他们是拥有着同一颗心。

蓝予溪缓缓地松开勾着戚艾艾腿弯的手臂，让戚艾艾稳稳地落地。

空出来的手揽上了戚艾艾的头，微微用了些力，让她更加贴近他一些，唇舌间的缠绵更浓烈了几分。

戚艾艾的呼吸渐渐变得急切而困难起来，她以为她一定会窒息在这个吻中。可是，她却仍是不想推开他，不想结束这缠绵而又生涩的吻。甚至，她想要就此缠绵至死。

终于，蓝予溪在戚艾艾即将无法呼吸之时停止了这个吻，却没有就此分开彼此的距离，而是用自己的额头抵着戚艾艾的额头，剧烈地喘息着，将呼出的所有热气都喷洒在戚艾艾已经泛红的肌肤上。

"艾艾……"似呢喃的声音从蓝予溪急喘的气息中飘出，声音微弱得让戚艾艾以为那是她的幻觉。

渐渐的，两人的呼吸平复下来，戚艾艾这才从蓝予溪炙热的吻中清醒过来，才意识到自己与蓝予溪在做着什么样的事情。

意识的回归，是慌乱的开始。戚艾艾下意识地推开蓝予溪，慌乱地想要找一条出路逃跑。

可是，她还真还是伤疤没好，就直接忘记了疼。

她蓦地一转身，抬腿还没等开跑，另一条没有受伤的腿就磕在了茶几上。

"啊……"戚艾艾尖叫，整个人向前扑了去。

等蓝予溪想要伸手去拉戚艾艾的时候，戚艾艾已经扑通一声，很不幸地投入了地板的怀抱。

戚艾艾咧咧嘴，一股委屈从心底升腾而起，眼中盈满了泪水。

"你没事吧。"蓝予溪连忙蹲下身，将戚艾艾趴在地板上的身体翻了过来，扶她坐在地板上。

戚艾艾瞪着一脸紧张的蓝予溪，顿时放声大哭，气得浑身上下一抽一抽的。

她还不忘记一边哭，一边捶打蓝予溪的胸口，埋怨道："都怪你，都怪你，要不是你，我怎么可能会摔倒呢！"

蓝予溪也不阻止戚艾艾对他进攻着的小拳头，伸手拭去戚艾艾脸上的泪水，耐着性子，温和地劝道："好了，别哭了。算我不对，好不好？"

"什么叫算你不对啊？就是你不对。"戚艾艾怒瞪蓝予溪，对他的说辞显然很不满意。

蓝予溪失笑着摇了摇头，真是没有想到都哭成了泪人的戚艾艾，还是不忘记和他拌嘴。而且，这个时候的戚艾艾，好似比平时更刁蛮任性，不讲理几分，却也因为她的眼泪让这些刁蛮任性和不讲理都没有了杀伤力，也就更可爱了几分。

蓝予溪看着坐在地板上，更不打算起来的戚艾艾，只好代劳了。

他总不能看着她一直坐在冰凉的地板上吧？

不理戚艾艾在他胸口仍是打击报复的小拳头，他迅速将戚艾艾打横抱起。

"啊……蓝予溪，你又来。"戚艾艾前一秒还捶打着蓝予溪胸口的手，立刻抓紧了蓝予溪胸前的衣服，来寻求突然腾空而起的平衡。

"不要再叫了，你如果再乱叫，我不介意用一种很有效的方法让你闭嘴。"蓝予溪半真半假地威胁道。

"什么方法？"戚艾艾嘴快白痴地反问道。

蓝予溪被戚艾艾那一副好奇宝宝的表情给逗得差点没大笑出声，他才发现这个女人嘴上的反应视乎永远都快于大脑。

就比如说，思想上沟通不了的时候，大可以采用唇与唇之间的沟通，这样的沟通方法似乎能让戚艾艾更快的乖得跟小猫咪一样，一张小嘴不再喋喋不休地与他争个至死方休。

蓝予溪的唇角勾起一抹坏坏的笑，准备身体力行地告诉戚艾艾，他所说的是什么方法。

他的俊脸又一次在戚艾艾的眼前放大的时候，她才明白过来，蓝予溪用来让她闭嘴的方法是什么方法了。

如果说，之前戚艾艾是沉醉在蓝予溪的深情中无法自拔了，那么现在，蓝予溪明显是一脸的坏笑，她若是再沉浸其中，岂不是花痴了？

戚艾艾迅速地捂住自己的脸，嘴里连声拒绝："不要，不要……"

她提高警惕地戒备了半天，也没有等到蓝予溪的进一步袭击，反倒是被蓝予溪抱在怀中的身体开始移动了起来。

　　她不禁好奇地分开手指，从指缝间小心翼翼地看着蓝予溪。

　　而此时，蓝予溪正目视前方地走着，虽然他用眼角的余光察觉到了戚艾艾正在偷看他，却也不戳穿。若是他敢戳穿她，她又会不满地对他大吼大叫了。

　　这女人难得安静一回，他没有道理不懂得享受地打破这份宁静啊！

　　蓝予溪抱着戚艾艾来到她的卧室门前，抬脚踢开卧室的门，直接向戚艾艾那并不宽阔的单人床走去。

　　戚艾艾一看蓝予溪抱她进卧室了，顿觉不妙。

　　这个男人刚刚才亲了她，现在就抱她进卧室，难道要进一步地侵犯她？

第十章　出事了

　　就在戚艾艾急得差点没有直接从蓝予溪怀里跳出来的时候，蓝予溪已经抱着她来到了床前，将她放在了床上。

　　戚艾艾的身体才刚一成功地贴在床上，她马上便像躲瘟疫一样，迅速地躲开蓝予溪，一直退到床头，没地方可退的时候才停了下来。

　　"喂，蓝予溪，我警告你，我也不是好惹的，你别过来，你若是再过来，我就……我就……"戚艾艾佯装镇定地威胁着蓝予溪，却不想在最后的关键时刻结巴了起来。

　　也不能怪她结巴啊！毕竟，刚刚两人才暧昧了一把，马上就狠下心来威胁人家，一时间心理上转变不过来，说不出狠话来，也很正常。

　　蓝予溪的双手扶在床上，倾身向前，一脸调侃，眼含笑意地打量着戚艾艾，漫不经心地问道："你就怎样啊？"

　　戚艾艾有些慌张地躲开蓝予溪炽热的视线，不看他。

　　对，不能看他，一定是他会什么摄魂大法，她才会一与他对视，就直接丢了魂。

　　在戚艾艾的东张西望中，她终于成功地找到了一件可以自卫的武器。

　　戚艾艾迅速拿过床头柜上的手机，手指按着手机的键子，底气不足地威胁道："你要是再过来，我就报警了。"

蓝予溪一听戚艾艾要报警，脸上的调侃之色马上消失不见，换上了一脸的郁闷。

戚艾艾一看蓝予溪变脸了，就以为蓝予溪是被她吓住了，一副小女人得志的神气样子。

"怕了吧！"戚艾艾撇撇嘴，好好地得意了一下，又手上不老实得装大姐大地拍了拍蓝予溪的肩膀，有些得意忘形的说道："小子，和我斗，你还嫩点。"

蓝予溪一听戚艾艾这话，脸色直接从铁青变成了黑色。

他哪里是怕戚艾艾报警啊！只不过是戚艾艾说要报警，让他想起了第一次见戚艾艾的时候，就是因为戚艾艾报了警，才让他倒霉的被一群分不清是非的警察当成了入室罪犯给修理了一番，现在想起，他还憋气呢！

她是白痴吗？非要说一些煞风景的话吗？

不过，即使他的脸色沉得再黑，也只是在心里憋气，哪里忍心把气发在戚艾艾的身上啊！

既然不忍心对她发脾气，只能保持沉默，转身走人了。

他还真怕，他若是再多待一会儿，戚艾艾指不定说出点什么有口无心的话来呢！

门关上的声音都没能让戚艾艾从愣神中醒过来，她就不明白了，这男人什么时候学会的沉默是金啊？她这才说几句话，他就连声招呼都不打，直接弃场走人了，还真是不像他平时的作风啊！

就在戚艾艾天马行空地胡思乱想的时候，戚艾艾卧室的门又被打开了，刚刚出去不久的蓝予溪去而复返。

戚艾艾眨了眨眼，不解地打量着蓝予溪，本欲发问之时，就注意到蓝予溪手中的碘伏瓶子了。

这下不用问，戚艾艾也知道蓝予溪又进来干什么了。

蓝予溪本来是想回客厅休息，不再理无厘头的戚艾艾了。可是，一到客厅看到了茶几上的碘伏，想起了戚艾艾腿上的伤，他哪里还忍心不管她啊！

蓝予溪在床边坐下，熟练地蘸了一点碘伏，向戚艾艾已经挽起了裤管的那条腿的膝盖擦去。

"不用了，我自己来吧！"戚艾艾下意识地躲了一下。

蓝予溪的手顿了顿，有些无奈地说道："如果你想最后剩下这半瓶碘伏也洒在你的床上话，就尽管再动动试试。"

别说，这话还真管用，戚艾艾看了看那黄黄的液体，还真是不动了。她可真是怕那东西洒自己一床单。

蓝予溪见戚艾艾不顶嘴，也不动了，马上熟练地给戚艾艾上药。

一条腿的伤口处理完，又把另外一条腿的裤管也卷了起来，上药。

全过程，戚艾艾让蓝予溪意想不到地配合。

就在此项上药工程即将完成的时候，一个不是很和谐的声音打破了室内的宁静。

"咕噜……"戚艾艾的肚子又一次不满地叫了起来。

戚艾艾尴尬地皱了皱眉，抬眼瞄了一下也同样皱起眉头的蓝予溪，心中对蓝予溪大为不满起来。

想她今天辛辛苦苦地做了两个多小时的菜，最后居然落得个饿肚子的下场，还不都是这个不懂得珍惜她劳动成果的男人给害的。

他还有脸在她面前皱眉呢，是嫌弃她肚子叫的声音不好听吗？这是谁害的？还不是他这个没天良的男人害的。

一想到这，戚艾艾刚刚还有些羞窘的情绪已经一扫而空地换上了愤怒。

愤怒之余，伤心也紧跟而来，最后连脾气都发不出来了，只能自己在心里窝火。

"嘭"的一声，戚艾艾躺到床上，扯起身下的被子直接盖到头顶，一副想要结束这次谈话，再也不想理蓝予溪的架势。

戚艾艾因为肚子叫了一下，就突然变了脸，蓝予溪自然就联想到倒菜事件上。但是，他冷情冷性惯了，太多辩解的话即使他会说，他也说不出口。最后只能默默地退出戚艾艾的卧室。

戚艾艾听到关门声，把头从被子里探了出来。这一室宁静，让她觉得有些太过清冷，神伤了起来。

肚子虽然还在"咕咕"地叫着，戚艾艾却已经没有了去做食物吃的力气。

算了，睡吧，睡着了就不饿了，也什么都不需要再想了。

可是，为什么她都睡不着呢？脑中一会儿闪现一垃圾桶的菜，一会儿闪现他吻她时的情形，她有些搞不清，哪个才是真正的他，或者这根本就是两个人。

戚艾艾看着雪白的棚顶，眼中是前所未有的茫然。

不知道过了多久，卧室的门再次被打开。戚艾艾听到声音后，迅速闭上眼睛装睡。

一股香味幽幽地飘散开来，落入戚艾艾的鼻间。

戚艾艾好不容易才忍下的饥饿在闻到香味的一瞬间又涌了上来，甚至有一发不可收拾的迹象。

她偷偷地瞟了一眼门口的方向，看到蓝予溪手里正端着一碗热气腾腾的面走了过来。

蓝予溪在戚艾艾的床边坐下，看了一眼睫毛还在颤抖的戚艾艾，一看便知道她在装睡。

"别装睡了。你不是饿了吗？快点起来把面吃了。"蓝予溪声音温和地劝道。

西洋镜被拆穿了，再装下去也没有意思了。而且，她也没有道理和自己此时已经饥肠辘辘的胃过不去。

戚艾艾睁开眼，坐起身来，不屑地白了蓝予溪一眼，才接过蓝予溪手里的面碗吃了起来。

蓝予溪看她吃得开怀，心里很满足。

面吃到一半的时候，戚艾艾抬头看了看蓝予溪，发现他仍是没有一点要走的意思，不禁郁闷地皱了皱眉头。

又低头看了看自己手中的面碗，猜想蓝予溪是在等她吃完的空碗呢！

于是，戚艾艾以最快的速度将一碗面条吃完，随手将空碗递给蓝予溪，希望他尽快走人。

这大半夜的，他们又刚刚擦枪走火过，戚艾艾可不想让这个危险人物在自己的卧室里多留一分钟。谁知道接过饭碗的蓝予溪似乎一点想走的意思都没有，而是一副欲言又止的样子。

这什么毛病啊？变身的前兆啊？

戚艾艾皱紧眉头，瞪着蓝予溪，一副随时迎战的架势等着他要说的话。

她等了好半晌，蓝予溪才深吸一口气，鼓起勇气问出他最想要问的问题。

"昨晚你为什么没有回来？"

戚艾艾虽然已经做好了准备，等着蓝予溪说出点什么让她震惊的话来。但是，蓝予溪的这个问题，戚艾艾却是打破脑袋也没想到。

先不说这个问题要怎么回答，就说蓝予溪为什么要问。

他天性冷漠，对人总是一副爱理不理的性子，她怎么都想不到他会关心她昨夜的去向。

要是早知道他会问，她一定会趁早编好谎话，也就不会被问得哑口无言了。

放下他的性子不说，再说这个问题。

她要怎么回答？实话实说吗？虽然她和霍睿之间什么事情都没有发生，可是谁会信啊？

孤男寡女的，半夜三更地跑去酒店开房，然后什么都没有发生？而且对方还是那只声名远播的花蝴蝶。

戚艾艾强作镇定，一边嬉皮笑脸地看着蓝予溪，一边在心里思量着要怎么说才好，要编个什么样的谎话才会不被拆穿。

本来，在这开放的年代，男女之间在一起过一夜也不算什么，而且蓝予溪跟她非亲非故的，也没有资格管她的私生活，是不是？

可是，就算心里这么想着，戚艾艾仍是无法将实话说出口，仍是不希望蓝予溪知道她昨天去了哪里，也更不希望他会误会她和霍睿之间的关系。

至于自己为什么会怕蓝予溪误会，在这个紧张的时刻，已经被戚艾艾给直接忽略了。

蓝予溪打量着戚艾艾，等了半晌，也没有等到他想要的回答，反而等来了戚艾艾越来越不自然的神色。这不自然的神色视乎已经等同于回答了。

只是，蓝予溪却仍是不甘心地想要听她说一句否定的答案，就算是骗骗他也好。

时间一分一秒地流逝，蓝予溪越来越失望，他想，如果她与霍睿之间真的什么都没有，她的神色也不至于这般难堪。

他何苦还要继续自欺欺人呢！既然昨夜自己已经亲耳听见了，他还在否认什么？为什么还非要再问她？

问了，结果还不是一样吗？

失望地闭上眼，切断他和戚艾艾之间的视线交流，他不想再看她那张满是慌张，却又极力掩饰着的面孔。这样的神色，比她直接告诉他实话，更伤他。

蓝予溪深吸一口气，压下心里所有的酸涩，准备起身离开。

"我……我昨天晚上住在同事家了。"戚艾艾见蓝予溪失望得即将要转身离开，解释迫不及待地冲口而出。

蓝予溪的身体还没有站直，就听到戚艾艾急切的解释，身体便弯着僵在那里，不上不下的，忘记了反应。

戚艾艾苦着一张脸，看着蓝予溪，等待着他接下来的反应。可是，他那是什么姿势？什么意思？

蓝予溪总算是回过神来，又坐回了床上。

"傅启云说，你昨天晚上是和霍睿一起走的。"他本想一切就到她的回答为止，可是那样漏洞百出的答案，让他怎么都无法甘心。

他曾想，只要她解释一句，他便信她。

当她真的解释的时候，他却仍旧想要追根究底，让自己真的安心。

到底是因为不信她，还是因为他面对她的时候，永远是惶恐的，没有安全感的。怕她有一天真的投入霍睿的怀抱。

戚艾艾被蓝予溪这个问题问得，差点没有直接咬了自己的舌头。她就是顺嘴一说，他就不能顺便一听吗？就非要追根究底吗？

现在是什么情况？她怎么感觉现在的情形有点像蓝予溪发现了女朋友一夜未归，不满地在这刑讯逼供呢？

不管为什么，话都说到这份上了，她再回避就显得她和霍睿真的有关系了。

"本来他是想送我回家的，他又怕我喝多了，夜里没有人照顾，就找了同事，让我去她家住了。"戚艾艾的额角沁出密密的一层冷汗，生怕哪里有漏洞，蓝予溪会追着不放，继续追问。

蓝予溪看着戚艾艾脸上明显的慌乱神色，心里酸涩不已。

明明知道她在骗他，他还是选择了去信任她。

蓝予溪的目光渐渐变得温和，缓缓地伸出手想要抚顺戚艾艾有些凌乱的发，却在手即将接触到戚艾艾发顶的时候，被戚艾艾下意识地躲避开了。

蓝予溪的手在半空中僵持了几秒后，没有放弃的再次伸向戚艾艾的发顶。

戚艾艾看着蓝予溪眼中显而易见的深情凝视，没有再躲，只是愣愣地回望着蓝予溪。

蓝予溪将戚艾艾额前的发丝都别到耳后，温柔地把戚艾艾有些乱了的秀发捋顺。好似只有这样贴近的接触，才能让他感觉到她的存在，他才可以忽略掉心中的酸涩，完完全全地去相信她。

蓝予溪的声音略显低哑地开口说道："早点休息吧。"

戚艾艾像中了魔咒的人一样，听话地点了点头。

蓝予溪的唇角微勾，大拇指的指腹轻轻地刮了一下戚艾艾白皙的脸蛋，才站起身走了出去。

直到关门的声音响起，才把戚艾艾从这场如梦似幻中给唤醒过来。

戚艾艾将手贴在自己的心口上，任激烈的心跳在她的掌心下起伏不定，无法停歇。

慢慢将平放在胸口的手掌卷曲，用尽全力地抓住胸口的衣服，就好似拉着一根救命的稻草一样，不敢松手。

她躺在床上，另一只手抚上自己的额头，缓缓向下，遮上自己的眼。

睡吧，这个时候只有睡觉才是最好的选择。

戚艾艾用了一百二十分的努力让自己入睡。却仍旧一直在半梦半醒中徘徊。

　　而这一夜失眠的人，又何止她一个人呢？

　　她是为感情挣扎，可是，这间屋子里的另外一个女人却在以泪洗面。

　　当尹依沫透过门缝，看着客厅里的蓝予溪与戚艾艾热吻在一起的那一刻，她真的听到了自己心碎的声音。

　　她多想冲出去，扯开他们，然后大声宣布，"蓝老师是我的"。可是，她却没有立场去扯开他们，反对他们。

　　她以为只要有昨夜的事情存在于他们之间，蓝予溪自然就会去厌恶戚艾艾了。

　　今天回家后，蓝予溪对戚艾艾忽然间的漠视和冷漠，更加深了尹依沫的这个认知，让她相信蓝予溪断然接受不了这样的事情。

　　可是，才一转眼的工夫，戚艾艾刚一离开，蓝予溪就奔去了厨房，看着戚艾艾做的菜的眼神是那般的深情，好似他眼前的不是几盘菜，而是他心爱的女人。

　　所以，她那时候才会口不择言，迫不及待地想要加深戚艾艾为了钱，而愿意出卖身体的这件她不知道是不是事实的事情。这也是她手里唯一能出的牌了。

　　当她疯狂地倒掉那些她看着极为碍眼的菜后，回到客厅里，蓝予溪情愿装睡，也不肯与她说一句话时，她才知道她错了，她错得有多么离谱。而那样狰狞的自己，自己想来都有些害怕。

　　可是，如果她的话，可以加深蓝予溪对戚艾艾的厌恶，她就不后悔在他的面前扮演一回小丑。

　　当蓝予溪炽热地吻着戚艾艾，温柔地将戚艾艾收在怀中的时候，她才明白，即使她破坏了自己的形象，不愿做人人心中的天使，选择去做一个小丑之时，也仍旧敌不过戚艾艾难受地轻皱一下眉头。

暗黑的夜里，她看到前一秒还不想理戚艾艾的蓝予溪，在看到戚艾艾摔倒时，飞一般奔过去的速度。

她知道，这是发自内心的冲动，是内心情感的体现，就算能骗得了全天下的人，蓝予溪也终是骗不了自己。

尹依沫一个人坐在漆黑的房间角落里，泪水成串落下，滴落在地板上，却砸得她的心生疼。

她将脸埋在膝盖间，手臂环抱住膝盖，让自己可以更深地躲入角落里。

她哭得全身颤抖，却坚持不让自己哭出一点声音。

当清晨的阳光透过窗帘射入室内的时候，她的一双杏眸已经肿得跟核桃一样。

她扶着墙壁，吃力地站起身，伸手拉上门把手的那一刻，却听到隔壁卧室开门的声音，她知道一定戚艾艾也起床了。

收回拉向门把手的手，挪动着已经麻木的双腿走回床边。她僵直着身体躺回床上，盖好被子，闭上眼睛，断断续续地听着房外传来的声音。

"这么早就醒了啊？"半倚在沙发上的蓝予溪，睡眼惺忪地看着戚艾艾。

戚艾艾白他一眼，直接走进洗手间。

这不是明知故问吗？她哪天不是这么早起来给他做早餐的啊？

更何况经历了昨夜的事情之后，戚艾艾总觉得和蓝予溪说话的时候，有些别别扭扭的，一时间还不知道要如何适应好。翻白眼，不理人，就成了戚艾艾自我保护的武器。

戚艾艾迅速梳洗完毕，从洗手间走出来，直奔厨房，开始准备早餐。

不过，别误会，她可不是想要帮蓝予溪准备早餐，她只是单纯地想要填饱自己的肚子。

昨晚才被蓝予溪糟蹋完她的劳动成果，她可没有健忘到睡一觉就忘记了。更何况她这一夜还基本上没睡。

就算是她再不记仇，也需要一点时间来将这件事情消化一下。

在厨房查看了一番，才发现昨夜那场大洗劫后，居然还有一锅大米饭幸免于难。

好吧，既然是一个人吃，就简单一点，蛋炒饭吧！

她在冰箱里随手拿出一个鸡蛋，走回厨房，开了炉灶开始做早餐。

"你要做什么？"蓝予溪倚在厨房门口，一副慵懒的闲适模样。

戚艾艾像没有听到一样，拿起旁边的油壶，开始往锅里倒油。

蓝予溪见戚艾艾故意不理他，也不恼怒，反而语气更讨好了几分地问道："要做煎蛋吗？"

戚艾艾继续装聋作哑的当蓝予溪不存在，把一个鸡蛋打入油锅中。

"我喜欢吃七分熟的煎蛋。"蓝予溪连忙提醒道。

这是戚艾艾第一次做煎蛋，平日的早上都是做各种类型的粥，皮蛋瘦肉粥做得会多一些。

这样一回想起来，她做的不管是早餐，还是晚餐，多数都是按着他的喜好来的。

那是不是说，从很早以前，她也已经将他放在心中了。

想到这些，蓝予溪的唇角便不自觉地弯了起来，看着锅中的荷包蛋，就好似看到了金黄色的太阳一样，心里暖洋洋的。

可是，他的心还没有暖上五秒，戚艾艾就直接用勺子将他看到的那轮"太阳"给直接搅碎了。

"你干什么？"蓝予溪一下被人从好梦中拉出，紧张地问道。

戚艾艾皱了皱眉头，拿着勺子的手不自觉地顿了一下，不解地看着突然之间激动起来的蓝予溪，反问道："我干什么了？"

"你为什么将蛋搅碎了？"蓝予溪指着已经碎掉的鸡蛋，脸臭臭地问道。

"不搅碎要怎么炒饭？"戚艾艾不答反问，像看白痴一样看着蓝予溪。

"炒饭？"蓝予溪尴尬地抽了抽嘴角。

戚艾艾转头瞥了蓝予溪一眼，没有接话，直接拿起一旁的米饭，取了一小碗倒进油锅里。

"你就做这么一点，够谁吃的？"蓝予溪急忙问道。

"够我自己吃了啊！"戚艾艾边答话，边炒着饭，丝毫不认为自己这么做有什么问题。

"那我早上要吃什么？"蓝予溪像个讨不到糖吃的孩子一样，不满地问道。

"你要吃什么？"戚艾艾摆出一副故作思考的样子。

"嗯。我要吃什么？"蓝予溪见戚艾艾肯考虑，以为戚艾艾会妥协，马上配合着点了点头。

戚艾艾想了半天，最后耸耸肩，撇撇嘴，来了句，"我怎么知道？"

"你既然做都做了，就不能多做一点，大家一起吃吗？"蓝予溪憋屈地说。

"多做一点？"戚艾艾再次思考他的问题。

"是啊，你怎么都是做一回，就不能一起多做点吗？做人不要太自私。尤其是女人，太自私的女人，没人爱的。"蓝予溪以一副很了解女人的高姿态教训着戚艾艾。

戚艾艾听了蓝予溪的话，不禁点了点头，好似很赞同。

正当蓝予溪喜上眉梢的时候，戚艾艾的脸色却陡然一变，嗤笑着反问道："做那么多干什么？给你倒掉吗？"

蓝予溪被戚艾艾一句话给堵得顿时哑口无言，只得灰头土脸地消失在厨房，回了客厅。

她还在气头上，他还是不惹她为妙。

戚艾艾看着蓝予溪败下阵去逃跑了，心里因为倒菜事件而聚集的郁气也散了些。

她决定，就这样饿蓝予溪几顿，等他再也不敢不珍惜她的劳动成果，她的气也消了一些，她再做饭给他吃。

她美滋滋地吃完蛋炒饭，又喝了一杯牛奶，才拎起包，向格林大酒店进发。

如以往一样，戚艾艾准点走入格林大酒店，可今天格林大酒店的气氛却跟以往绝对不一样。

那些员工们似乎从她一进门开始，就都将目光投在了她的身上，开始窃窃私语地议论着什么。

这些人看着她的眼神，更是种类繁多。有不屑的，有羡慕的，有了然的，亦有嫉妒的。

她一路走来，总感觉好像有哪里不对劲。

戚艾艾不能不觉得奇怪，她刚想抓个人问问，对方立刻躲开。她无奈，也不想再问。她既然没有做过亏心事，也没有必要在意她们在说什么。

大步向前，不再去探究身后的闲言碎语和各种复杂的目光，直奔更衣室。

只是，她还没进更衣室，就被人拉住，快步往酒店门口而去。

“蓝予溪，你干什么？”戚艾艾一边跟上他的脚步，一边急切地问。

“一会儿再跟你解释，现在必须快点离开这里。”蓝予溪紧张万分，边回答戚艾艾，边加快了脚下的步伐。

他们走的是后门，她很快被蓝予溪推上了车。

“蓝予溪，到底怎么了？我还要上班。”戚艾艾皱着眉头，不解地问。

“那要问问你自己前晚做了什么。”蓝予溪嗤笑一声，讽刺的却是自己。他明知道她骗了他，他还是在知道她出事的第一时间，就跑来救她了。

戚艾艾的脸色瞬间煞白一片，他还是知道了。可是，他是怎么知道的？

她不说，他也不再问，视线直直地看着正前方，好似刻意忽略着她的存在一般。

车子缓缓地在蓝予溪家楼下停下时，蓝予溪直接推门下车，半点理戚艾艾的意思都没有。

戚艾艾站在原地，微一犹豫，还是跟了上去。

她知道，他是个有分寸的人，如果不是真的出了事，他不会急急地跑过去，将她带回来。

她错过了他的那班电梯，只能按下电梯，自己上去。

当钥匙伸向锁孔的那一刻，戚艾艾的心也提到了嗓子，她真怕蓝予溪看到她后，会指着她的鼻子说她是骗子。

锁被旋开，戚艾艾拉开门走了进去。

室内静悄悄的，并没有她想象中的指责声冲入耳中，亦没有那人一脸的愤怒和失望。

奇怪，蓝予溪呢？不是先上来了吗？

戚艾艾仔细一听，安静的室内似乎有些轻微的翻箱倒柜的声音传了出来。

她皱了皱眉头，仔细辨认声音的来源，这才发现声音是从自己的屋子里传出来的。

心里顿时有股不好的预感在滋生，她连忙快步走向自己的房间，一把推开卧室的门。

卧室里的人听到声音后，向门外看了一眼，继续着自己手里的活，没有和戚艾艾搭一句话。那架势简直就是把戚艾艾当成了空气。

"依沫，你这是做什么？"戚艾艾不解地看着尹依沫把自己的衣服往旅行袋里边装。

尹依沫手上动作微微一僵，但是随即便又恢复了动作，看也不看戚艾艾一眼，不以为然地说道："表姐看不出来吗？"

"我只看到你不经过主人的允许就私自动她的东西，其他的什么都没有看到。"戚艾艾虽然心里已经猜到了尹依沫这一举动是为了什么，但是看她那拽得跟自己就是这个房子的女主人似的的德行，还是很生气。

尹依沫听戚艾艾这么一说，也不悦起来，扔下手里的衣服，直起腰，一双本应该纯净如水的眸子，此时却充满了戾气，出口的话语更是一点都不客气地指责道："表姐，我们明人不说暗话，你既然有霍睿那么有钱的男人养着，我看就没有必要再留在蓝老师这里了。"

戚艾艾看着一脸理直气壮的尹依沫不禁鄙夷一笑，便语带嘲讽地问道："依沫，你今天这么做到底得到了谁的同意？"

她不知道尹依沫这么无根据的话为什么可以说得理直气壮，她也不想知道。

尹依沫被戚艾艾问得一噎，之前的气焰顿时灭了一大半。

虽然她知道蓝予溪看到关于戚艾艾的报道后很生气，她却不确定这个时候蓝予溪会不会赶戚艾艾走。

也许蓝予溪会当局者迷，可是，她这个旁观者看得却是很清。她绝对相信酒店开房的事情没有记者说的男女关系那么夸张。

不是她相信戚艾艾的人品，只是她觉得如果戚艾艾和霍睿已经好到去上床了，霍睿又怎么会允许戚艾艾一直留在蓝予溪家住？

霍睿有个习惯，就是从不逛女装店，不管他身边的哪个女人得宠也好，不得宠也罢，霍睿都没有陪同她们逛过一次女装店，更不用说是自己去买衣服送给女人了。这简直就是破了他的戒了。

还有，一个风流成性，身边一大堆狐朋狗友，白天公务缠身的成功男人，怎么可能时间多到一大把地夜夜去酒吧一个人泡吧呢。

再加上尹依沫对霍睿的了解，她肯定霍睿对戚艾艾是不同的。虽然不知道他的这份情意会坚持多久，至少到目前为止他对戚艾艾是真的很在乎。

一个男人既然这么在乎一个女人了，又怎么会允许她和别的男人住在一起？

这样的情况只有一种可能，就是戚艾艾根本不是他的女朋友，他根本没有立场管戚艾艾。至于那一夜到底发生了什么，她不知道，她也不想知道。她只知道短期内，戚艾艾也许还不会跟霍睿在一起。

如果让戚艾艾继续留下的话，就等于给她机会，让她有时间跟蓝予溪解释了。弄不好这个风波还会让他们彼此看清自己的心意。

她不想要这样的事情发生，最好的办法就是在蓝予溪因为这件事情不满的时候，把戚艾艾送走。戚艾艾一旦离开了，两个本不是同路的人，自然也就没有任何交集了。

戚艾艾见尹依沫不回答，也不着急，就静静地看着她。

尹依沫缓和了一下，便又恢复了之前的气焰。

"蓝老师的事情我都可以为他做主。"尹依沫故作不屑，实际上只有她自己心里清楚，她的不屑不是觉得戚艾艾有多么得不堪，只是不想在气势上输给戚艾艾。

"是吗？"戚艾艾微微一笑，不以为然地走向尹依沫。

尹依沫微微皱眉，看着离她越来越近、满脸笑意的戚艾艾，却有些心虚地后退。

想着这是不是戚艾艾发怒的前兆，过来想和自己PK呀？

就在尹依沫紧张得攥紧衣角的时候，戚艾艾忽然拿出自己的手机，熟练地拨出电话号码。

"你做什么？"尹依沫顿时预感不好，马上紧张地问道。

"打电话给蓝予溪啊！问问他是不是要做个言而无信的小人。"戚艾艾一边说，一边将拇指按向手机的绿键。

"等一下。"尹依沫急切地一下打掉戚艾艾手里的手机。

戚艾艾的手机在地上翻了几个圈后，才可怜地躺在地上。

她虽然想到了尹依沫会拦着她，却没有想到尹依沫会做出这么过激的举动。

"对不起，我不是故意的。"尹依沫有些不自然地道歉。

戚艾艾冷笑一声，没有理尹依沫，蹲下捡起自己的手机。还好，她的手机够结实，居然被这么摔都没有坏。

"表姐，我们谈谈吧。"尹依沫忽然软下声，她也是个成年人了，她知道有些问题用硬的解决不了。

"好。"戚艾艾点了点头，在床边坐下，也不邀请尹依沫坐下。

反正人家不是说蓝予溪的事情都是她的事情吗？那同等于说，蓝予溪的家，蓝予溪的床，也都有她一半了，自然就不用戚艾艾让座了。

尹依沫在床尾坐下，看着戚艾艾看不到任何表情的侧脸片刻，才开口说道："表姐，你和霍睿哥哥昨晚做的事情见报了。"

尹依沫先是侧面渗透，希望戚艾艾自己能听出弦外之音来，不想戚艾艾回她的一句话差点没有把她给直接气晕过去。

戚艾艾一瞬的惊讶过后，转过脸来，得意地笑着道："这个我知道，不用你提醒。不过，你看了那则报道之后，会不会觉得我很上镜呢？"

尹依沫差点没有被自己的口水给噎到，她真是没有想到，都这个时候了，戚艾艾还能说出这种话来。

尹依沫调节一下情绪后，又开口说道："表姐，你出了这样的事情后，会很长一段时间都成为记者的焦点。"

"那不是更好。多点上镜的机会，说不定我还能一举成名，捞个明星当当。"戚艾艾故作憧憬，就跟真是那么回事似的。

尹依沫这才算是听出来了，戚艾艾这是在和她故意作对呢！

经过之前和戚艾艾的接触和对话分析得来，戚艾艾这个人绝对是吃软不吃硬的。

"表姐，蓝老师对你也算很好了。你这样赖在这里，会让他惹人非议的。"尹依沫憋着满心的怨气，提醒道。

"好，就算我做事无赖。那你呢？你这样迫不及待地跑来收拾我的东西，不觉得太过分吗？"她也不想连累蓝予溪，但她实在讨厌尹依沫一副盛气凌人的样子。

"如果你不发生那样的事情，我也不会被迫这么做。"尹依沫故意把"那样"两个字咬得很重，提醒着戚艾艾自己做过的"好事"。

"咳……"戚艾艾不屑地发出一个音，反问道："那样的事情？哪样的？是想说一夜情被拍到吗？"

如果尹依沫直接说戚艾艾一夜情的事情，戚艾艾也许还不会这么冷嘲热讽。可是，谁让她自认为清纯的同时，还非要把别人说得不堪呢。

尹依沫一下子被戚艾艾问得脸都绿了，她怎么都没有想到，戚艾艾会这么不知羞的什么都敢说。

"表姐，就算你不在乎这样的事情，别人会在乎。那些人会因为你而戴上有色眼镜看蓝老师的。"尹依沫冷着一张脸继续说道。

"我做过什么了？就要让别人戴上有色眼镜看蓝予溪？就算是我和霍睿之间真的有什么，又能怎么样？我们男未婚女未嫁，就算出去一夜情也是光明正大的，不触犯谁家的法律，连个偷情都算不上。那些局外人又有什么资格来批评我？"戚艾艾的眼中好似结了冰似的与尹依沫对视着，毫不退让的神色里看不出一点心虚。

"呵！"尹依沫讥讽一笑，原本脸上的羞涩已经褪去，换上鄙视。

"表姐，世上就是有你这种抢了别人的男人，却还能把自己说得这么无辜的女人，那些男人们才会一次又一次地背叛原本的情感。"尹依沫的声音有些微微的发颤。她自己也不知道，这颤抖是因为气的，还是太过于激动地为自己抱不平。

话里的意思都这么明显了，尹依沫又那么激动，戚艾艾怎么可能笨得还听不懂呢！

"你确认他是背叛了原本的感情，才来到我身边的吗？也许在别人眼里都成立的感情，在他的心里却从来都没有在乎过呢！"戚艾艾也不点破尹依沫，用了一个"他"字代表一切。

这话表面上好似在讨论霍睿，但是她们都懂这话里边的意思。

尹依沫被戚艾艾问得心头一颤，丝丝痛意越来越浓烈了起来。

戚艾艾看着之前还激动得义正词严地教训她的尹依沫，此刻渐渐被忧伤覆盖，心里也有点过意不去了。

可是，过意不去的同时，她也觉得尹依沫的痛都是她自找的。她根本不明白什么样的方式才是爱一个人的方式。

尽管她此时也不懂什么才是爱，她却仍是觉得尹依沫的做法只能把蓝予溪越推越远。没有一个男人会喜欢有女人不停地对他的人生指手画脚。

"答应过你的，我一定会做到，但是没有答应过你的，我也希望你不要逼我。"戚艾艾见尹依沫不出声，只是沉浸在自己的悲伤中，便心下不忍，软了声。

"表姐，你不觉得你这样的想法很自私，很过分吗？"尹依沫的声音颤抖，已经是泪流满面。

尹依沫一哭，戚艾艾顿时就心烦起来，她很讨厌尹依沫把场景弄得跟她在欺负她似的。

"我不想和你争辩，也没有意义再争辩下去。既然大家意见不合，想法不一样，再谈下去还有什么意义呢？"戚艾艾看了看哭得肩膀一耸一耸的尹依沫，耐着性子劝道，"依沫，我累了，想休息了，你看你能行个方便，先出去吗？"

"表姐，为什么？为什么你就是不肯现在搬走？"尹依沫声音有些沙哑地质问道。

"没有为什么，如果你非要我给个理由，很简单，我现在还没有足够的经济实力搬走。"戚艾艾不想再纠缠，随便扯了个借口，其实她原本也计划好最近搬走的。

"如果单单只是为了钱，我可以帮你的。你说吧，你要多少钱？"尹依沫说。

戚艾艾看着尹依沫那双重燃生气的眼眸，不禁冷笑。她真的觉得这个女人爱蓝予溪爱得昏了头。

"表姐，你放心，只要你说的数字不过分，我都会答应。"尹依沫被戚艾艾笑得浑身毛毛的，却还是不想放弃刚刚看到的曙光。

"不过分的数字？那多少才不过分呢？一百万过分吗？"戚艾艾几乎是咬牙切齿地从牙缝中挤出了这句话来，可见她心里的怒火涨得有多么高。

难道真的只要有钱，就可以有恃无恐地伤害任何人吗？

看着眼下这情景，戚艾艾不禁觉得自己很无聊，无聊到要跟一个思想上根本还不够成熟的小女生来较劲。就算她的要求她不能接受，就算她开出给钱的条件侮辱了自己，自己大可以当她在说废话，不予置评。

如果自己肯压下一时之气，不与她废话，也就不会有此时的纠缠不休了。

尹依沫此时已经被戚艾艾开出来的一百万的数字给惊得瞪圆了眼睛。一百万对于他们尹家来说，虽然不过是个小数字而已。可是，就她一个学生而言，也不可能一下子拿出这么多钱来。

再者，她怎么都没有想到戚艾艾会开出这么高的价钱来。她以为她只会要个几万块，能有钱租个房子而已。

而且，她问她时，也是想帮她解决基本生活问题，让她可以尽快离开。她可从没有想过让这个女人一夜暴富啊！

戚艾艾瞥了一眼惊讶的尹依沫，实在不想再和这个还不到二十岁的女人计较下去。

"既然我的要求你不能满足，那么麻烦你现在就出去，我想休息了。"戚艾艾说着站起身来，把床上的旅行袋扔到地上，上了床，也不管还坐在床尾的尹依沫。

尹依沫见戚艾艾已经盖上被子，闭上眼睛，一点想要理她的意思都没有了，她也不好再坐下去自取其辱了。

当门合上的声音响起，戚艾艾才睁开眼睛，眼神有些空洞地望向天花板，嘴角不可自抑地弯起一抹苦涩的弧度。

她第一次发现，原来她真的很有做个死皮赖脸的女人的潜质。在这样的情形下，却仍旧能理直气壮地找尽一切理由想要留下，到底自己是在和尹依沫作对，还是在期盼着什么？

想要再次见到蓝予溪吗？

{♡}

第十一章　换取利益的筹码

戚艾艾拿出手机，输入"霍睿"两个字，立刻跳出整屏幕的绯闻。媒体绘声绘色地描绘着她和霍睿的关系，甚至把霍睿和尹依沫解除婚姻一事，也引到了她的身上。客气点的说她是灰姑娘上位，不客气地直接把她称为小三。

戚艾艾被气得肝颤，恼怒地把手机丢到一旁。她想找这些胡说八道的媒体吵一架，让他们别造谣。可是人都找不到，她剩下的也只有无力了。

戚艾艾的眼睛一眨不眨地看着天花板，好似那上边有什么东西吸引了她的注意力一样。

不知道过了多久，上下眼皮保持着一个姿势太久，撑得过于疲惫，自然而然地合了上。

等戚艾艾再迷迷糊糊地睁开眼睛的时候，强烈的阳光透过窗子照射进来，晃得她有些睁不开眼。

戚艾艾不自觉地用手挡在眼睛上，等眼睛慢慢地适应初醒时的不适感，才又睁开。

她眼角的余光触及自己的左侧时，迷迷糊糊的好似看到了一个人影。她一惊，没有立即转身看向那道人影，只是在心里有些发怵。

即使是她只看到一个模糊的影子，她却也能在脑中清晰地勾勒出他的轮廓来。

只是，他这个时候为什么会出现在她的房间里？在偷窥她睡觉？

蓝予溪虽然看到了戚艾艾醒来，却没有开口说一句话。只是静默地坐在床边，等待着戚艾艾先开口。

戚艾艾总算是受不了这种压抑的气氛，从床上坐了起来，看向蓝予溪。

时间一分一秒地过去，戚艾艾等不到蓝予溪开口，自己也不主动开口。

"你居然还睡得着觉。"蓝予溪终于忍受不了压抑的气氛，先开了口。

他本来先上了楼，不想在电梯里接到傅启云的电话，便又出去了。这般急着去见傅启云，也是想让他帮忙压下戚艾艾这次的事情。

他不靠家里，就只是个教书的，没权没势。

因为他和戚艾艾搭的不是一部电梯，便错过了。

他最不想求的人就是傅启云，虽然大家曾是好友，到底中间隔着夺爱之恨。为了戚艾艾，他只能求助傅启云。

戚艾艾不知道这些内情，被蓝予溪嘲讽得心像被针扎了一样，猛地一下刺痛，言语也变得犀利起来。

"我为什么要睡不着觉？我又没有做什么伤天害理的事情。"

虽然戚艾艾早就想到了蓝予溪会指责她，不信她，到真的不信她的时候，她还是很受伤，很难受。

她的心里越是难受，嘴上也越是刻薄地想要维护自己的自尊不被伤害。

蓝予溪冷笑两声，失望之情溢于言表，嗤笑道："你居然还能说得如此理直气壮，真是不得不让人佩服了。"

"我不需要别人佩服我，也不需要别人对我的生活指指点点的。"戚艾艾原本纠结的眸子此刻已被怒气覆盖。

虽然蓝予溪没有直接说出点什么来，但是那带着浓烈讽刺的话已经伤到了戚艾艾，戚艾艾已经可以想象得出，蓝予溪在心里把她勾画得有多不堪。

蓝予溪被戚艾艾的一句话给噎得顿时哑口无言。

是啊，他也不是她的什么人，他没有资格对她的人生指指点点。戚艾艾的意思已经再明显不过了。理智告诉他应该全身而退，他却怎么想都觉得不甘心。

"既然你对你做过的事情这么坦然，这么满不在乎，那昨天晚上为什么还要骗我说你住在同事家？"蓝予溪的面颊绷得死死的，青筋都暴了出来。可见此时的他，隐忍着怎样一股怒气。

这下轮到戚艾艾被噎得说不出话来了，她为什么要说谎？

昨晚她明明可以不回答，明明可以如今天这般理直气壮地送他一句："我的人生不需要别人指指点点。"

可是，她却偏偏在看到他转身即将离开的时候，情不自禁地说了谎。

似乎给他的解释只是出于情急下的本能，根本没有在脑子里思量过，就已经脱口而出。

如果没有昨夜的冲动，又何来今日被蓝予溪问得哑口无言呢！

只是，她真的后悔说这个谎吗？

戚艾艾一时间被蓝予溪问得心虚起来，之前还理直气壮地与蓝予溪对视的目光此时已经变得闪躲起来。

蓝予溪的心随着戚艾艾闪躲的目光一点一点地向下沉，用失望的声音质问戚艾艾："没话可说了吗？"

这在蓝予溪看来是质问的话，出了口的语气却已经变成了最后的期待。

心底被自己掩藏得很好的一个角落里，还在隐隐地期待着她的辩解。即使昨夜她说了谎，他本不该再去相信一个满口谎言的女人，他仍旧想要她说，在酒店里什么都没有发生。

哪怕她说一句她喝多了，不是情愿的，他都会立刻去找霍睿拼命。

戚艾艾察觉到蓝予溪眼中那抹无意间流露而出的受伤时，心也跟着狠狠地揪了起来，情不自禁地便脱口道："不是的。事实不是新闻写的那样。我那天只是喝多了，又吐得到处都是，他才会带我去酒店的。"

蓝予溪在听到戚艾艾的解释时，绝望的眸子中有星星点点的光亮闪过。只是，他又忽然想起那夜和霍睿通电话时，霍睿说的话，以及戚艾艾在浴室中模糊的声音。

两方的力量再次在蓝予溪的心里撕扯了起来，想要在她解释之后，便相信她。可是，偏偏那夜的声音又不停地在耳边徘徊。

"那为什么……"蓝予溪斟酌着怎样开口才合适，紧张得手心都攥出了一层薄汗。他深吸了一口气，打算一鼓作气地给自己买个放心的时候，一阵轻扬的音乐声响了起来。

蓝予溪似乎又找到了让自己逃避的借口，急忙摸向口袋的手机。看也不看来电显示一眼，就跟抓住了救命稻草一样，立刻接了起来。

"你好。"蓝予溪的语气礼貌中却透着一些还没有稳定下来的波澜。

"予溪，是我。"电话那边传来一位妇人的声音。

蓝予溪听到这个声音后，微微一愣，应道："校长，您好。"

他没想到尹依沫的母亲会打电话给他，他正猜测尹校长找他的目的时，电话那头便又传来了气势汹汹的声音："予溪，你收留在家里那个叫戚艾艾的女人呢。让她接电话，我有话对她说。"

蓝予溪皱紧眉头，脸色瞬间一片沉黑，很是不悦，却又只能隐忍着不发作。毕竟，不看僧面，也得看佛面啊。

蓝予溪看了一眼正一脸好奇看向他的戚艾艾，站起身，开门走出戚艾艾的卧室，才对着电话里边不急不慢地说道："她现在不在家，如果校长找她有什么事情的话，不妨先和我说一下，等她回来我会帮校长转达。"

"予溪，你不要骗我了。她刚刚才在你家里跟依沫要一百万。如若依沫不给，她就要联系报社，让别人知道你们在同居，让你身败名裂。"尹校长义愤填膺地道。

她教书多年，对这种不合乎原则的事情，向来较真。她不明白现在的年轻人怎么了，为了钱可以跟有钱的男人上床，可以要挟别人要钱。这个戚艾艾两条都占了，而两件事里的受害者，又恰恰都是她的女儿。霍睿这个女婿已经被撬走了，好不容易他们妥协让尹依沫和蓝予溪在一起了，半路杀出的又是这个戚艾艾。

"什么？"蓝予溪不敢置信地瞪圆了眼睛，有一口气堵在他的胸口，让他无法喘息。嘴里却仍是喃喃地道："不，她不可能这么做。"

尹校长一听蓝予溪的小声地呢喃，也不难猜出蓝予溪虽然不承认，还是把她的话听了进去。她又道："我家依沫，哭着打电话给我，让我拿一百万出来救救你，怕你被这个女人一闹，会声名狼藉。在大学任教，现在最怕的就是男女作风问题。"

蓝予溪艰涩地滚了滚喉结，连最起码的呢喃都出不了口。尽管他不愿意相信这样的事实，他却明白尹依沫和尹校长一定不会没有一点凭据地乱说。

尹夫人见蓝予溪不搭话，她也不介意，径自说道："予溪，你知道我一直看好你。如果是为了你的前程，让我花上一百万，我是绝对不会心疼的。但是，这种贪心的女人会是个无底洞，永远不知道满足的。"

"校长，你放心吧，这事我自己会好好处理的。"蓝予溪总算找回了声音，一语双关地说道。

一是，你说的事情，我明白了，你可以挂断电话了。

二是，我自己可以解决，不需要你来找戚艾艾解决。

尹校长是何等精明的人，蓝予溪这么明显的意思，她怎么可能听不懂。这也是她想要的结果，以她的身份和地位，都不适合去为难戚艾艾。

蓝予溪挂断电话，烦躁地抹了一把脸，两颊绷得紧紧的。

"蓝老师……"一道怯懦的声音在蓝予溪刚刚才安静下来的世界里又响了起来。

蓝予溪没有转头，没有搭话，而是自顾自地走到沙发边坐下。

若不是尹依沫清楚地看到了蓝予溪在听到她唤他时，脊背那微微的一僵，他的表现也许真的会让她认为他什么都没有听见。

尹依沫攥了攥衣角，在原地踌躇了一会儿，才低着头，像个犯了错的小孩一样，踱步来到蓝予溪的身边，在沙发上坐下。

"蓝老师……"尹依沫又是一声轻唤。

尹依沫已经猜到了是她妈妈打电话给蓝予溪的，而且还说了戚艾艾跟她要钱的事情，蓝予溪才会有这个反应。

"依沫，你妈说的是真的吗？"蓝予溪转过头，直直地盯着低头不语的尹依沫。

"啊？"尹依沫正低着头，沉思着要如何哄蓝予溪开心，被蓝予溪突然间的发问给惊得抬起了头，一双圆滚滚的大眼睛里，满是慌乱。

"不是你跟你妈说，戚艾艾跟你要一百万的事情吗？"蓝予溪有意压低声音，不想屋子里的戚艾艾听到，让事情变得更复杂。

尹依沫强忍住眼中蠢蠢欲动的泪水，吃力地点了点头，给了蓝予溪肯定的答案。

蓝予溪原本笔直的身体在尹依沫肯定的点头后，垮了下来，无力地靠在沙发上。

他绝对相信，这个时候尹依沫是不会睁着眼睛说瞎话的。那么，一切都是真的？

戚艾艾居然利用他的好心收留，对尹依沫敲诈勒索，戚艾艾这个忘恩负义的女人！

蓝予溪猛地站起身来，像打了强心剂一样，抬步就向戚艾艾的卧室冲去。

"蓝老师，你别冲动，有话好好说。"尹依沫完全被蓝予溪站起身前那抹烧红了眼睛的怒火给吓到了，她连忙追了上去，拉住蓝予溪的胳膊。

她真的怕蓝予溪一时气愤，伤了戚艾艾。

当然，她并不是心疼戚艾艾，而是怕蓝予溪惹上麻烦。

蓝予溪也不回尹依沫的话，从尹依沫的手中抽出自己的胳膊。

尹依沫有些无措地停在原地，等她回魂，想要追上去的时候，蓝予溪已经大力地推开戚艾艾卧室的门。

等她又向前走了几步，即将来到门前的时候，戚艾艾卧室的门又被蓝予溪大力地给甩上了，硬生生地将尹依沫隔绝在门外。

尹依沫站在原地，视线死死地盯着那扇毫不留情关上的门，酝酿已久的泪水终于汇成河滚落。

她真的很想问蓝予溪这么气愤，到底在乎的是被骗这件事，还是骗了他的人。

门里，戚艾艾坐在床上，正在研究怎么能让蓝予溪不追究她说谎这件事情，却被蓝予溪巨大的开门关门声吓了一跳。

就在她惊魂未定的时候，蓝予溪劈头盖脸地质问道："你是不是要挟依沫给你一百万了？"

戚艾艾被蓝予溪突如其来的质问给问得一愣，想了好一会儿，才明白过来蓝予溪在问什么。

只是，"要挟"两个字说得难听了点，严重点了吧？

戚艾艾细一打量此时的蓝予溪，这才发现蓝予溪此时已经怒到了极点。满眼熊熊燃烧的怒火。

他的目光刺得她的眼睛有些心虚得不敢直视他，就好似自己是真的想过要那一百万似的。

"说话啊！"蓝予溪看着戚艾艾发虚的目光，忍不住高声呵斥道。

戚艾艾被蓝予溪此时的狰狞和怒吼给吓得一愣，知道自己想用沉默蒙混过关是不可能了！

"你想要我说什么？"戚艾艾压下所有情绪，声音无波无澜地反问道。

戚艾艾为了不跟蓝予溪有太大冲突，才语气温淡，到了蓝予溪的耳中竟是如此刺耳。

她没有一口回绝，是不是也就等于间接承认了？

"我要你亲口承认你有多么没有良心，居然可以让我成为你换取利益的筹码。"蓝予溪不经大脑地一口气将气话说出后，大口地喘着粗气，胸口不停地上下起伏着，眼睛却没有一刻离开过戚艾艾的脸。

不，她从来没有想过要这么做，她必须要解释。

戚艾艾从床上爬起来，赤着脚下了床，看着蓝予溪，胡乱地摇着头："我没有，我没有把你当成我换取利益的筹码。"

蓝予溪俯视着一脸惊慌失措的戚艾艾，心里不禁有微微的动容，微微的疼。

都到了这个时候，他的潜意识里居然还有想要原谅她的冲动，只是这一次理智却战胜了冲动。

"你没有？你真的没有跟依沫说过，只要她给你一百万，你就离开我吗？"蓝予溪不再怒吼，颤抖的声音里含了痛。

戚艾艾恐慌地后退一步，她真的没有想到一句置气的话，居然把她置于有口难言的境地。但她不甘心就这样领下莫须有的罪名。她拼命地摇头，一双眸子里满是痛苦地纠结，以及对蓝予溪谅解的期盼。

蓝予溪看着这样慌乱的戚艾艾，彻底地失望了。他情愿此时的戚艾艾掐着腰，理直气壮地告诉他："我就是说了，又能怎么样？"

这样的话，他还可以认为她在说气话。可是，她却一改以往的强悍，心虚地慌乱着。这样的她，跟直接承认了一切，还有什么区别？

蓝予溪失望地收回看着戚艾艾的视线，深吸一口气，转身想要离开。这个时候，他最该做的就是赶她离开他的家。但是，这话他却是怎么都说不出口。

算了，东窗事发后，他想以她那样的性子，也不会赖着不走的。而且，她现在有了霍睿那么一个有钱的金主，也不会把他这个普通民宅放在眼中了。

之前一直只懂得摇头的戚艾艾一见蓝予溪要离开了，便急了，什么潜在因子都激发了出来。

她快走几步，拉住蓝予溪的手臂，声音里带了点哭腔地解释道："蓝予溪，你听我说，事情不是你心里想的那样。"

蓝予溪转过头，俯视着戚艾艾，不再动容，声音冰冷得不再有任何情感的波动，他咬牙道："不是我想的那样，那是哪样？"

蓝予溪真的觉得他问这句话都是多余的，明明事实就在眼前，他为何还要听她的狡辩？

"不是的。"戚艾艾一时间慌得不知道怎么解释好了。

"何必呢？既然已经找到了霍睿那么有钱的男人，何必还在乎我的感受呢！"蓝予溪苦涩地笑了笑，"就算是你和霍睿的关系不会长久。就凭霍睿为了女人一掷千金的性格，怎么都不会亏待了你。"

他的话彻底伤了她，她抬手就是一巴掌落了下去。

响亮的巴掌声响起时，他们都愣在了当场。

戚艾艾不敢置信地看了看刚刚打过他的那只手，唇瓣动了动，没能发出声音。

蓝予溪的喉结动了动，转身向门口走去。

戚艾艾看着他的背影，哽咽着说："蓝予溪，你怎么可以这么说我？我在你的心中，就是这种人吗？"

蓝予溪的脚步只是微微顿了一下，便头也不回地拉开卧室的门走了。如果他在听到戚艾艾的问话后，肯回头看戚艾艾一眼，看到戚艾艾眼角落下的泪，他还能走得这么决绝吗？还能如此不信任戚艾艾吗？

门再次关起时，整个卧室里已经只剩下戚艾艾一个人。

她真傻，为什么想要跟他解释？为什么会有希望他相信自己的奢望？

戚艾艾自嘲地笑了笑，抬起手，狠狠地擦掉象征着懦弱的眼泪。

面对这样不分青红皂白的男人，她该生气，更该对这样的男人不屑一顾。可是，为什么她此时只余伤心，没有恨呢。

清脆的手机铃声不厌其烦地响了起来，在不知道响了多少遍的时候，把戚艾艾从浑浑噩噩中拉了出来。

"喂。"戚艾艾的声音有些沙哑。

"艾艾，你怎么了？声音怎么变成了这样？"霍睿的声音即使是透过电话传过来的，也丝毫不减他对她的紧张。

"没事。"戚艾艾沙哑的声音里多了一丝不耐烦，"总经理，有事吗？"

戚艾艾的声音落下后，电话另一端又是一阵沉默。

在过了大约半分钟后，霍睿略显压抑的低沉声音才在电话中又响了起来。

"艾艾，你放心吧，我一定会尽快解决这件事情。"霍睿的声音虽然不高，但是语气中却透着一股让人不得不信的坚定。

"总经理。"戚艾艾的声音低低的，有些内疚。她咬了咬自己的下唇，才下定决心开口道："让一切顺其自然吧！你不必花太多的精力在这件事情上。"

"艾艾，你真的不在乎吗？"霍睿的声音中隐隐地透着一丝惊喜，就好似只要再迈前一步，他便可以看到希望了。只是，没有迈出那一步之前，他又怎知等着他的不是绝望呢！

"嗯。"戚艾艾应了一声，才把自己为什么不在乎的原因说了出来，"总经理，我想辞掉格林大酒店的工作。"

霍睿的心情一下子从最高点跌到了最低点，好一会儿都没能从戚艾艾的话中缓过神儿来。

"总经理，我想我离开格林大酒店，是最好的平息谣言的方式了。"戚艾艾把自己的想法如实说出。

"不好，谁说你离开了，才是最好的解决方法？方法还有很多，我们完全可以靠别的方法来平息这件事。既然我们之间是清白的，你现在走了，不是此地无银三百两吗？"霍睿的情绪变得有些激动，低吼的声音有些发颤。

"还能有什么方法？"戚艾艾不抱希望地问，"网络舆论越闹越大，我们知道，根本控制不住。"

"我们可以危机公关。"霍睿旋即道。

"别为这事费心思了。反正我也打算过几天辞职，专心考试的事情。早几天没什么。"戚艾艾本来想善始善终，最后人算不如天算。

霍睿再也找不到理由留下戚艾艾，他却不能不担心她。

"我担心狗仔队回去骚扰你。"

戚艾艾无所谓地笑笑："那我就成网红了。"

"你想吗？"霍睿无奈地问。

"总经理，你就什么都不要做了，他们找不到我，流言自然而然就平息了。"戚艾艾不想再和霍睿扯上关系，只想让事情过去。

"他们怎么可能找不到你？就算你不来格林上班，你也要去酒吧上班啊。"霍睿提醒道

"那我不做了。"戚艾艾想了想，又有不好意思地说道："总经理，为了平息谣言，你最近就不要来酒吧了。免得让记者大做文章。"

霍睿怎么都没有想到戚艾艾会做得这么决绝，他现在算不算是搬起石头砸到了自己的脚？如果他当时不是急于想要把他们"酒店开房"的事情大白于天下，利用此事来尽快扫除自己的情敌，也就不会让戚艾艾像今天这样想要彻底地远离了。

"艾艾，你相信我，我一定还会有别的办法。"霍睿有些无力地保证道。

"总经理，算了吧！既然我已经决定了，你就别为这件事情费心了。"戚艾艾声音低低地劝解道。

霍睿的嘴角勾起一抹苦笑，他这才明白，原来在他算计来算计去的时候，却独独忘记了将戚艾艾是否爱他算计在内。

"艾艾，你这样突然间失去了所有工作，要怎么出来租房子？难道你还想一直住在蓝予溪那里吗？"霍睿不安地提醒着戚艾艾。如果

被他这么一捣乱，反倒是让戚艾艾长久地住在蓝予溪那里了，他可真就是赔了夫人又折兵。

戚艾艾不禁在心里苦笑，到底是她太不现实了，还是这些人都抓住了她的弱点，为什么说来说去，都是在提醒她的经济状况呢！

"明天我会发一封辞职信给你，一切都走正常程序吧。"戚艾艾坚决地道。

"艾艾，你知道的，如果要走正常程序的话，你就必须工作到有人接手你的工作，或是一个月后。"霍睿公式化地说道。

"你知道的，我这个时候回去工作，一定会引来记者。"戚艾艾无奈地说道："总经理，你历经风雨，不怕这些，但是我怕。"

霍睿又是一阵绵长的沉默，才应声："既然你已经决定了，我也不勉强你。"

"谢谢总经理。"戚艾艾不禁松了一口气，挂断霍睿的电话。

她低头看了一眼之前被尹依沫收拾一半的旅行袋，拎起扔到床上，拉开衣柜，收拾起已经置办齐全的衣物。刚来时，她的身上只有一套衣服，衣柜渐渐地被填充，就像是人心渐渐被填满一样。

当触及挂在最边上的那套粉色运动服的时候，戚艾艾的眼中有泪水涌出，任凭她怎么忍耐，都没能把眼泪憋回去。

一滴眼泪落在粉色的运动服上，她想起了那天晚上她把他当贼丢出去的情景。

啼笑皆非的相遇好似还在眼前，却已经悲剧收场。

她正犹自感伤，刚消停没有多久的手机铃声又一次响了起来，她疲惫地叹了口气，踱步走到床边，拿起响个不停的手机，按下接听键，电话另一边便响起了一道甜美却丝毫不做作的干练女声："你好，我是于彩宁，你是艾艾吗？"

戚艾艾微愣，随即才反应过来。难道她就是傅启云的太太，知名音乐家于彩宁？

只是，她随即也想起了蓝予溪、霍睿与于彩宁之间的关系。

于彩宁会因为绯闻的事情，轻视她吗？

戚艾艾在心里想了很多种于彩宁找她的可能，心一直提着。

"你好，于老师，是我。"她有些拘谨地回。

"艾艾，我可以见见你吗？"于彩宁没有绕弯子，直接地道。她温和的语气，客气的态度，丝毫不像是来找麻烦的。

戚艾艾犹豫一瞬，还是应道："好。"

"晚上我会去你打工的酒吧。我们晚上见。"于彩宁的语气里有几分欢喜，丝毫没有半点架子。

"好，晚上见。"戚艾艾直到挂断电话，人还处在激动中。她在床沿坐了好一会儿，缓和了一下心情，才继续收拾行李。

戚艾艾走出卧室，进了厨房。

一边洗菜，戚艾艾一边苦笑，自己还真是当一天和尚撞一天钟啊！

居然在两个人的关系走到了这一步的时候，还能心平气和地在这里做饭。她都佩服她自己了。

如果不是决定了要离开，就凭蓝予溪那天倒掉她做的菜，她也不会为蓝予溪做这顿饭。

她没有因为是离别前的最后一餐，而特别地做很多菜，只是跟平时一样，做了四菜一汤，拿了碗筷，摆在蓝予溪平常坐的位置。

整张餐桌上，她只放了一副碗筷，就是给蓝予溪的。

戚艾艾从手提包里摸出一支笔，一张便签。随后在便签上，落笔沉重地写道："你给的买菜钱，我没有花过，现在都还你。谢谢你的收留，珍重。"

依旧是没有称谓、没有落款的一张普通便笺纸。

戚艾艾将便笺纸、钱，以及蓝予溪家的钥匙都一起放在餐桌上，叹了口气，拎着行李，不准自己再留恋地走向门口。

本以为可以走得畅通无阻，再见面的时候，他们相互的点点头便可以了。可是，就在戚艾艾拉开铁门的那一刻，便撞上了拿着钥匙正要开门的蓝予溪。当然还有那位与他形影不离的依沫妹妹。

这一次，那位平时一见到她就一脸无害地叫她"表姐"的小丫头，只是一脸提防地看着她，一言不发。

也是，既然蓝予溪已经厌恶她了，尹依沫自然就没有必要再在蓝予溪的面前对戚艾艾示好了。

三人在门前对视良久，都没有说一句话。最后还是蓝予溪先挪动脚步，绕过戚艾艾，走进门去，仿佛没看到她手上的行李一般。

蓝予溪都进门了，尹依沫自然也不需要再与戚艾艾在这大眼瞪小眼，便也跟了进去。

一时之间，仍未关起的门前，只剩下戚艾艾一个人。

戚艾艾的嘴角弯起一抹苦笑，在心里默默地呢喃道："是该散场的时候了。"

她潇洒地走出门，将门轻轻地关上，亦如她想安静地离开一样。

客厅里的蓝予溪直到听见关门的声音，才站起身，走向餐厅。

当蓝予溪看到餐桌上的钱和便笺纸时，眉头不自觉地皱了起来，心更是莫名地慌乱起来。

快走几步，来到餐桌前，蓝予溪一把抓起静静地躺在餐桌上的便笺纸，当纸上的字跃于眼底之时，他只觉得自己的呼吸都变得困难起来。

她走了，她真的走了吗？他在门口看到她的时候，他还以为，她只是去酒吧上班。

可是，这不就是他想要的结果吗？他不就是在等着她自己主动离开吗?

她现在走得决绝,搬得迅速,是谁给她提供的新居呢?是霍睿吗?

不管怎样,他收留了这个女人这么久,她都不该不说一句再见就离开的。

对,他要去追她,追上她的时候,问问这个没有心肝的女人。大半年的相处,她到底把他当成什么了?她既然那么爱钱,又何必把这一万多的人民币还给他?

蓝予溪不顾一切,拔腿就向门外奔去。

尹依沫站在原地,一动未动,就连想喊蓝予溪一声,都在动了几下嘴唇后,一个音节都没能发出。

人总是在离别的时候,最能认清自己的心里到底有多么在乎。而蓝予溪,她心心念念的蓝老师,即使在面对那个女人对他的伤害时,他还是义无反顾地追了出去。

她忽然觉得,自己的立场很可笑。她一心驱逐,最终却让蓝予溪变得更加在乎。如果,他们之间可以迈过这一关。那么,就再也没有她立足的地方了。

尹依沫惊恐地睁大眼睛,浑身不停地发颤,一双无神的大眼被泪水弥漫,已经看不清前方的路。

另一边,带着满心希望追出去的蓝予溪,此时正在楼下,看着已经没有了戚艾艾身影的远处,暗自失神。

难道,真的连说句再见的机会都不肯给他吗?

等蓝予溪再次回到家里的时候,尹依沫已经挂上了一张笑脸,坐在客厅的沙发上看着电视。

她知道,在戚艾艾刚刚离开的时候,她不能再在蓝予溪的面前又哭又闹的,这样只会将他越推越远。

既然戚艾艾已经离开了，她便有大把的时间陪在蓝予溪的身边，重新来争取他的爱。

本来就不喜欢与女人接触的蓝予溪，想必经历了戚艾艾的事情之后，会更难有女人走入他的心里。这样，她是不是就可以高枕无忧了?

"蓝老师，别想太多，早点休息吧!"尹依沫闻声劝道。

"我晚点还要出去见个朋友。"蓝予溪面无表情，语气里却透着不耐烦。

他并不是责怪尹依沫什么，只是这个时候，他真的好想一个人安静一会儿。

尹依沫听着蓝予溪不耐烦的口气，鼻子酸了酸。她连忙转过身去，不想让蓝予溪看到她眼中的泪水。

蓝予溪心烦意乱，并不想关注尹依沫的反应。

他满脑子都是戚艾艾，她都有了霍睿那样的靠山了，又何必来威胁依沫?

难道一向自命聪明的她，就没有想过，尹家会不会给这笔钱吗?

想到这儿，蓝予溪本就皱着的眉头，不禁皱得更紧了几分。

她就算是想要威胁依沫，也该开个小一点的数字才实际啊!毕竟一百万这个数字太大，一般人都不可能任凭她拿出这样的一个理由威胁，就乖乖地给她钱。如果她真的想要钱，为什么现在又安静地离开了?

他的脑中闪现出戚艾艾伤心摇头的情景，难道他真的误会她了?

第十二章　患难见真情

　　蓝予溪将那串原本属于戚艾艾的钥匙拿起来，狠狠地攥在手中，任凭钥匙的棱角嵌入他的手心里，他也不曾松一下手。

　　他在惩罚自己，他恨自己为什么那么冲动地不听她解释。他不是一直都知道，她就是那种喜欢口无遮拦的性格吗？也许一百万真的只是一句赌气的话，只不过依沫当真了，才闹出了后边一连串的事情。

　　对，一定是这样！

　　蓝予溪抬手看了看手腕上的手表，离酒吧开业还有一个小时，他要去酒吧，去见她，去听她解释。

　　一切想通后，蓝予溪拿着筷子，有一口没一口地吃着桌子上的菜。平日里熟悉的味道，他却已经食不知味。

　　他的整颗心都在激动地跳动着。忽而喜悦，忽而担心，他是真的怕在他给她机会解释的时候，她已经不屑于这个机会了。

　　蓝予溪吃过饭，又将吃剩的菜都放入冰箱后，才回了客厅，一分一秒地挨着时间过。他第一次发现，原来一个小时是这么长的时间。

　　这时，浴室的门拉开了，刚洗完澡，一身清爽的尹依沫走了出来。

　　她的手里拿着一条毛巾，一边擦着头发，一边走到蓝予溪的身边坐下。

"蓝老师，用我帮你放水洗澡吗？"尹依沫手上的动作不停，歪着头问蓝予溪。

如果此时可以把尹依沫脸上那些红疙瘩忽略了，只看那一双灵动的眸子，眼前的人儿歪头擦秀发的样子还是很迷人的。

不过，很可惜此时的蓝予溪，既不觉得尹依沫脸上的红疙瘩难看，也不觉得尹依沫那双正对他放电的眼睛迷人。

"不用了。"蓝予溪没有转头，仍旧看着电视的屏幕。

"哦。"依沫失落地轻应一声，径自擦头发。直到头发干得差不多了，她才停下手上的动作。静静地坐在蓝予溪的身边，陪他看电视。

"早点睡吧。"蓝予溪忽然温和地说道。

"好。"尹依沫犹豫了一下，还是点了点头，答应了。

她最初的时候本想说，"我不困，再陪你看会儿"之类的话，可是，看着蓝予溪有些冷漠的侧脸，这样的话，她终是没能说出口。

算了，给他些时间和空间来接受戚艾艾已经离开的事实吧。

尹依沫从容地站起身，向戚艾艾原来的卧室走去。

蓝予溪用眼角的余光看到尹依沫走的方向，立刻转过头去，用不容置疑的口吻说道："依沫，去我的卧室睡。"

尹依沫的脊背一僵，顿住脚步，表情尴尬地问道："为什么？"

"没有为什么，你不是一直都睡我的卧室吗？"蓝予溪没有给出理由，但语气肯定得不容置疑。

"那你呢？睡哪儿？"尹依沫问道。

"我睡客厅。"蓝予溪这一次答得很迅速，很自然。

尹依沫没有再说什么，只是点了点头，快步走进蓝予溪的房间。

她以脸上过敏，不想让父母看见为由，硬要住进他的家里。他有些愧疚，勉强答应也是因为房子里还有戚艾艾，不是孤男寡女。她最终如愿以偿地赶走了戚艾艾。可是，她又得到了什么？

如果这是一场比赛，她真的是最后的赢家吗？可是，她又赢得了什么？

她终是明白了，这是两败俱伤的结局。只不过，即使是如此，她也不会退出。

她与蓝予溪认识在先，戚艾艾才是那个入侵者，该退出的是她。

防盗门关起的声音响起，尹依沫知道一定是蓝予溪出去了。

这么晚了，他会去哪儿？是出去散心，还是出去寻她了？

尹依沫抬手看一眼自己手腕上的表，嘴角勾起一抹苦笑，呢喃道："酒吧开业的时间到了。"

离开家后的蓝予溪，这一路走得并不快，越是临近酒吧，他的心里越是得不到安宁。

他是个极其要面子的人，纵使是他的错，他也不想戚艾艾当着众人的面奚落他。而且，今晚傅启云夫妻还约了他在那里见面，要是被他们撞个正着，他岂不是什么脸都丢光了？

想到这儿，已经到了酒吧附近的蓝予溪又停下脚步，从裤袋里拿出自己的手机，还是给戚艾艾打个电话，约她出来说，安全些。

蓝予溪修长的手指在手机键盘上熟练地按下戚艾艾的手机号，紧张地等待着戚艾艾的声音响起。

一直到电话里传来机械的女声，蓝予溪也没能听到戚艾艾的声音。他不信邪地又拨了第二次，第三次，戚艾艾始终没有接电话。

本就惴惴不安的蓝予溪，心里更是七上八下，他在心里不停地猜测着，戚艾艾是不是因为太生气，才不接他的电话。

在酒吧没有开始营业前，酒吧的休息室中此时就已经坐着一男一女。

女人是酒吧的老板娘，男人则是霍睿。

酒吧老板娘将一杯酒递给霍睿，在霍睿的对面坐下。

"怎么这么早就过来了？"老板娘虽然已经了然霍睿的心事，却还是把这句话当成了开场白说出来。

"等酒吧开业后，我怕附近记者太多，容易被发现。"霍睿轻啜一口酒，面上虽然云淡风轻，话里的苦涩却还是让人无法忽视。

老板娘摇头失笑，揶揄地道："什么时候开始，我们这位天天见报的花蝴蝶也怕记者了？"

霍睿并不介意老板娘的调侃，仍旧认真地说道："若是再见报，怕是会将艾艾推得更远。"

他现在真有一种悔不当初的感觉。如果他当时不存有私心，拦下那些记者，又怎么会遭遇今天这样的场面。这还真是现世报。

"接下来你打算怎么做？"老板娘收起原本揶揄的笑，一本正经地问道。

"不知道。"霍睿略显无力地摇摇头。

"你可要尽快想办法让艾艾摒除这次事件带来的隔阂，我也只能帮你留住她几天而已。"老板娘的语气有些无可奈何。

"嗯。"霍睿点点头，"我今晚来，也是为了能和她好好谈谈。"

"你也不用太消极，这件事出来后，对你来说也不是全无好处。"酒吧老板娘半真半假的打着趣。

"老板娘，你就别拿我打趣了。"霍睿看了一眼酒吧老板娘半真半假的表情，喝了一口杯中的酒，郁闷得要命地低着头，看着酒杯。

"霍少，如果我告诉你，艾艾已经搬出蓝予溪的家里，你还会觉得我在打趣你吗？"酒吧老板娘也不去计较霍睿的一张臭脸，径自说道。

"真的？"刚刚还一脸郁闷的霍睿，惊喜不已。

"嗯。真的。"老板娘肯定地点了点头，又解释道："刚刚她给我打电话说，要晚一会儿来酒吧，先去安顿一下自己的行李。"

"老板娘还真是诚不欺我。"霍睿的嘴角勾起今天的第一抹笑意。

在戚艾艾执意要离开格林大酒店的时候，霍睿真的怕他和戚艾艾见面的机会减少了，也就等于变相地给她和蓝予溪制造更充分的机会。没想到这就搬出来了，还真是好事啊！

"开业的时间到了，我先出去忙了，如果一会儿艾艾来了，我会让她进来找你。"酒吧老板娘的声音还未落下，人已经起身离开。

这个时候，霍睿最需要的是独立的时间和空间来思考，而不是盲目地接受别人的建议。

霍睿点了点头，没有再多说什么，看似一副没有什么的样子。实际上捏着酒杯的手却收紧再收紧。就连指节都泛起了青白，可见他心里此时隐忍着多大的恨。

酒吧老板娘如每日一样，先开了店门，便回到吧台里开始忙碌起来。

陆陆续续的开始有客人上门，酒吧老板娘只是按着服务员的要求将酒从吧台里递给服务员。便开始忙着自己手里的活，并没有注意形形色色的客人。

等手里的活告一段落，酒吧老板娘才发现离自己不远处的吧台边坐着一个眼熟的男人，她细一看，这不是蓝予溪吗？

这时，戚艾艾也走进了酒吧，便向坐在吧台边喝酒的蓝予溪迎了上去。

蓝予溪挡在戚艾艾的身前半晌，也不知道要如何开口，只是纠结地看着戚艾艾。

戚艾艾与蓝予溪对视着。她不想错过他的任何一个眼神，她想靠此来洞悉他此刻的目的。

他为什么会来？他不是很讨厌她吗？

"来喝酒吗？"过了良久，还是戚艾艾先开的口。她尽量冷漠，像对待普通客人一样对待他。

"来找你。"蓝予溪答得爽朗，毫不犹豫。

戚艾艾只觉得心口微微一滞，心里有种无法言喻的感觉蔓延开。

"我们谈谈，好吗？"蓝予溪试探着问道。

戚艾艾觉得自己听到的是个笑话，眼前的男人在白天的时候，还口口声声地质疑她的人品，这会儿又算什么？

"我们之间没有什么好谈的。"戚艾艾赌气地扔下一句话，便想绕过蓝予溪离开。

蓝予溪拉住戚艾艾的胳膊，偏头看向她，说："不想在这里和我拉拉扯扯的被人笑话，就和我谈谈。"

"你……"戚艾艾恨得直咬牙。无赖不是她的专利吗？怎么蓝予溪也学会这一套了。不管怎样，很显然，蓝予溪这招对戚艾艾很有效。

戚艾艾恨恨地瞪了蓝予溪一眼后，还是乖乖地走在蓝予溪的前面，找了张角落的桌子坐了下来。

蓝予溪看着戚艾艾气冲冲的背影，嘴角勾起一抹得逞的笑，也跟了过去。

在暗处将这一切尽收眼底的霍睿，此时已经捏紧拳头，脸色铁青。

戚艾艾和蓝予溪坐在角落里大眼瞪小眼了半晌，戚艾艾也没有弄明白蓝予溪要跟她从何谈起。而蓝予溪起初还能沉住气跟戚艾艾对视，渐渐的，便心虚得连对视的勇气都没有了。

戚艾艾抿了抿唇，看着蓝予溪闪躲的眼神，在心里叹了口气，站起身："你慢慢坐，我去工作了。"

　　"戚艾艾，别走。"蓝予溪急忙出声。

　　戚艾艾叹息，人又坐回了椅子上，无奈地对蓝予溪低吼道："蓝予溪，男子汉大丈夫，有话就快说，别扭扭捏捏的。"

　　蓝予溪静默着，组织了很久语言，才迎上戚艾艾的目光，问道："为什么要和依沫说，你要一百万。"

　　"呵呵！"本来还满怀期待的戚艾艾听到蓝予溪这个问题，当即冷笑出声。

　　蓝予溪的脸色沉了沉，被戚艾艾冷笑嘲讽得无地自容。但一想起今天来的目的，他努力地压下尴尬的情绪，执著地问："为什么要和依沫说，你要100万。"

　　"依沫不是都告诉你原因了？你不是也相信了吗？何必还来问我。"戚艾艾嘲讽地笑，赌气地说道。

　　"我想亲口听你再说一次。"蓝予溪无比认真地看着戚艾艾，好似他在等待的是重要的誓言一样。

　　戚艾艾有些惊讶，心里又有些淡淡的欢喜，几个小时后，蓝予溪相信她了。没有人喜欢被误会，哪怕她的内心再强大。想到这些，她难免觉得委屈。

　　"我能和你说的，白天的时候，都说过了。"戚艾艾别过头，不看蓝予溪眼中的真切，她怕自己看了就会心软，没有骨气得像白天的时候一样，拼命的想要和他解释，换来的却是他的不信任。

　　"对不起。"蓝予溪真诚地道，"白天是我太冲动了，我该一直相信你。"

　　她不想解释也没关系，他应该相信她的人品。

　　戚艾艾惊讶地看向蓝予溪，鼻子酸了酸，问："如果我说，我只是被尹依沫的话激到，才说了气话，你信吗？"

"我信。"蓝予溪认真地点了点头，声音虽然不大，却又偏偏透着那么一股子让人不容置疑的坚定。

戚艾艾的眼睛湿热，她不知道自己的激动是缘于沉冤得雪，还是对于她来说，他的信任真的很重要。

她别过脸，微微将头昂起，不想让蓝予溪看到她眼中的泪光。

"为什么？"激动过后，戚艾艾问得十分镇定和冷漠。

戚艾艾的冷淡让蓝予溪的心里没有底，他还是很认真地回道："因为你开了一个得不到的数字。"

"那是因为我贪心得觉得尹依沫那样好的家世应该能拿出来一百万。"戚艾艾的语气依旧冷冷的，让人丝毫辨不出她说的话是真是假。

"既然那么贪心，为什么还要留下那一万多块？欲擒故纵吗？"蓝予溪有些激动，他不想她再说气话。气到了他，她的心里就会好受吗？

"小财不出，大财不入，我若是不那么做，怎么可能把你吸引来。"戚艾艾不服输地开始口无遮拦。

蓝予溪失笑，反问："现在把我吸引来了，你打算怎么做？"

戚艾艾抿眉，她只是逞一时口舌之快，她哪知道他来了要做什么。

蓝予溪见戚艾艾被他气得悻悻地闭上嘴，满意地勾了勾唇角，一副好脾气地问道："是想让我亲自请你回家吗？"

蓝予溪此时给了戚艾艾一个台阶下，希望戚艾艾可以跟他回家，不想就因为他这么一问，正好给噤了声的戚艾艾找到了话题。

戚艾艾微微一笑，笑得绝对甜美，让蓝予溪有一瞬间的错觉以为戚艾艾是因为要跟他回家了，所以在开心。只是，这个想法没有维持多久，戚艾艾说出来的话就已经让他的美丽愿望破灭。

"不好意思，我已经租到房子了。即便你亲自来请我回家，我也只能让你失望而归了。"戚艾艾的嘴角噙着甜蜜的笑，幸福的表情就好似在说："好吧，我们一起回家。"

可惜，她说出的话却跟她甜蜜的笑容大大相反。

两人你来我往的光顾着自己的嘴上功夫能不能赢了，谁也没有注意到他们口中说的都是"回家"，而不是"回去"。

蓝予溪半晌说不出一句话来，一天的时间都没有到，她就租到房子了？怎么可能……

"是霍睿给你找的房子吗？"蓝予溪有些泛酸地问。

戚艾艾差点没有被蓝予溪的问题给问得当场气晕，说来说去，这个男人还是觉得她和霍睿有私情啊！

"是又怎么样？不是又怎么样？谁给我找的房子跟你好像没有多大的关系吧？"戚艾艾面带嘲讽地说。之前还挂在脸上的甜蜜笑意，此时已经消失得没有一点痕迹。

戚艾艾只顾着生气了，根本没有注意到自己似乎特别在乎蓝予溪误会她与霍睿之间的事情。

她和霍睿上新闻前，酒店里就有很多人议论他们的关系，她并不在乎。上新闻后，网上那些攻击她的言论就更是难听。她一样可以不在乎。她告诉自己，她不能活在别人的舌头下。但，蓝予溪说什么，她都会过分地在意。

蓝予溪气得哭笑不得，在心里不停地安慰自己："戚艾艾就是口无遮拦的性子，我和她较什么劲啊！"

"我等你下班，今天先跟我回家，明天我陪你过去新地方看看，再决定搬不搬。"蓝予溪霸道地说。大有戚艾艾若是不答应，他就直接把戚艾艾绑回去的意思。

"那你在这慢慢等吧！我先去上班了。"戚艾艾边说边站起身，背对着蓝予溪的时候，戚艾艾的嘴角已经不可自抑地弯起了一抹幸福的微笑。

这一次，蓝予溪没有再拦住戚艾艾的脚步，看着戚艾艾的背影幸福的微笑着。

尽管这次所谓的谈话，还是跟以往的拌嘴没有什么区别，她也没有解释什么，他却还是选择了信她。

他这才明白，他来这一趟只是为了找回她，而不是质问她什么。所谓的答案是什么并不重要了，只要她还是那个他在意的戚艾艾就好。

戚艾艾带着微笑，走到吧台边上，甜甜地唤了一声："老板娘。"

"怎么了？有什么喜事吗？"老板娘站在吧台里，打量着戚艾艾的一张笑脸。

"嗯？"戚艾艾一时间没有明白过来老板娘何来此问。

"没事了。"酒吧老板娘微笑着摇了摇头，"霍少来了，在休息室，说有事想找你当面谈谈。"

戚艾艾微微一愣，最后还是点了点头，说："好。我去见他。"

刚走到休息室门口的戚艾艾，发现自己的手提包还放在刚刚的椅子上，又折回了大厅。

谁知道，她一进酒吧大厅，就看见有一个人撞了蓝予溪一下，好像顺手扔了一包什么进蓝予溪的上衣口袋里。

戚艾艾不禁皱紧眉头，她虽然没有看清那包东西是什么，但是女人的直觉告诉她，那绝对不会是什么好东西。

于是，她三步并作两步地，快步走向蓝予溪，连声招呼都没有打，就伸向蓝予溪上衣的口袋。

蓝予溪被突然间伸入自己上衣口袋的手给吓了一跳，防备地刚要按住戚艾艾的胳膊，却在看清来人是戚艾艾的时候，而放下了戒备的胳膊。

　　戚艾艾没有跟蓝予溪解释什么，而是神色凝重地，一把掏出蓝予溪上衣口袋里的东西。

　　就在掏出东西的一瞬间，戚艾艾还没有来得及看清手里的东西时，酒吧大门就被六七个警察给推开了。

　　"谁是酒吧的老板？"带队的队长站在酒吧门口，对着酒吧里的人声音洪亮地问道。

　　酒吧老板娘连忙从吧台里快步走了出来，脸上挂着淡淡的笑意，又不失严肃地说道："我就是酒吧的老板。"

　　带队的队长一听酒吧老板娘的回答，说："我们接到线报说，你们酒吧有客人随身携带毒品。"

　　酒吧老板娘看了看一个队长外加六个警员的阵仗，就知道警察是来者不善。

　　就算是隐隐地觉得不好又能怎么样？她又不能说不让搜查。就算她不让，也顶多告她一项妨碍公务罪，搜查还是要继续。

　　"我们酒吧里怎么会有毒品呢。警官随便搜。"酒吧老板娘的脸上依旧挂着淡淡的笑意，脸色却已经白了。

　　带队的队长对酒吧老板娘点了点头，算对她的配合表示感谢。转过身去，对大厅里的所有客人说道："男人站左边，女人站右边。"

　　酒吧里的客人虽然很不情愿，也只有配合的份。

　　等所有的客人和服务人员都站好后，男警员和女警员才分别开始搜查。

　　搜查到戚艾艾的时候，戚艾艾几乎僵在了当场。

　　她刚刚已经看了手里的东西，想必就是警察口中的"毒品"吧！

她当时被吓得本想把这包药扔到桌子底下算了，却在看到正在和警察说话的老板娘时，断了这个念头。

　　如果让警察在酒吧的桌子下边发现"毒品"，想必老板娘和酒吧一定会受连累的。弄不好，警察会暂时查封酒吧来调查。

　　就在戚艾艾发呆之际，一名女警员公式化地要求道："手伸开。"

　　戚艾艾的心一下子提到了嗓子，攥着药的手越攥越紧。无论戚艾艾的大脑下了多少回"松开"的命令，那只垂在身侧的拳头都松不开。

　　"小姐，麻烦你配合一下我们的工作，立刻松开手。"女警员再次要求道。这一次已经从公式化的口气变成了警告。

　　就在戚艾艾和女警员僵持着的时候，另一侧检查完男客人的男警员走了过来，问道："怎么了？"

　　"我怀疑藏毒的人就是她。"女警员指着戚艾艾，语气笃定地说道。

　　男警员的眸光闪了闪，不敢置信地看着戚艾艾。

　　他怎么都没有想到再次相见会是这样的场面，如果这也算是缘分的话，这算是缘分中的哪一种呢？

　　戚艾艾抬头看了看刚走过来的小张，觉得这位警察很眼熟。因为太紧张，所以怎么想都想不起来在哪里见过了。

　　"小姐，麻烦你配合一下。"张鑫岩声音温和地要求道。

　　本来这事小张是不用插手的。他就是怕戚艾艾一个想不开再和他的同事起了冲突，再被告袭警。虽然他也不愿意相信戚艾艾的手里攥着的是毒品，但是，身为一名警察该有的敏锐却告诉他，戚艾艾现在手里攥着的绝对不是什么好东西。

　　戚艾艾闻声再次向小张看去，对上一双温柔的眸子。他看着她的眼神不像女警那么犀利，更像看着朋友一样的友善，这让戚艾艾莫名地安心了些。

戚艾艾深吸一口气，再次做了一番激烈的思想斗争后，才咬咬牙，缓缓地将垂在下边的手臂抬了起来，缓缓张开手。

当张鑫岩看清戚艾艾掌心里的十几颗摇头丸时，心中狠狠一震，无法相信摇头丸真是戚艾艾的。

他几乎是对她一见钟情，她在他心中圣洁得让他不忍亵渎。可是，事实却残酷得近乎可笑。

"小姐，你涉嫌藏毒，警方现在正式拘捕你。"女警员看着戚艾艾的眼神冰冷至极。

戚艾艾慌了，差点没腿软地站不住。

蓝予溪震惊地看着戚艾艾，想要开口说话。戚艾艾却用眼神示意他，一定不要开口。

"等一下。"正当警察要将戚艾艾带走的时候，霍睿接到酒吧老板娘的通知，从休息室里跑了出来。

戚艾艾听到霍睿的声音就好比听到了救星的声音一样，本来惊慌灰暗的眸子一瞬间染上了希望。

"艾艾，怎么回事？"霍睿一副镇定自若的样子，丝毫没有将那些警察放在眼里。

"我……我……"戚艾艾在那"我"了半天，愣是一句话都没有说出来。

她总不能说是在蓝予溪的衣袋里掏出来的吧？

虽然戚艾艾亲眼看到是别人放到蓝予溪的衣袋里的，但是，这样无凭无据的事情，她若是说出来，也只是连累蓝予溪而已。

若是他涉嫌藏毒，就什么前程都不会有了。

算了，她还是自己一肩担下吧！她就赌霍睿一定会救她。

戚艾艾这个时候，满心想的都是蓝予溪的前途和以后，却独独忘记了自己的前途。如果她藏毒的罪名成立，她就再也别想考音乐学院了。

　　长久的沉默之后，戚艾艾摇了摇头，表示自己无话可说，假装潇洒地迈开脚步。

　　蓝予溪再也没有办法镇定，急切地喊道："不是的。那些毒品不是她的。"

　　戚艾艾见蓝予溪突然出声，大有说出事实的意思，连忙开口否定他的话："是我的，这包东西是我的。"

　　戚艾艾瞪了蓝予溪一眼，警告他不要再说话。

　　她可以随便找个借口，就说在哪里捡到的，或是说别人给她的，她不知道是什么东西。

　　可是，刚才那一秒，她见蓝予溪想要承认，她几乎想都没有想，就将话说了出去。

　　她这才明白，自己有多么想要维护蓝予溪。不需要刻意的要求和挣扎，只是潜意识里的想要维护他。

　　戚艾艾微微弯起嘴角，笑得有些苦涩，她想起刚刚女警员让她松开手的时候，她还被吓得要命，不肯松手。

　　可是，这一刻，在意识到他会有危险的时候，她居然什么都不怕了，甚至在平静下来的时候，她心里有些怕了，她却仍旧没有后悔过。

　　戚艾艾又看了蓝予溪一眼，示意他让他闭上嘴巴，才转头向着霍睿安心地笑了笑。她信他一定会救她的！

　　蓝予溪的突然出声，让很多之前一直把目光停留在戚艾艾身上的人都将目光转向了蓝予溪。不明所以地看着他，猜疑四起。

　　"先生，你们认识？"小张走了过来，指着戚艾艾问道。

"对，我们认识，我们住在一起。"蓝予溪连忙答道。

戚艾艾听到蓝予溪的回答，郁闷得要命。蓝予溪这句话听着怎么就那么暧昧呢？

听到霍睿的耳中，这句话就直接变成了刺耳，要不是现在不是生事的时候，他真恨不得现在就给蓝予溪一拳头。

另一位与戚艾艾有着渊源的男士小张，闻声皱了皱眉头，又重新打量了一下蓝予溪，才想起来，这不就是数月前，戚艾艾那起乌龙案件的男主角吗？

蓝予溪一看他一句话引来了这么多各异的目光，也意识到了自己的话有些问题，连忙改口说道："我是说，我是她的房东。"

"那先生，能麻烦你跟我们回去协助调查吗？"小张公式化地说道。

既然各执一词，只能两个都一起带走了。

戚艾艾一听要将蓝予溪带回去录口供，马上急了，生怕他一下子再承认了，那么她的苦心就白费了。

"蓝予溪，不要多管闲事。"戚艾艾一脸嫌恶地骂着蓝予溪。

蓝予溪微微一笑，倒是有点视死如归的味道。

听到了戚艾艾这句话，他才明白戚艾艾是怕影响他的前途，才会一肩担下这跟她本来没有一点关系的罪名。

可是，那戚艾艾是怎么知道这包药在他的衣服口袋里的？他又把所有的事情在脑中过了两遍，这才想起来，在有人撞了他一下后，戚艾艾就马上出现了。

难道戚艾艾看到了那人把药放到了他的衣服口袋里？对，一定是。

可是，到底是谁要害他？

算了，还是先跟警察回去再说吧！他身为一个男人，就算是将事实说出后，他不能脱罪，他也不能看着戚艾艾为他担下这些罪责。

想到这儿，蓝予溪便不再理戚艾艾的鬼吼鬼叫，直接对小张点了点头："好，我跟你们回去。"

他没有多说什么，只是简单地应了下来，他怕他当着戚艾艾的面说出事实来，戚艾艾又要对他鬼吼鬼叫，想一想，这个女人还真是吵啊！

一群警察又把酒吧搜查了一遍，在确定酒吧里什么都没有的情况下，才准备收队。

"等一下，她是我的女朋友，也算是公众人物了，你们就这样带她出去曝光，严重地伤害了她的形象。"霍睿冷静地出声，随手抽出一张象征身份的名片递给了带队的队长。

本来，以他的实力，就算是现在打个电话，救下戚艾艾都不是问题，只是，酒吧里这么多围观的人，若是直接就要他们放人，会让别有用心的人大做文章的。

更何况酒吧的外边现在就有记者，若不是门口站了两名警察，不让人进出，想必那些记者早就溜进来了。

如果任由这些警察把戚艾艾从正门带出去，被记者拍了照片，那么明天报纸的头条想必又是他们俩了吧！

戚艾艾被霍睿的话惊得瞪圆了眼睛，她知道他这么说是在帮她。这样的时候，还愿意不离不弃的人，她怎么能不感动。

戚艾艾并不笨，她也知道，这个时候酒吧门口一定会有记者，不被拍到照片，自然是怎么狡辩都可以，但是一旦被记者拍到了照片，只怕那些记者要大做文章了。事情一旦搬上网，他们就会百口莫辩。

带队的队长看了一眼霍睿的名片，又一脸正色地对霍睿点了点头，才对霍睿身边的酒吧老板娘说道："老板，麻烦你将后门打开。"

"好。"酒吧老板娘慌忙点头，去开后门。

戚艾艾经过霍睿身侧的时候，霍睿声音温和地说道："艾艾，别怕！"

太多的话，他当着这么多人的面不方便说，只希望她能信他。

戚艾艾转过头来，看着霍睿笑得温和而坦然，心里忽然很觉得很安稳。

蓝予溪因为两人之间的互动，心里不免酸涩。他看得出，霍睿对戚艾艾是真的动了心。

几个警察带着戚艾艾和蓝予溪从后门一起回了分局，将他们分开审问。

蓝予溪说了实话，戚艾艾为了让蓝予溪能没事，却说了假话，她对审讯他的警察说，因为她在酒吧工作，所以很多人都认识她，这包药是一个客人送的，她并不知道是毒品。

事实上戚艾艾确实是不知道那包药是什么东西，要不是这些警察说是摇头丸，她还真以为是维生素呢！

不过，不管她说了什么都不重要，在霍睿的专用大律师到分局一番交涉后，警察局已经同意放人了。

戚艾艾被一名女警员带到大厅的时候，霍睿已经站在那里等她。

"谢谢。"戚艾艾在霍睿的身前停下脚步，感激地道。

霍睿伸手抚上戚艾艾的发，眸子里一点得到戚艾艾感谢的喜悦都没有，而是满满的心疼。他说："艾艾，让你受委屈了。"

戚艾艾不好意思地笑了笑，没有接话。

她无非就是在拘留所里边坐了一个小时，哪里受过什么委屈啊？

若是平时，她一定会骂霍睿表现得太过夸张，可是，这一刻，她只觉得满心的温暖。

第一次进警察局，还是因为藏毒被抓进来的，她怎么能不害怕？

"蓝予溪呢？"戚艾艾问霍睿。

霍睿温柔的眼神一滞，才说道："不知道。"

"那……"戚艾艾踌躇了片刻，嗓子里的话还是没好意思说出口。

戚艾艾是想说："那你帮我去问问好吗？"只是，话到嘴边，她又觉得这样麻烦霍睿对他真的有些不公平。

就在戚艾艾为难之际，正好看到张鑫岩从大厅里经过，她如看见曙光一般，丢下霍睿，跑向张鑫岩。

"你好。"戚艾艾拦在张鑫岩的身前。

"你好。"张鑫岩客气且生疏地应道。

"我想问一下，和我一起来的蓝予溪，他现在在哪儿？"戚艾艾忧伤地问道。

"他涉险藏毒，已经被拘留了。"张鑫岩犹豫了一下，还是将实情告诉了戚艾艾。

只是，戚艾艾在他心里的形象此时已经蒙上了一层灰……

{♥}
第十三章　长吻示爱

这个案件，本来戚艾艾和蓝予溪是各执一词，需要调查，才知道谁说的是实话。可是，霍睿出马，这件事情的罪名就扣给了另外一个当事人。

这让一向喜欢追究真相的他，又怎能不耿耿于怀呢！特别是在听到警局的同事议论戚艾艾是霍睿的床伴时，他的心里更是蹿出一簇火，他不明白为什么自己曾经会觉得这样一个女人纯净呢！

戚艾艾一听到警方要扣留蓝予溪，情绪马上激动起来，完全不顾及形象的嘶吼："不是他，他没有藏毒，你们不能拘留他。"

"小姐，是不是他，我们警方会调查的。你放心我们不会冤枉一个好人，也不会放过一个坏人。"小张把"坏人"两个字咬得特别的重。

很明显这句话是别有用心地说给戚艾艾听的，只可惜戚艾艾现在的情绪太过于激动，压根就没有听明白他的警告。

"既然还没有确定他有罪，你们凭什么扣留他？"戚艾艾的身体战栗着，眼圈发红，声音颤抖着质问道。

"艾艾，你冷静点。"霍睿揽住戚艾艾的肩膀，劝道。

"你让我怎么冷静？蓝予溪是无辜的。"戚艾艾好像总算找到了发泄口一样，对着霍睿大喊大叫。

霍睿微微一愣，眼中有伤痛划过。

他刚刚救了她，她却一转头就为了另外一个男人开口对他大喊大叫，他的心里怎能不痛？

霍睿看着情绪激动地在这人来人往的地方丝毫不顾及自己仪态的戚艾艾，自嘲地笑了笑，才在裤袋里摸出手机，拨出号码。

"陈律师，你再回警察局一下，帮我处理一下另外一个涉案人蓝予溪的事情。"霍睿对电话另一端公式化地说着，尽量不让自己此刻翻涌的情绪显露出来。

"可是，总经理，戚小姐可以这么快脱罪，完全是因为警方接受了蓝予溪的证词，才会这么快放了戚小姐的。我们这个时候再带走蓝予溪，恐怕要费一番波折了。"陈律师有些为难地解释道。

霍睿看了看正一脸期待地看着他的戚艾艾，才对着电话另一边吩咐道："那就先保释，总之今天晚上先帮他离开警局。"

"那好吧。"陈律师无奈地摇了摇头，不明白为什么一向精明的总经理非要蹚这趟浑水，难道就是为了酒店大堂的一个钢琴师？

张鑫岩冷哼一声，实在是不愿意再听霍睿在那大放厥词。他看了一眼戚艾艾，头也不回地转身离开。

戚艾艾有些莫名地看了一眼负气而去的张鑫岩，愣了愣，马上又收回注意力，看向霍睿。

霍睿挂上电话，略微压制了一下自己翻涌的情绪，才轻声说道："艾艾，案件没有调查清楚之前，只能保释了。"

"谢谢你，霍睿。"戚艾艾非常感激地向霍睿道了谢。

虽然蓝予溪暂时不能脱罪，好歹也比待在里边强。

案件需要时间调查，才能够水落石出。他们可以慢慢想办法。

霍睿的眼神因为戚艾艾的话为之一亮，他并不在乎什么道谢的话，他在乎的是戚艾艾叫了他的名字。

平时的戚艾艾都是叫他"总经理"的，这个时候，叫了他的名字，自然而然地就拉近了他们的距离。

"只要你开心就好。"霍睿伸手抚了抚戚艾艾的发，满眼宠溺地又说道："我送你回家吧，折腾了这么久，你也累了。"

"可是，蓝予溪还没有出来。"戚艾艾为难地道。

"放心吧！陈律师很快就会把他保释出来。我先送你回去，至于他，我会让陈律师送他回去的。"霍睿现在完全发挥了苦口婆心的精神在那劝着戚艾艾。

他很清楚，蓝予溪不会有事，他不过是想借着这个事情，打击蓝家的名声而已，以前他不屑于卷入蓝霍两家的争斗，但这一次为了争这个女人，他却下了狠手。

他不会告诉戚艾艾蓝予溪的身份，绝不会。

他怕蓝予溪的身份曝光后，他身上的光环会越来越耀眼。

"那个，保释的话是不是要花很多钱？"戚艾艾有些不好意思地试探着问道。

毕竟是自己开口求霍睿帮忙救蓝予溪的，虽然她也没有钱，但是账目总还是要清楚的。

"还不知道。"霍睿摇了摇头，"你就别想这些了，等陈律师处理好，我会让他把账单交给蓝予溪的。"

钱，他霍睿有的是，他也不会在意救蓝予溪的那点钱。但是，他凭什么替自己的情敌买单啊？他又不傻。

"好。"戚艾艾点了点头。

霍睿揽上戚艾艾的肩膀，说道："我们先回去吧！"

戚艾艾一开始问他保释的钱时，他还以为戚艾艾有意替蓝予溪出这笔钱呢！后来一听戚艾艾根本没有那个意思，自然而然心情就好了不少。

其实，他哪里知道啊，戚艾艾不是没有动过那个心思，只是，力所不能及的事情，她说了不也是没有用？

就算蓝予溪拿不出钱来，尹依沫也会想办法帮他的。而她就一穷人，在这咸吃萝卜淡操心什么啊！

戚艾艾往旁边侧了侧身，躲开揽着她肩膀的手，声音温淡地说道："我想等他一起回去。"

她的声音是没有多大，温温柔柔的，但是，话语里边却透着一股子不容否定。更何况这话是说给一个很在乎她的男人听的。霍睿又怎么会不明白，不管他再说什么，戚艾艾都不会先和他离开。

霍睿突然间悬空的手慢慢地攥成了拳，垂在身侧，又无力地松了开。

戚艾艾那么明显地疏离他，他的心里又怎么能不难受呢！

"那好，我陪你留下来等他。"霍睿只能无奈地让步。

"不用了，你先回去吧！你明天还要上班呢！"戚艾艾婉拒道。

不是她卸磨就杀驴，把人家霍睿用完了，就扔一边了，只是，戚艾艾想和霍睿保持一定的距离，不想弄得暧暧昧昧的，让霍睿误会。

至于欠他的人情，她现在是无以回报了，那么就只能等以后她有所成就的时候来报答他了。

"我留下陪你等。"霍睿也不多说什么甜言蜜语，直接一句不容否定的肯定句告知戚艾艾。便拉着戚艾艾走到一旁的椅子上，坐了下来。

戚艾艾被霍睿拉着，走在霍睿身后，看着他的背影，无奈地在心里叹了口气，才低低地说道："好。"

没过多久，刚刚离开分局的陈律师就又赶了回来，一番交涉后，成功地保释了蓝予溪。

戚艾艾再次看到蓝予溪出现在眼前的时候，蓝予溪的眸光很暗淡，很疲惫，一副心事重重的样子。

"蓝予溪！"戚艾艾激动地从椅子上跳起来，奔向蓝予溪，就连她自己都没有注意到她脸上此时的笑容有多么开心。

当蓝予溪的目光触及戚艾艾的身影，他原本暗淡的眸子一瞬间便染上喜悦，嘴角不自觉地勾了起来。

看到戚艾艾没事，他就放心了。他刚才心事重重的也是因为警察突然放了自己，他以为警察不相信他的话，而扣留了戚艾艾。

"你没事吧？"

"你没事吧？"

两人异口同声地问道。

"没事。"

"没事。"

他们又双双地弯起唇角，让彼此安心。

他们之间始终隔着一步的距离，就这样互望着彼此，温暖着彼此的心。

一瞬间，整个世界都安静了，整个空间所有的事物都消失不见了，他们的眼中只有彼此。这感觉就如久别重逢后，他们站在春日的阳光下两两相望一样，沐浴着阳光，沐浴着幸福。

突然，一个声音打破了这份美好，将两个脱离了现实，进入梦境的人拉了回来。

"回去吧。"霍睿虽然心里醋意大发，脸上却还是一如以往的沉稳。

蓝予溪嫌恶地皱了皱眉，将不满的目光投向霍睿。

霍睿站在戚艾艾的身后，迎上蓝予溪明显带着敌意的眼神，嘴角勾起一抹鄙夷的笑意，嘲讽道："这是你对待救你出牢狱的恩人该有的表情吗？"

经霍睿这么一提醒，蓝予溪才反应过来，按正常的情况，怎么都不可能把他和戚艾艾都放了啊！除非是有什么有权有势的人帮了忙。

所有的喜悦一瞬间都化成了郁闷，不是他蓝予溪不懂得感恩，只是霍睿的居心他看得比戚艾艾清楚。

戚艾艾看着面前的蓝予溪多变的神情，又回头看了看已经收敛了嘲讽笑意、一脸正色的霍睿，在心里无奈地叹了口气，说道："走吧。"

这个时候，她能说什么呢！蓝予溪那执拗的性子，她是了解的，他讨厌霍睿，她也了解，因此，她也明白现在若是让蓝予溪给霍睿道谢，肯定比杀了他还难为他。不过，她相信霍睿一定不稀罕蓝予溪的道谢。道不道谢，在她看来也就无所谓了。

至于霍睿那明显嘲讽蓝予溪的语气，她就更不能说什么了。毕竟，人家施恩给了他们，他们总不能说两句都不让说吧。

好在蓝予溪这小子没有还口，也就让她免了在中间为难。

三个各怀心思的人，外加一个一张职业扑克脸的陈律师，四个人一起出了分局。

"陈律师，帮我送一下他。"霍睿用眼神瞟了瞟蓝予溪，示意陈律师送他。

"不用了。"蓝予溪拉起戚艾艾的手，作势就要走。

霍睿见状一把拉住戚艾艾的另外一条手臂，眼神里带着恳切地说道："艾艾，让我送你吧。"

戚艾艾看了看霍睿，又看了看一脸强势的蓝予溪，她突然间觉得霍睿在这个时候是个弱者，那微微透露着伤痛的眼神，让她的心跟着都为之一痛。

也许是因为她的心已经不自觉地跟蓝予溪站在了一条战线上，所以在霍睿帮了她之后，愧疚感便让她觉得霍睿的付出很让她心痛。而这正也是霍睿最后救蓝予溪的目的，反正即便他不出手，蓝家也不会让蓝予溪出事。

戚艾艾正在为难之际，离几人不远处，刚停下的一辆车里，走下一男一女。两人看到他们三人后，毫不犹豫地快步走了过来。

而两人正是去酒吧没能看到蓝予溪和戚艾艾身影的傅启云和于彩宁。

于彩宁几乎在小跑，傅启云不高兴地拉住她的手腕。

"你慢点，别伤到孩子。"

"跑两步怎么会伤到"于彩宁白他一眼，却忍不住甜蜜地暗笑。

傅启云被她白得，心里不禁叫苦。上次她就是动作大了，回家以后告诉他肚子疼，吓得他赶紧抱着她去医院，生怕她们母子有什么事情。

好在有惊无险，最后母子平安。

有了上次的教训后，傅启云事事小心谨慎，生怕再出一回这事，孩子没事，他就被吓死了。

这次回国来找霍睿谈生意，他本来是不想带着于彩宁的，结果她非要跟来，说是怕他太久没有碰过女人，回来开荤。

傅启云真是气得无语，他怎么对她的，她都忘记了？

他现在都成美国华人界出了名的妻奴，不分场合地捧着他家媳妇。

不过，他这心思也是敢埋怨不敢反抗，如今又孕妇最大，他哪里敢让她不痛快啊！

傅启云像奴才一般，扶着于彩宁，尽量缓步向三人走去。

除戚艾艾有些羡慕地看着这两人以外，蓝予溪和霍睿都是满眼鄙夷地看着傅启云。

不是他们见不得于彩宁得势，只是傅启云那个狗腿样，也实在太夸张了。要不要这么给男人丢脸啊？

　　傅启云直接漠视两人的目光，继续我行我素，做他的妻奴。而且，美滋滋的。但是，于彩宁不答应了，走到两人近前，那小眼神锐利地一扫两人，两人当即尴尬的笑笑，收起了对傅启云非常不友好的眼神。

　　"发生什么事情了？"于彩宁也没心思跟两人闹，直奔主题地问道。

　　她一去酒吧，听说蓝予溪和戚艾艾因为藏毒被抓了，吓了一跳。

　　"你要问霍睿了。"蓝予溪冷笑。之前慌乱，他一时间没弄明白是怎么回事，这会儿也算是明白过来了。

　　他的衣袋里，怎么会突然间出现十几颗摇头丸？这么巧？

　　只怕，这是一场有预谋的陷害吧！

　　"大哥，到底发生什么事情了？"于彩宁神色沉重地问道。

　　于彩宁曾以为有一天可以叫霍睿姐夫，没想到始终没机会改口。

　　"彩宁，你情愿相信一个外人，也不愿意相信大哥吗？"霍睿受伤地反问。

　　于彩宁和他没有血缘，是于婉蓉的妹妹。但于他而言，于彩宁不是亲人而胜似亲人。

　　"我不是这个意思。"于彩宁连忙解释。她只是询问情况，并没有被蓝予溪带歪。

　　"霍睿，你是想打亲情牌，把自己做的丑事掩过去吗？"蓝予溪冷笑，越发鄙视霍睿。

　　霍睿的脸色一冷，向前一步，大有想要揍蓝予溪的意思。

　　"我们回去说吧。"傅启云连忙出声，他不心疼别人，他只心疼他媳妇陪他们这么耗着。

　　"好，去我那里。"霍睿应声。

"不必了。我们先回去了。"蓝予溪拉着戚艾艾的手，侧头又看向傅启云夫妻，"今天也晚了，让彩宁回去好好休息吧。有什么事情，我们明天再说。"

"好。我们送你们回去。"傅启云点点头，蓝予溪这话正对他的心。这件事情只怕一时半会儿说不明白。他们能熬着，他媳妇可熬不起。

于彩宁看了眼脸色难看的霍睿，出声道："启云，你去送他们，我让大哥送我回酒店。"

傅启云闻言，刚一皱眉，就听于彩宁声音软软地道："启云，快去吧。我在酒店等你。"

"快点回酒店，你知道你身体不好。"傅启云拢了拢她额前乱了的发，温声却不容拒绝地说道。

"我知道了。"于彩宁赶紧点头，知道他不是霸道，只是心疼她。

"予溪，艾艾，我们明天见。"于彩宁对两人笑着点点头，又向前迈了一步，贴在戚艾艾的耳边，小声说了句："明早九点，雅馨酒店608号房来找我。"，这才看向霍睿，"大哥，我们走吧。"

"嗯。"霍睿点点头，不甘地看向戚艾艾。

戚艾艾对他点点头，感激地道："今天的事情谢谢你。"

她不是蓝予溪，并没有将这件事情往霍睿的身上联系。

霍睿的嘴角勾起一抹满足的笑，抬手抚上戚艾艾的发，温柔地道："对我，永远不需要说谢谢。"

戚艾艾想躲开，可是这会儿这么多人在场，若是她真的闪了他一下，让他难堪也不好。她只好表情僵硬地听着。

蓝予溪见状，表情十分难堪，一双眸子带着凌厉的杀气，盯着霍睿放在戚艾艾头上的手。盯得戚艾艾都有点不淡定了，知道他是真的生气了。

　　不过，转念一想，让他气气也好，他不肯相信她这笔账，她还没跟他算呢！

　　"走吧！大哥。"于彩宁赶紧开口，真怕晚走一会儿，霍睿跟蓝予溪会打起来。

　　"好。"霍睿点头，与于彩宁向自己的车走去。

　　两人上了车，等车子平稳地驶上马路，于彩宁才缓缓开口，说："大哥，你真的不爱我姐了？"

　　"不要和我提起她。"霍睿陡然变了脸色。

　　"大哥……"于彩宁刚要开口，就被霍睿截断，"她不是老头的女人吗？我哪里敢爱她？"

　　"她不是。"于彩宁简直被霍睿的话气到，据理力争地道："你知道的，她只是你爸的一颗棋子。你爸怕你和她在一起，才会那么说的。其实，你爸根本没有碰过她。"

　　"她告诉你的？还是老头为了表现他的慈父形象？"霍睿的笑意发冷，眼中尽是鄙夷，但是于彩宁却从中看到了疼痛。

　　"大哥，我知道，你和我姐之间有很多误会。你会追求艾艾，不就是觉得她的性格和年轻时候的姐很像吗？可是，她不是我姐，她爱的人是蓝予溪。"于彩宁焦急地劝道。她是过来人，她只是从戚艾艾的眼神里，就能看出她对蓝予溪的感情。霍睿不管再做什么，显然都没有胜算。

　　"事在人为，不是吗？"霍睿执拗地回。

　　"可是，你能保证，你得到了她，她就能取代我姐在你心里的位置吗？大哥，人生短短几十年，何必要让自己后悔呢？"于彩宁顿了顿，又道："我姐最后选择回法国，继续经营那家酒吧，大哥就真的不懂她是为了谁吗？"

霍睿不再说话，因为他无话可说。有些事情，不是他不懂，他只是跨不过心里的那道坎。

"大哥，我知道你恨我姐当初情愿选择报仇，也不选择你们的感情。但谁都有做错的时候，你也风流、放纵这么久了，难道我姐也要因为这个一辈子不原谅你吗？"于彩宁轻叹了声，实在不忍心见霍睿走进死胡同，与于婉蓉的一段大好姻缘葬送，"你可以不顾及我姐，我行我素。可是，艾艾爱的人是予溪，你这样下去，只能伤害了艾艾，也伤害了你自己。"

"我觉得这样我心里挺舒坦的。"霍睿不愿低头认错，执拗地道。

"你觉得你一直找他们麻烦，蓝予溪会算了吗？"于彩宁越发担忧，"大哥，霍家和蓝家之间的恩怨刚刚平息了，你不要再挑起战争了，好不好？"

"你以为没有我，霍家和蓝家就会不斗了吗？"霍睿轻笑，他还不觉得自己有那么重要。

"大哥，那些我都不想管，我只是不希望你后悔一辈子，我和傅启云错过了五年，我最明白错过了怎么都无法弥补的痛，我不希望你和我一样痛了那么多年，才看透一切。"

霍睿见于彩宁的情绪有些激动，怕伤到她的孩子，服了软："好，你的话，我会好好想想。"

"嗯。"于彩宁这才心下稍安，平和一下心情，不敢再让自己胡思乱想，怕动了胎气。

至于霍睿是不是听进去了，她不知道。其实知道了也没用，能不能走出来，都是自己的造化。

傅启云这边送戚艾艾和蓝予溪回家，三人基本一路无语，毕竟有戚艾艾在场，两个男人说什么都不方便。

没有多久，就到了蓝予溪家的小区。

小区里隐隐地飘着音乐学院练习室里不成熟的乐声，傅启云皱起眉头，道："真不明白你们为什么要住这里，夜里睡觉不会吵吗？"

"不会。"蓝予溪回道。

"很好呀！"戚艾艾应声。

"你们还真有默契。"傅启云调侃道。

戚艾艾推开车门，对傅启云说了声"谢谢"，下车向单元门走去。

"艾艾！"蓝予溪也顾不得对傅启云告别，便快跑着追上戚艾艾，一起步入电梯。

蓝予溪靠在电梯板上脸臭臭的，一句话不说地瞪着戚艾艾。

戚艾艾用眼角的余光看了看蓝予溪，纵然她是知道他为了什么生气，也没有心情去哄他。今天一天经历的事情，她到现在还没有办法消化。

"叮——"

电梯门开启的声音打破了宁静，戚艾艾不等蓝予溪，先一步走了出去。

"你就没有什么话要对我说吗？"蓝予溪拉住即将走出电梯的戚艾艾，把刚走出电梯的戚艾艾又扯回电梯里，怒气冲冲地质问道。

"没有。"戚艾艾一副无话可说的样子。

"没有？"蓝予溪把戚艾艾按在电梯板上，咬牙切齿地反问。

"没有。"戚艾艾想也不想，直接答道。

"你和他到底是什么关系？"蓝予溪黑着一张脸，有些烦躁地质问道。

"谁？霍睿？"戚艾艾装着糊涂，明知故问。

不知道为什么，她就是觉得这样气鼓鼓的蓝予溪很可爱，看来她的癖好也很特别。

蓝予溪眯起了眼，一脸危险的气息，显然对戚艾艾的明知故问很不满意。

"好了，怕了你了。"戚艾艾与蓝予溪对视半晌，见气氛实在是越来越压抑，只好妥协道："我和他只是普通朋友关系。"

"普通朋友干吗搞得那么暧昧？"蓝予溪显然是对戚艾艾的答案很不满意。

"想看你生气。"戚艾艾翻白眼，生气地怼道。

"你……"蓝予溪被气得哭笑不得。这个女人时时刻刻嘴都是那么毒。

戚艾艾似笑非笑地看着蓝予溪，眼中的得意之色是怎么掩也掩饰不住的。

"既然想气我，为什么不直接跟他走？为什么还要跟我回家？"蓝予溪的言语里虽然有些赌气，嘴角却还是有那么一点狡黠的笑意。

戚艾艾的脸色一僵，说："我走错地方了，现在就走。"

说着，她作势要按电梯的一楼按键。

"好了好了，算我说错话了。"蓝予溪赶忙拉住她，谁让自己有前科，哪里敢再惹她。

"真的知道错了？"戚艾艾斜睨他，表情故作严肃地问道。

戚艾艾突然间发现，和蓝予溪在一起的时候，幸福会变得很简单。她曾经一直以为，等有一天，她实现了自己的梦想，站在音乐界灯光璀璨的舞台上，那才是她最想要的幸福。可是，这一刻，她突然间想，如果可以和蓝予溪回到过去那些平淡的日子，也未尝不是一种幸福。

"是，错了错了，你说我是错的，我就是错的。"蓝予溪马上卖乖。

"这还差不多。"戚艾艾受用得红了脸，又想起一件事，问道："霍睿是不是把保释你的花费告诉你了？"

戚艾艾突然想起这事，忍不住问，她担心蓝予溪没有办法负担这比费用。

"嗯。陈律师给我了。"蓝予溪点了点头，不甚在意地回。

"很多吗？"戚艾艾问道。

"还好了。要十万块。"蓝予溪回。

"啊？这么多？"戚艾艾瞪圆了眼睛，张大了嘴巴，一副不敢置信的样子。

"嗯。因为我说不出摇头丸的来源，警方有理由怀疑我是贩卖的，保释金就相对需要多一些。"蓝予溪的言语中没有什么过多的埋怨，只是略显无奈。

就在戚艾艾想说些什么的时候，电梯再次落回一楼，有人走了进来。

"陪我出去走走。"蓝予溪拉起戚艾艾的手，也不等戚艾艾同意，就直接走了出去。

戚艾艾似乎也习惯了他的霸道，乖乖地任由他拉着自己，再次走出大楼。

两人一前一后一起来到小区的凉亭里，蓝予溪坐在亭子里的石凳上，松开戚艾艾的手，示意戚艾艾也坐下。

戚艾艾伸手摸了摸被夜风吹得冰冷的石凳，摇了摇头，说道："我不坐了，站一会儿就好了。"

蓝予溪看了看一脸为难的戚艾艾，又看了看石凳，脱下自己的外套，叠好，规规整整地放在石凳上，说："坐吧。"

戚艾艾弯了弯嘴角，甜蜜地笑了。

"接下来你打算怎么办？"戚艾艾坐在石凳上，有些担忧地问道。

"本来想先卖掉房子，把钱还给霍睿再打算的。但是，现在不打算卖了。"蓝予溪别有深意地说。

"我会去跟霍睿说，让你晚点还钱的。"戚艾艾好心地说，却恰恰犯了蓝予溪的大忌。如果蓝予溪要是让戚艾艾去找霍睿，他岂不是在情敌面前颜面无存了。

"不用了，我会去跟朋友借。"蓝予溪没好气地回道。

一见蓝予溪发怒，戚艾艾才反应过来，自己到底说了一句有多么蠢的话，只好悻悻地闭了嘴。

也是，蓝予溪认识那么多有钱的朋友，借十万块应该不难。

"你不是准备去跟依沫借吧？"戚艾艾酸溜溜地没有好气地问道。

蓝予溪不答，反而笑了。

戚艾艾被蓝予溪笑得浑身不自在，站起身，对着蓝予溪大吼道："喂，蓝予溪，你神经有问题啊？"

蓝予溪把站起身正在咆哮的戚艾艾一把拉坐在自己的大腿上，在戚艾艾的耳边很是得意地问道："你在吃醋啊？"

戚艾艾从最初的怔愣中清醒过来，想要挣脱蓝予溪的怀抱，无奈她的力气没有蓝予溪的大，任凭她怎么挣扎，都挣不脱。

"你神经病啊，谁会吃你这个自大狂的醋啊！"戚艾艾一边挣扎，一边大吼。

蓝予溪被戚艾艾的那句自大狂给说得脸色一黑，抱着戚艾艾的手臂因为他的不满，又紧了几分，勒得戚艾艾生疼，让戚艾艾觉得他是在打击报复。

"女人，你最好闭嘴，要是把邻居都吵出来骂你，我可不管啊！"蓝予溪在戚艾艾耳边半真半假地威胁道。

"谁要你帮啊！再说了，你不占我便宜，我会喊吗？"戚艾艾的嘴上虽然还是不让步，明显声音已经变小了。

"看来是我的错啊。"蓝予溪点了点头，一副发现自己错了的良好认罪态度。

"那你还不放开？放开……放开……放……唔……唔唔……"戚艾艾的话还没有说完，就已经被蓝予溪全数给吞到了嘴里。

戚艾艾惊得瞪圆了眼睛，一时之间居然连原本挣扎的动作都停了下来，傻傻的，愣愣的，一动不动地任由蓝予溪在自己的唇上辗转。

蓝予溪含住戚艾艾的唇，不厌其烦地一遍又一遍地吻着她的唇瓣，直到感觉到她的唇也在随着他的唇轻轻地厮磨时，蓝予溪将怀里的人儿紧紧地圈在怀中，慢慢地探出温热的舌，勾住她灵巧的丁香与之缠绵不休。

这个吻很长久，长久到即使两人都已经快无法呼吸，还是不想要分开。

最后，他在她即将溺死在这个吻中时，才依依不舍地停了下来，用自己的额头抵着她的额头，不想与她拉开距离。

不知道过了多久，还残留着她味道的唇口中，轻轻溢出一句话。他说："艾艾，我喜欢你。"

淡淡的声音在空气中渐渐飘散，全都落入了戚艾艾的心中，荡起片片的涟漪。

戚艾艾一瞬间如触了电一样，忘记了要如何来反映，她本就没有从蓝予溪的吻中清醒过来，却又被蓝予溪的情话击中，一时间她的心脏就要负荷不了。

蓝予溪见戚艾艾不语，也不恼，只是在戚艾艾的唇上轻轻地落下一个吻，温柔而缱绻。便又迅速移开自己的唇，他真怕他会上瘾地吻她一整夜。

蓝予溪将戚艾艾的头按在自己的胸膛上，让她听着自己强而有力的心跳，而他问出的话却带着许多的不确定："艾艾，你也是喜欢我的，是吗？"

戚艾艾静静地靠在蓝予溪的胸膛上，只觉大脑嗡嗡作响，瞬间失去了思考的能力。

久久没有等到回答的蓝予溪，又紧了紧手臂，让她紧紧地与他相贴，可以让他更真实地感受到她的存在。

"你不回答，我就当你是喜欢我了。"蓝予溪无赖地说。

戚艾艾无语，也是把蓝予溪的话都听到了心里去。

"艾艾，今天谢谢你。"蓝予溪在戚艾艾的耳边带着心疼地感激道。

这一刻，他是感激霍睿的，却不是因为霍睿救了他，而是因为霍睿可以那么快救出戚艾艾。

"答应我，下次别那么傻了。你若是有什么事，我一定会崩溃的。"蓝予溪有些后怕地叮嘱。

不提这事还好，一提这事戚艾艾就火大。

戚艾艾在蓝予溪的怀里坐直身体，瞪着蓝予溪，不满地吼道："蓝予溪，你是傻瓜吗？我既然都承认了，你为什么还要站出来？这次的事情如果入你的罪，你就什么前途都没有了。"

蓝予溪的鼻子不禁泛酸，直到这个时候，戚艾艾的心里想着的还是他的前途。

"那你呢？你想没想过，你如果出事，就不能再考音乐学院了。"蓝予溪抱紧她，在她的额头落下一个吻，"就像是你不希望我出事一样，我也不希望你出事。"

"傻瓜。"戚艾艾失笑，他们都是傻瓜。

"我绝不会让我喜欢的女人去替我顶罪。"蓝予溪下定了决心,这件事情的结果不管怎么样,他都一定不会牵连戚艾艾进来。

"你傻了啊!"戚艾艾不满地拍了一下蓝予溪的脑袋,"什么叫替你顶罪?药又不是你的。"

"不是我的,不也是别人想害我,放在我衣服兜里的吗?"蓝予溪强硬的语气,就像在跟戚艾艾争一件好事似的。

一句话让戚艾艾惊恐地睁大眼睛,才想起来今天自己看到的情形。只是,当时她离得有些距离,酒吧的灯光又有些暗,那人又戴着帽子,所以她只看到了个大概身形,和他往蓝予溪的上衣口袋里放东西,至于样貌,她根本就没有看清。

"艾艾,你今天看到那个人了,是不是?还记得他长什么样子吗?"蓝予溪像抓到了一丝希望一样急切地问。

戚艾艾艰涩地抽动了几下唇角,才歉意地说:"我只看到了他往你上衣的衣袋里放东西,并没有看清他长什么样子。"

蓝予溪刚刚染上了光彩的眸子,一瞬间便又染上了失望。只是,这失望被他掩饰得很好。他真的不想因为自己的心情而影响了她的心情。

即使戚艾艾没有在蓝予溪的眼中看到失落,戚艾艾还是知道,他此时的心情一定是失落的。于是,她静静地陪着他一起失落,一起难过。

这一夜,蓝予溪和戚艾艾在楼下坐了很久,几乎是到了天都快蒙蒙亮的时候,才放戚艾艾回去睡觉。

"我进去睡了。"戚艾艾没有再多说话,径自走向自己的房间。

自从蓝予溪和她说明白后,她总是觉得他们之间有些尴尬,让她有些不知道该如何自处了。

蓝予溪没有拦着戚艾艾,而是站在客厅里,看着戚艾艾的身影进了房间，他才走到沙发边，躺下。

戚艾艾几乎是用自己最快的走路速度逃回房间里，直到进了自己的房间，关上门，她才敢靠在门板上，回想今晚她和蓝予溪之间发生的一切，她才能有时间回味那个吻。

就在戚艾艾陶醉其中的时候，一道带着浓浓睡意的声音在室内响了起来，打破了所有的美好。

"蓝老师，你才回来啊！"尹依沫揉着惺忪的睡眼，在黑暗中看着门边的影子问道。

一直陷在美丽幻象中的戚艾艾，被屋子里忽然间响起的声音给吓了一跳。她随即认出了尹依沫的声音。

她为什么会在她的房中？

{♡}

第十四章　不被爱的那个是多余的

戚艾艾愤怒地攥紧拳头，一瞬间所有的喜悦都成了泡影。

半晌，她忍下所有的怨气，按下门边的吊灯开关，目光直直地落在那张曾经属于自己的单人床上。床上的枕头和被子都已经换了新的，至于她原来的，想必已经扔掉了吧！

戚艾艾不禁在心中冷笑，动作还真快，她才走多久啊？就这么快地连被子枕头都买了，这样的情形不禁让她认为，尹依沫更像是早有准备，等了好久，就等这一天了。

床上的人此时已经坐了起来，将目光投向门口。

"表姐，你怎么回来了？"尹依沫故作惊讶地问道。心里实际上根本就没有脸上那么惊讶。

她不惊讶不是因为她料到了戚艾艾会回来，而是在黑暗中，她就已经看出了靠在门上的身影不是蓝予溪。

就算当时室内黑得看不清人的面孔，想要看清人的身形还是不难的。她之所以在没有认错的情况下，还叫着"蓝老师"，无非是为了气戚艾艾。这个屋子，可以进来的女人，除了她之外，她想也只有戚艾艾了。

"打扰你了。"戚艾艾淡淡地勾起一抹嘲讽的笑，似自嘲，亦是嘲讽尹依沫脸上虚伪的震惊，她没有答尹依沫的问题，而是关了卧室里的灯，直接走出卧室。

戚艾艾一步都没有停歇地，直接穿过客厅，冲到门口，准备离开。既然这里已经没有属于她的地方，她何必还要留下。

躺在沙发上的蓝予溪听到卧室的门响时，还以为是戚艾艾出来去洗手间洗漱呢！不曾想脚步声直奔他家大门，而不是洗手间。

他一个激灵，身体就从沙发上一跃而起，连拖鞋都忘记穿了，赤着脚奔向戚艾艾。幸好戚艾艾到门口的时候需要换鞋，要不然等他后知后觉地跑到门口，戚艾艾也已经摔门而去了。

"艾艾，怎么了？"蓝予溪一把拉住戚艾艾的胳膊，脸皱得跟团子似的，不解地问。

女人是不是都这么喜怒无常？要不然怎么进门前还好好的，去了趟卧室，就像谁得罪了她似的。

"没事，我先走了。"戚艾艾咬牙切齿地低吼，对于蓝予溪的"明知故问"显然很不满意。

"都这么晚了，你就先在这将就一晚上，也不行吗？"蓝予溪耐心地劝道。

"怎么将就？是打算让我在沙发上将就一晚上，还是让我和尹依沫去挤那张单人床？"戚艾艾在客厅昏黄暧昧的灯光下，满眸怒气地瞪着蓝予溪。

蓝予溪一愣，才反应过来，屋里就响起了尹依沫的声音。

"表姐，房间我已经给你让出来了，你回去睡吧。"尹依沫穿着一条白色的吊带睡裙，露出雪白的肩膀和藕臂。

戚艾艾听着尹依沫软软地，有些委曲求全的声音，嘴角不禁又弯起一抹嘲讽的笑。

看来人是真的不能貌相啊！谁会想到，这样一个似天使般的女人，会时时刻刻地装着可怜，算计着如何才能够得到。

蓝予溪直到听到尹依沫的话，才总算是彻底明白了戚艾艾为什么会突然间不高兴了。

　　纵使是他今天离开的时候，已经告诉了尹依沫不要睡戚艾艾的房间。纵使最后尹依沫没有听他的话。可是，看着此时的尹依沫一个人站在昏暗里，声音委屈地让出房间，他都没有办法再说一句责怪的话了。

　　"依沫，回去睡吧。让她睡我的房间就好。"蓝予溪带着些怜惜地说道。

　　尹依沫睡觉睡到半夜的时候，就让尹依沫把房间给戚艾艾腾出来也不合适，大家都折腾。

　　"蓝老师，我没有关系，给表姐睡吧。"尹依沫摇了摇头，用如受惊的小鹿一般的眼神看着门口同样看着她的两个人。她看到了戚艾艾双眼喷火地看着她，心里不免更得意了几分。

　　戚艾艾的那一套强硬，她怕是学不来了。就算是学来了，她也用不出戚艾艾的那个效果，索性不如走怀柔路线。

　　"回去睡吧。"蓝予溪说道。

　　虽然蓝予溪并没有认为尹依沫在那演戏呢！他也不想再和尹依沫纠结这个问题。毕竟三个人都在场，他不好开口哄戚艾艾。

　　尹依沫强颜欢笑地说："那好，我先睡了。"

　　她转身时，脸上的笑容已经沉了下去。

　　一直到卧室的关门声响起，蓝予溪才拉着门边的戚艾艾往他的卧室走去。

　　"艾艾，今天先睡我的卧室吧。"蓝予溪讨好地说道。

　　"不用，我要回家睡。"戚艾艾拼了命地想要挣脱蓝予溪拉着她的手，憋了一肚子的气。

　　她一想起尹依沫那张虚伪的脸孔，就有种想要把她的假面具撕下来，让蓝予溪看清楚她的冲动。

蓝予溪哪里会听戚艾艾的，根本不可能松开她的手，让她有机会跑掉。

"别闹了，好不好？"

蓝予溪最不擅长的就是哄人了，一张嘴，就又惹怒了戚艾艾。

"谁在闹啊！"戚艾艾狠狠地踩了蓝予溪一脚，转身就要跑。

"哎呦哎呦。"蓝予溪抱着脚，夸张地大叫。

戚艾艾去拉门的手顿了下，转身看向他，问："你没事吧？"

蓝予溪见她不走了，马上抱住她，连扯带拽的，向自己的卧室而去。

"喂！蓝予溪，你放开我。"任凭戚艾艾怎么挣扎，蓝予溪就是不放手。

蓝予溪终于成功地将戚艾艾扯进了他的卧室，按在他的床上。

他轻轻地在戚艾艾的额头上印下一个吻，坏坏地笑着说："早点睡。"

"等等。"戚艾艾笑眯眯地拉住他，不想让他出去，这里边很明显的有故意气尹依沫的成分。

"我发现你怎么笑得那么奸诈呢？"蓝予溪歪着头，右手摸着自己的下巴，若有所思地打量着戚艾艾。

"有吗？"戚艾艾也学着蓝予溪的样子歪着头，回望他，嘴角的笑意渐渐地扩大。

"你有。"蓝予溪拿下抚着下巴的手，支在床上，身体倾向戚艾艾。

"喂！你干吗挨得这么近？"戚艾艾伸出一只手去推他的胸膛，不让他靠近。

"我要仔细看看你这女人在打什么鬼主意。"蓝予溪拉下戚艾艾艾在他胸膛上的手，攥在手里，身体慢慢地继续前倾，直到他的脸离戚艾艾的脸不到十厘米的时候，蓝予溪的嘴角勾起了一抹坏笑，在戚艾艾还没有反应过来的时候，却迅速向前，突然间吻上了戚艾艾的唇。

"唔……唔唔……"戚艾艾被蓝予溪这突然间的袭击给吓得下意识地想要闪躲。

可是，人家小蓝同志早有准备，哪能容许她躲避成功啊！

蓝予溪收了收长臂，便把戚艾艾紧紧地固定在了怀里，动弹不得。

渐渐的，戚艾艾从最初的惊讶中醒来，融化在蓝予溪的热情中。

动情时，他有些含糊的声音透着沙哑的深情："艾艾，我爱你。"

"嗯？"她的双颊飞满了红霞，迷醉了神志，已经听不清他在说什么。

他停下炽热的吻，将唇凑向她的耳边，声音低哑，却异常清晰地重复道："艾艾，我爱你。"

戚艾艾咬紧下唇，喘息着，心跳随着蓝予溪的那句"艾艾，我爱你"而再次加速，快得好似就要跳出胸口了。

"我也爱你！"戚艾艾小声应了一句，连忙低下头，紧张得不敢再看蓝予溪。

蓝予溪的眉眼间皆是掩饰不住的幸福，轻轻地咬了一下戚艾艾的耳垂，戚艾艾一哆嗦，连忙去推坏笑的蓝予溪。

感觉才睡了没有多久，好梦正甜的戚艾艾，却被一道不识相的声音打扰了美梦。

即使是人还在梦中，她也有一种想要掐死这个发声体的冲动。

"走开，别烦我。"戚艾艾不耐烦地嘟囔道。

"艾艾，起床吧！你不是还要上班吗？"蓝予溪心情极好地叫床上的人。

"还上什么班啊！我把霍睿给炒了。"戚艾艾迷迷糊糊地嘟囔。

蓝予溪简直想要捧腹大笑了，他若是早想到戚艾艾会说这句话，他铁定会拿个录音笔录下来，将录音笔快递给霍睿，让他听听，戚艾艾在做梦的时候都知道炒掉他了。

"既然不上班了，就多睡一会儿。"蓝予溪捋了捋戚艾艾脸上的乱发，满眼宠溺地看着戚艾艾的睡脸说道："我去给你做早饭。"

戚艾艾迷迷糊糊地听到"上班"两个字，总觉得自己似乎有什么事情忘记了。想啊想，脑袋一圈一圈，慢慢地转啊转。对了，于彩宁约了她见面。

"啊——"戚艾艾尖叫一声，从床上就要坐起来。

"嘭——"

很不幸的，因为戚艾艾起得太急，蓝予溪又弯着身体，看戚艾艾的睡颜看得入了迷。所以，戚艾艾的额头和蓝予溪的鼻子来了一次晨间最亲密的接触。

蓝予溪尖叫一声，捂上自己被撞得险些平了的鼻子，抓狂地喊："你诈尸啊！"

刚刚还充满浓情蜜意的房间，此时已经彻底变得剑拔弩张。蓝予溪再次肯定，他和戚艾艾之间确实是永远都不适合恬静的幸福。只要一到关键时刻，戚艾艾总是能把所有的好气氛破坏掉。

戚艾艾的身体因为受到了阻力，再次重重地跌回弹性良好的床上。她伸手捂上额头，痛苦地呻吟着，所有的瞌睡都被这一下磕得清醒了。

戚艾艾慢慢地调整了一下自己的视觉角度，寻找那声暴喝的来源。

当戚艾艾微眯的目光对上蓝予溪含怒的目光时，惊得瞠目结舌。

戚艾艾抬手指着蓝予溪，颤颤巍巍地说道："血……"

只见，此刻正有鲜红的血从蓝予溪捂着鼻子的手指缝间流出。

戚艾艾这么一指，蓝予溪才感觉到鼻子里似乎正有什么温热的东西流了出来。他拿下捂着鼻子的手，放到眼前一看，一片的血红。

蓝予溪最后瞪了戚艾艾一眼，立刻跑出卧室，直奔洗手间。

"蓝老师，你怎么了？"听到蓝予溪的叫声后，奔出卧室的尹依沫，正好看到蓝予溪奔出房间，向洗手间跑去。

"流鼻血了。"蓝予溪随口答一句，打开水龙头，用冷水清洗手上和脸上的血迹。

"蓝老师，你这样不行。"尹依沫拿起一边的毛巾，迅速地擦干蓝予溪脸上的水迹，"昂起头，跟我出去。"

尹依沫不等蓝予溪回答，直接把蓝予溪拉出洗手间。

蓝予溪任由尹依沫拉着，没有拒绝，不是他喜欢暧昧不清，而是他决定离开了，带着戚艾艾一起离开。

他的心有的时候也是狠的，一旦有了决定，就会很决绝地不留一点余地。

初到音乐学院教书的时候，尹校长对他一直很关照，投桃报李，他对尹依沫即便有闪躲的意思，也是特别保护。

如今想想，依沫在他家里住了两天，做父母的都可以不闻不问，可见他们的用心是想将她嫁给他。

他不想做的事情，从来没有人能逼得了他。所以，他如今对尹依沫礼貌相待，却是拉开距离的相处方式。

没有必要，也犯不着非要把话说绝了，才是解决之道。

等到他和戚艾艾离开这里了，一切也就迎刃而解了。

尹依沫将蓝予溪按坐在沙发上，迅速取出医药箱，拿出医用棉蘸上三七粉，迅速地塞到蓝予溪的鼻腔中。

"蓝老师，你昂着头啊。我帮你再擦擦血迹。"尹依沫边说边拿出一条湿巾，仔仔细细地给蓝予溪擦去脸上残余的血迹。

"蓝老师，你的鼻子怎么好好地会出血？"尹依沫手上的动作不停，试探着问道。

"撞的。"蓝予溪气哼哼地吐出两个字。

蓝予溪之所以会生气，不是因为戚艾艾把他撞得流鼻血，而是因为他实在是不明白戚艾艾为什么每次都那么有能力破坏好的气氛呢！这女人简直就是个温情杀手了！

"流了这么多血，撞到哪里了？"尹依沫心疼地问道。

"还不都是那个死女人。"蓝予溪被气得口没遮拦地吐出一句气话。

可是，说者无意，听者有心，站在卧室门口，往客厅里看了半天的戚艾艾，不高兴了。

该死的蓝予溪，居然在他的依沫妹妹面前，说她是死女人。

戚艾艾也顾不上额头上的疼了，三步并作两步的就奔到了蓝予溪的身边。

"姓蓝的，你说谁是死女人呢？"戚艾艾一副你若是不给我个满意的答案，我就直接把你从沙发上拎起来的意思。

蓝予溪昂着头，看着两眼冒火的戚艾艾，立刻拉下尹依沫还在给他擦脸的手，嘴角弯出一抹心虚的笑。

"你说话啊，为什么不说了？"戚艾艾绝对属于没理都搅三分的人，更何况现在她还有理了。

蓝予溪无语地看着戚艾艾，嘴上是没有解释，眼神已经在不断地向戚艾艾示好了。

他不是不想说点好话讨好戚艾艾，只是现在尹依沫还坐在他的旁边，这种旁边有第三个人的情况下，他哪里好意思开口啊。

"我说姓蓝的，你大早上的不睡觉，跑去我房间，把我撞得头昏眼花的，害得我的额头现在还疼呢！我不怪你，你倒是好意思骂我死女人了，你还是不是人啊？"戚艾艾见蓝予溪不说话，火气不减，反倒是越烧越旺，典型的有起床气。

经戚艾艾这么一吼，蓝予溪这才注意到，戚艾艾隐在刘海下若隐若现的额头，确实红了一大片。

蓝予溪也顾不上自己的鼻子还流不流血了，立刻把戚艾艾拉坐在沙发上。

戚艾艾没有想到蓝予溪会突然间拉她，一时不注意，便被蓝予溪拉得直直地跌坐在沙发上。

"别碰我。"戚艾艾一脸嫌恶的抽出被蓝予溪拉着的手，人却坐在沙发上没有动。

她看着尹依沫和蓝予溪一起坐在沙发上，还挨得那么近，她就生气。她坚决不起来，坚决不让他们成双成对。

蓝予溪拨开戚艾艾额头的刘海，露出戚艾艾的整片额头，才看到那一片有些红肿的肌肤。

他迅速在医药箱里翻出一瓶云南白药喷雾，对准戚艾艾的脸，沉声命令道："闭上眼，暂时别呼吸。"

戚艾艾被喷雾吓得瞪圆了眼睛，连连摇头，屁股不自觉地向后移去。

有没有搞错，这个东西要是喷到她的脸上，自己带着这股子药味，还要不要出门了。

"你乖，别动。喷药的话，肿了的额头会好得快点。"蓝予溪的脸上带着微笑，循循善诱，像哄小孩一样哄道。

戚艾艾顿时打了一个冷战，被他的那声"乖"，又实实在在地给雷了一把。

　　"我说，蓝予溪，你恶心不恶心啊！你以后要是再敢跟我说什么乖不乖的，我就杀了你。"戚艾艾不满意地大吼。

　　"恶心吗？"蓝予溪咬牙切齿地从牙缝里逼出几个字来，拿着云南白药的右手作势要按下喷雾键，来报复戚艾艾的"不知好歹"。

　　前一秒还气焰嚣张的戚艾艾，在看到蓝予溪的动作后，吓得顿时花容失色，就想落荒而逃。

　　可是，谁知道戚艾艾的屁股刚一离开沙发一厘米，就被一双大手钳住了腰，又给扯了回来，坐回沙发上。

　　"不要啊！不要喷我！你手里的又不是防狼喷雾，我又不是一匹恶狼，为什么要拿这个东西吓唬我啊！"戚艾艾惊恐地看着蓝予溪，哀嚎道。

　　戚艾艾越是怕，蓝予溪的心里越是得意，嘴角的笑都跟着不自觉地变得坏坏的。

　　"蓝予溪，你走开，别过来。"戚艾艾一副即将大难临头的惊恐表情。

　　"蓝老师，你就别吓唬表姐了，我去给表姐煮个鸡蛋，用鸡蛋敷一下就好了。"就在两人剑拔弩张的时候，一旁的尹依沫扯了扯蓝予溪的胳膊，突然间出声劝道。

　　蓝予溪看了看为戚艾艾求情的尹依沫，这才放下那只拿着云南白药喷雾的手，警告地瞪了戚艾艾一眼，大有这次饶了她，下次再犯，决不轻饶的架势。

　　危险的云南白药喷雾一离开眼前，戚艾艾立刻松了一口气，第一时间向尹依沫投去一个感激的眼神。

　　尹依沫只是浅浅地对着戚艾艾笑了一下，没有太多的表情，进了厨房，蓝予溪则开始收拾医药箱。

刚才还嬉笑怒骂的客厅突然安静下来，戚艾艾这才有时间去打量蓝予溪。

不看还好，一看就看得戚艾艾捧腹大笑。

此时的蓝予溪鼻梁红红的有些发肿，鼻孔里塞着两条棉花，配上他的那张俊脸，典型的滑稽综合体。

戚艾艾不禁在心里想，现在伸手捂上蓝予溪的眼睛以下，蓝予溪就是一个蒙面帅哥，若是把眼睛蒙上，露出下边，那个大红鼻子，即使不用化装，也可以直接去做小丑表演了。而现在哪里都没有捂上，综合在一起，就变成了帅哥与小丑的滑稽综合体。

"哈哈……"戚艾艾毫无形象地在那自我娱乐地大笑。

蓝予溪被戚艾艾给笑得丈二和尚摸不着头脑，这个女人怎么总是能干一些让人出其不意的事情呢！

不过，这次蓝予溪压下了好奇心，选择不往戚艾艾给他挖的坑里跳。

他再笨也能想到，戚艾艾在那不怀好意的大笑，绝对没有好事。他就当完全没有听到戚艾艾在那笑似的，接着收拾医药箱。

戚艾艾自己一个人在那笑了半天，也没有人搭理她，觉得没趣地闭上嘴，不笑了。

蓝予溪收拾好医药箱，站起身，就要离开。

戚艾艾见状，连忙拉住蓝予溪，不满地问道："你怎么不问我为什么要笑？"

蓝予溪无所谓地耸了耸肩，勾了勾唇角，淡定地回道："你不就是在笑我吗？"

戚艾艾被蓝予溪的反应给惊得瞪圆了眼睛，也跟着从沙发上站了起来，不敢置信地问道："你知道？"

蓝予溪知道她在笑他，她并不觉得奇怪，她只是奇怪，为什么蓝予溪明明知道她在笑他，还能表现得这么无所谓呢！

按照他们之前的相处方式，蓝予溪不是应该全力反击？从什么时候开始懂得谦恭礼让，不和她一般见识了？

"就你？"蓝予溪上上下下地打量了戚艾艾一番，才嫌恶地撇了撇嘴，冷嘲热讽地说道："我一听就能听出你的笑声里不怀好意的成分。惹不起，我躲着还不行吗？"

"你……"戚艾艾瞪了蓝予溪半天，也没有"你"出个什么来。本来是想笑话笑话蓝予溪的，没想到被蓝予溪给反将了一军，搬起石头砸到了自己的脚，成了偷鸡不成蚀把米的典范。

蓝予溪不语，脸上没有太多表情地看着戚艾艾，等她"你"出个所以然来。半晌没等到戚艾艾的一句话，摆出一副恕不奉陪的架势，转身就走，气得戚艾艾恨不得对着他的屁股给他一脚，把他直接给踹楼下去。

可惜，戚艾艾没有看到蓝予溪转过身时，他的嘴角露出的那一抹胜利后的得意之笑。如果戚艾艾看到了，就不会只想着把蓝予溪给踹楼下去那么简单了，一定会认为就算把他踹到外太空去，都觉得便宜他了。

不一会儿的工夫，尹依沫就煮好了鸡蛋，剥了皮放在盘子中，又拿了两条干净的毛巾，一并放在茶几上。

尹依沫用毛巾包了一颗蛋，递给戚艾艾。

戚艾艾顺手接过，轻声道："谢谢你。"

戚艾艾试探着，一点一点地将鸡蛋放在伤口上，揉按着。她的手上才稍微用一点力气，就疼得她龇牙咧嘴。

"天啊，蓝予溪的鼻子怎么那么硬！"戚艾艾一边揉，一边在心里埋怨着。

戚艾艾在那叫苦连天地感叹命苦，怨蓝予溪的鼻子太硬时，戚艾艾用眼角的余光居然看到尹依沫又用毛巾包了一颗鸡蛋。

"为什么又包一颗？难道想帮她揉揉？"戚艾艾不禁在心里一边猜疑，一边用眼角的余光瞄着尹依沫。

尹依沫将鸡蛋包好后，蓝予溪也收好了医药箱，走了回来。

"蓝老师，你坐下，我帮你用鸡蛋揉揉鼻梁，免得肿得太严重。"尹依沫边说，边拉着蓝予溪坐在沙发上。

戚艾艾把一切看在眼里，差点没有当场把刚刚还在那自作多情的自己给鄙视死。

她咬牙切齿地瞄着一旁，恨不得冲上去把两个人给扯开。可惜，理智告诉她，她不能这么做。这种事情男人如果不自觉，要靠她和别的女人撕逼来解决也没意思。

戚艾艾扔下自己手里的鸡蛋，站起身就要走开。

尹依沫拿着她那颗蛋，刚往蓝予溪的脸上一贴，蓝予溪旋即躲开。

"依沫，我没事，不用了。"

"艾艾，我做了早餐，吃完再走吧！"蓝予溪一脸讨好地笑了笑，却是毫无诚意。

"不吃。"戚艾艾别过脸，饱含怒火地拒绝道："滚开。"

"哦。"蓝予溪轻应了一声，显然没有多想留戚艾艾吃早餐的意思。

"算你狠。"戚艾艾咬牙切齿地瞪了蓝予溪半晌，只憋出了这三个字。

扔下狠话，戚艾艾准备绕过蓝予溪去开门。

"等等。"蓝予溪拉住已经走到了他身侧的戚艾艾。

"你又想怎么样？"戚艾艾不耐烦地问。

"我只是想说，早饭不想吃倒是没有问题，可是你总要洗了脸再出去吧？"蓝予溪一脸认真，故作好心地劝道。

戚艾艾愣了下，窘迫地怒瞪着蓝予溪，恨不得掐死他。

"别瞪我啊。我说的可是事实，你看你眼睛上还有眼屎呢！这样出去会被人笑的，我也是为了你好。"蓝予溪一脸委屈地瞧着戚艾艾，那表情就好似戚艾艾在欺负他似的。

"啊——"

戚艾艾抓狂地尖叫一声，使出全身力气，想要挣脱蓝予溪还拉着她胳膊的魔爪。

"蓝予溪，你赶快给我松手，要不然姑奶奶我一定拆了你的家。"

蓝予溪一见戚艾艾真的怒了，知道不能再气她了，如果再气，铁定会出事。

于是，他便用空出的另外一只手揽上戚艾艾的腰。半拖半抱地把拼命挣扎的戚艾艾弄到了洗手间。

"去洗脸，乖……"蓝予溪手上一个用力，把戚艾艾推进了洗手间。

"蓝予溪，你要是敢再说乖这个字，我就缝上你的……"

"嘭——"

戚艾艾的话还没有说完，就被关门声给打断了。眼前没有了蓝予溪的身影，只剩下一扇看不到外边的门。她眯起眼，仇视了那扇门半晌，发狠的眼神好似要将门穿透，直射门后的蓝予溪一样。只是，瞪了半天，眼前还是好好的门。戚艾艾只好作罢，走到洗手台前。

戚艾艾瞪着镜子里的自己，咬牙切齿地警告道："我警告你，戚艾艾，你以后再也不要去相信蓝予溪那个死骗子了，就让他和他的依沫妹妹一起见鬼去吧。"

戚艾艾越想越委屈，他蓝予溪那么大个男人，一天到晚就想着欺负她，她怎么不欺负他依沫妹妹呢？看她好欺负是不是？还是嫌她命太长，想把她气死啊？

　　戚艾艾深呼吸一口气，打开水龙头，开始拼命地往自己的脸上拍凉水，为自己降火。

　　等戚艾艾在洗手间里一番自我催眠，自我折磨，自我怜惜后，她才梳洗完毕，拉开洗手间的门。

　　刚一开门，就好巧不巧地看到蓝予溪那张欠扁的脸，促使戚艾艾刚刚平息的怒气，又开始直线飙升。

　　戚艾艾磨着牙，一副要与蓝予溪势不两立的样子。

　　"艾艾，去吃早饭吧。我已经做好早餐了。"蓝予溪没事人一样地赔着笑脸，伸手过来拉戚艾艾的手。

　　戚艾艾一看，这不是典型的打一巴掌给个甜枣吗？

　　"滚开！"戚艾艾使劲地一甩胳膊，就把蓝予溪轻轻拉着她的手给甩开了。

　　蓝予溪见手被甩开了，也不生气，好脾气地凑近戚艾艾一点，伸手环上戚艾艾的腰。

　　"姓蓝的，你给我滚远点。"戚艾艾在蓝予溪的怀里奋力挣扎。

　　蓝予溪的胳膊死死地钳住戚艾艾的腰，不让她挣脱，半抱半推，把戚艾艾推到餐桌边："去吃早餐吧。我做了好久，好辛苦才做出来的。"

　　蓝予溪把戚艾艾安排在尹依沫对面的椅子上，走进厨房，把早餐端了出来。

　　两人面对面地坐着，相视而笑，所有的误会都不需要解释了，因为他们都拥有一颗，可以为彼此付出一切的心。

　　她抬手看了看手腕上的手表，见时间紧迫，胡乱吃了两口，站起身。

"你干什么，这么急？"蓝予溪皱眉，不解地问道。

"我约了人，先走了。"戚艾艾说着就要离开，她也不知道为什么昨天于彩宁会悄悄地约她，所以她现在也不好告诉蓝予溪。

"我送你去。"蓝予溪说着，跟着她出了门。

尹依沫急切地从餐椅上站起身，却没有人在意她的反应。

这一刻，尹依沫终于明白，有些感情注定不属于她，任凭她怎么努力，都争取不来。

戚艾艾看着跟上来的蓝予溪，轻皱了一下眉心，不解地问道："你怎么出来了？你家妹妹不是还在家里？"

这话一出口，简直是酸味十足。

蓝予溪无奈地摇摇头，拉住她的手，进了电梯，将脸贴在她的颈窝处，使劲地嗅了嗅，感叹道："真酸啊！"

"你乱说什么？"戚艾艾的俏脸红了，推开蓝予溪。

"好了好了，依沫还小，你跟她一般见识干什么？"蓝予溪看她生气了，揽过她的肩膀，不再闹。

"蓝予溪，她二十几岁了，搁到旧社会，都是几个孩子的妈了。她怎么会不懂得爱一个人？"戚艾艾愤怒地提醒道。

她这会儿已经完完全全地明白了，蓝予溪对尹依沫没有那种男女之情的心思。

既然没有，又何必让那个小丫头继续误会下去？

"我明白你的意思。"蓝予溪这会儿倒是与她心有灵犀，把她往怀里带了带，温声道："我有分寸，你放心吧！"

他这么说，她便信任他，没有再多问。

戚艾艾点点头，想起自己是要去见于彩宁，便道："你上去吧！不用你送我了。"

毕竟于彩宁是悄悄说的，如果她带去了蓝予溪，总是有些不好的。

"你生气了？"蓝予溪以为她赶他回去，是因为不高兴了，立刻紧张地问道。

"我没有，我只是去见个朋友，不太方便。"戚艾艾无奈地解释。

"那好吧。我出去办点事情。"蓝予溪也没有过多强求，他还是比较主张不限制彼此自由的。

而且，他也打算去见见尹校长，处理一下他离开的事宜。这一切也是落幕的时候了。

{♥}
第十五章　疯狂地爱上一个女人

　　戚艾艾如约到了于彩宁说的酒店，去的时候，傅启云并不在，只有于彩宁一个人在等着她，很热情地邀请她进了门。

　　"艾艾，你喝点什么？"于彩宁温和地问。

　　"不用了，你坐吧。"戚艾艾赶忙扶过她，让她坐下。她哪好意思让一个孕妇伺候自己啊！

　　"嗯。"于彩宁在她的对面坐下，静静地看着她，"艾艾，我是为了予溪才来找你的。"

　　"嗯？"戚艾艾明显愣了下，好似没有听懂她在说什么一般。

　　"我听启云说，你很想学音乐。如果我可以帮你，你愿意放弃予溪吗？"于彩宁仍旧淡淡地笑着，出口的话却是无情的。

　　"为什么？"戚艾艾觉得于彩宁这话很好笑。她怎么可以像是旧社会的婆婆一般，想要拆散他们呢！

　　"你和予溪的身份不太适合，予溪家里不可能答应你们在一起的……"于彩宁的话音还没落下，就被戚艾艾打断了。

　　"于老师！"戚艾艾变了脸色，坚定地道，"我不知道蓝予溪是什么身份，我只知道我爱他，他也爱我，这就够了。"

　　"你不想学音乐了？只要我肯帮你，你随时可以进名校深造。"于彩宁继续利诱道。

"我想，我很想。但是我不会出卖我的爱情，来换取这些。"戚艾艾站起身，"看来我这趟是来错了。"

"艾艾，你真不知道蓝予溪的身份？"于彩宁并没有因为戚艾艾的反应，有任何的不悦，仍旧笑得温和。

"对，我不知道。这重要吗？我爱的只是蓝予溪这个人，跟他的身份没有关系。只要我们相爱就够了。"戚艾艾说着转了身，"如果没事，我先走了。"

"艾艾，等一下。"于彩宁快走两步，拉住戚艾艾，"你别生气，我只是帮予溪试试你。"

"蓝予溪让你这么做的？"戚艾艾的表情瞬间僵住，眼中流转着的全是失望。

"不是的。"于彩宁刚想要解释，就见一直紧紧关着的卧室门被推了开。

"是我让她试探你的。"一道中气十足的苍老声音，忽然打断了两个人。

戚艾艾看着不苟言笑的老人，他刚毅的轮廓怎么有些眼熟。

"您是？"

"他是予溪的父亲，艾艾对不起。"于彩宁赶紧介绍，歉疚地说。

她知道，试探戚艾艾不好，她也是为了戚艾艾和蓝予溪之间能少点障碍，才这样做了。

蓝老爷子一来就说，他认定戚艾艾是为了钱才盯上蓝予溪，准备棒打鸳鸯。于彩宁赶紧把酒吧里戚艾艾为了蓝予溪的前途顶罪的事情给说了。

蓝老爷子虽然觉得这丫头有点笨，心里却还是高兴有人能为了自己的儿子不顾一切。

见蓝老爷动容，傅启云赶紧说让老爷子给一次机会。于是，蓝老爷子决定让于彩宁试探戚艾艾，作为蓝家儿媳妇的考试。

和蓝老爷子一起出来的傅启云，接过妻子，温声说："彩宁，我们下去走走。"

"嗯。"于彩宁点点头，对戚艾艾笑笑，与傅启云出了门。

戚艾艾尴尬地看着蓝老爷子，这家长见得也太突然了。

"伯父好。"戚艾艾紧张地问候。

"想做我蓝家的媳妇，你必须要做到彩宁那样。"蓝老爷子不客气地道。

倒不是他看不起戚艾艾，只是他习惯高高在上的说话方式。

"伯父，我不太懂您的话。"她和蓝予溪在一起，不是只要他们相爱，他们开心就行了吗？为什么还要有标准？

她也希望她可以像于彩宁一样有所成就，于彩宁的今天就是她所追求的目标。可是，她就是她。

"蓝家是有头有脸的人家，儿媳妇自然不能差。"蓝老爷子表情从容地道，"我属意的儿媳妇本来是彩宁，谁知道这小子没那个福气。自己喜欢的女人也能被人抢了。"

戚艾艾愣住，她真的没有想到蓝予溪有大来头。他曾经喜欢的人居然是于彩宁。难怪这么多年，都没有女人能入他的眼。即便尹依沫使劲浑身解数，还是不讨他的喜欢。这世上有几个女人能与于彩宁比呢？

"本来，我来这一趟，是受尹家的邀请而来。但是，既然予溪选了你，我也不会多加干涉。"蓝老爷子拧眉看着戚艾艾，怎么都觉得她的表情有点不对。

按理说，她知道了蓝予溪的身份非同一般，自己可以嫁入豪门，不是应该开心吗？

"伯父，我还有事，要先回去了。"戚艾艾保持着微笑，与蓝老爷子告别，不等他应允，她就转身快步出了酒店房间。

她一直以为，蓝予溪跟她一样，就是个普通人。

忽然间有人告诉她，蓝予溪大有来头，他曾经喜欢过的女人是享誉国际的于彩宁。

那她呢？她普通到扔到人堆里，只要她不发脾气，都没人会发现她。

她这会儿终于明白了，为什么尹依沫会一直觉得她不配和蓝予溪在一起。原来，他们才是一个世界的人。他们熟知彼此，却没有人愿意告诉她。

如果没有她的出现，蓝予溪会不会娶尹依沫？蓝老爷子来这一趟，不就是为了见尹家的人吗？还是他谁都不娶，始终守护着于彩宁。

她忽然间不知道该如何定义自己的位置了，心里一片迷茫。

在街上无助地游荡了一圈又一圈，她忽然想起一个人，只有他才能告诉她，关于蓝予溪过去的一切。

于是，她拨通了霍睿的电话。

"艾艾。"电话里很快传来霍睿的声音。

"蓝予溪的家里很有钱，他以前喜欢的人是于彩宁，对不对？"戚艾艾虽然在问，声音里却充满了肯定。

"你知道了？"霍睿的反问等于给了她肯定的答案。

她没有回答霍睿，挂断电话，输入蓝予溪和于彩宁的名字。

有的只是旧新闻，但标题醒目：天使落凡尘，牵手世家王子，演绎童话爱情。

那时候的于彩宁和蓝予溪还很青涩，但是，站在一起的两个人，真的很像童话里的男女主角。特别是蓝予溪看着于彩宁的眼神，深情而专注。

她害怕，有一天发现蓝予溪还爱着于彩宁，她会受不了。

戚艾艾不知道自己是怎么回的家，回神时，人已经在门口。

她按下门铃，不出十秒钟，蓝予溪便已经拉开了门，用一张笑脸迎接着她。

这样开门的速度，可见他一直在等她。

"这么快就回来了？怎么不多陪你朋友一会儿？"蓝予溪笑眯眯地问。

"嫌我回来的快了？没关系，你如果不饿的话，我就先看会儿电视，晚点再做饭。"戚艾艾想想不对，问："你不上班吗？"

"不上。"蓝予溪回道。

"哦！"戚艾艾点点头，换好拖鞋，走到沙发边坐下看电视。

"我哪有说不饿了。肚子饿得都咕咕叫了。"蓝予溪也跟着坐在沙发上，不满地嘀咕道。

"下次记得做人要诚实。"戚艾艾用手指戳了戳蓝予溪的额头，别有深意地提醒道。

"哦！"蓝予溪有些委屈的撇撇嘴，点了点头，打量了她一眼，"你看样子很累，要不先回房间休息吧。我来做饭。"

戚艾艾的眉头纠结，一提到回房间，她就想起尹依沫占了她房间的事情。

"算了，这里已经没有我的房间了。我何必讨人嫌呢！"戚艾艾很识相地回道，不想一个不留神就流露出了浓浓的酸味。

蓝予溪强忍着憋住笑，低头俯视着戚艾艾，痞痞地笑着说道："依沫已经走了。放心吧！没有人会再睡你的房间了。"

"走了？为什么？"戚艾艾惊讶地问。

以尹依沫最近的表现，不是应该死赖在蓝予溪家不走吗？如果她自己不想走，以蓝予溪对她的宠溺程度，不会非赶她走不可。

"我送她回去的。总住在我这里，她父母会担心的。"蓝予溪收起刚才的痞子样，认真地答道。

戚艾艾嗤笑，这事绝对没有蓝予溪说得那么简单。尹依沫父母如果担心她，就不会让她住在蓝予溪家里，又请蓝老爷子来。

蓝予溪就这么把人送回去了，尹家父母会心甘情愿作罢吗？自己家的宝贝为了蓝予溪，悔婚霍家，赔款割地都忍了。最后鸡飞蛋打，女儿还受伤，他们会忍？

蓝予溪自然是没有说出实情，尹家父母肯作罢，是于彩宁出面搭桥，让国际音乐大师来学院当教授任教。这于尹校长而言，是绝对的政绩。退一万步说，蓝予溪的态度这么坚决，就算是没有这个甜头，蓝予溪就是不娶，他们也不能把女儿硬塞到蓝家去。现在给个台阶下，皆大欢喜也好。

"走吧！我带你进屋看看。"蓝予溪拉过戚艾艾的手。

"不好意思，我不习惯别人睡过的床褥。"戚艾艾甩开蓝予溪的手，恼怒地说。

"依沫昨天夜里睡的被褥是新的，你的那套，我在她走后，已经给你换回来了。"蓝予溪解释道。

戚艾艾的性子时常让蓝予溪哭笑不得，典型的你让往西，她非给你往东。他怎么就偏偏着了她的道？现在看来，他真的有点自讨苦吃。但是苦中作乐，谁敢说不是一种幸福呢？

这就应了那句话：也许她不是这世上最好的，却是我心中独一无二的。

"既然新被褥都替她准备好了，为什么不直接留她常住？"戚艾艾不满地小声嘀咕。

"那不是我买的，是依沫自己买的。她以为你搬走了，想让我搬回自己的房间，不用再睡客厅。她只是一番好意地想体谅我，并没有想到你突然间还会回来。"蓝予溪解释道。他不是看不出尹依沫的私心，但这事上，他虽然没有对不起尹依沫的地方，她毕竟是出局的那个，出于绅士风度，自然也不想多提。

"你的意思是我的错？是我不应该突然间回来了？"戚艾艾的嘴撇了撇，鼻子泛酸，眼底泛起了泪花。

蓝予溪一看她这样，急切地道："不是你的错，都是我的错。我向你保证，以后不会有人敢再睡你的房间了，好不好？"

戚艾艾也不知道自己怎么了，她很委屈，很想大哭一场。她知道自己不是因为尹依沫睡了她的床那么一件小事，她是还没从下午见蓝老爷子的事情里走出来。

"饿了没？咱们做饭吧？我今晚想吃水煮肉。"蓝予溪谄媚地笑，想把话题从尹依沫的身上拉开。

"蓝予溪！"戚艾艾不满地大吼。

"在。女王有什么指教？"蓝予溪笑嘻嘻地请命。

"我是你的佣人吗？"戚艾艾咬牙切齿地反问。

"你怎么可能是我的佣人呢！你可是我的女王。"蓝予溪一脸认真地答道。

"你见哪国的女王还要下厨伺候别人的啊？"戚艾艾不满地问道。

"有道理。"蓝予溪点了点头，表示了赞同后，旋即又苦着一张脸说道："可是，你如果不让你的子民吃饱，他怎么好好地来爱你呢？"

"蓝予溪！"戚艾艾气得吼他。蓝予溪从什么时候开始变得这么油嘴滑舌了？

"在，女王有何吩咐？"蓝予溪不顾戚艾艾的愤怒，一脸谄媚地笑着恶心戚艾艾，这一次还故意勒细了嗓子，声音简直跟太监不男不女的声音如出一辙。

说完了，蓝予溪自己都起了一身鸡皮疙瘩，觉得有够恶心的。没办法，他这么做也是想逗逗戚艾艾，让她别再跟他别着劲了，可以将尹依沫那一页揭过去。

"蓝予溪，你如果再敢装成个死太监的样子恶心我，我就让你真的变成太监。"戚艾艾做出一副凶狠的样子。

蓝予溪吓得两腿并紧，连忙保证道："是，小的不敢了，亲爱的女王陛下。"

"啊……"戚艾艾彻底被蓝予溪给恶心得抓狂了。

戚艾艾掐住蓝予溪的脖子，晃荡着。她没用上多大的力气，本来也是开玩笑。可是蓝予溪却脸色涨红，直翻白眼，吓得她赶紧松手。

"咳……咳咳……"蓝予溪咳嗽两声，说："你想谋杀亲夫啊？"

"我也没有用多大的力气啊！你没事吧！"戚艾艾一边抚着蓝予溪的后背，帮他顺气，一边有些委屈地辩解道。

戚艾艾百思不得其解，难道自己的力气大到自己已经察觉不到了？她不知道是敌人太狡猾，是蓝予溪自己憋着呼吸，把脸憋红，换取戚艾艾的愧疚心。戚艾艾一旦心里有愧，也就不会再抓着尹依沫的事情不放了。

"你说我的命怎么就那么苦呢！连顿饱饭都吃不上不说，还得随时面对没命的危险。"蓝予溪在那装可怜地嘟囔道。

戚艾艾虽然明知道他在那装可怜！也拿他没有办法，谁让自己刚才出错了手，差点把人家给掐没气了呢！

"好，你等着吧。我现在就去给你做饭。"戚艾艾无可奈何地走进厨房。

戚艾艾正在洗菜的时候，蓝予溪走了进来，从戚艾艾的身后，圈住她的腰。

"艾艾，你说就这样过一辈多好。"蓝予溪在戚艾艾的耳边轻声诉说着自己的心意，温热的气息洒在戚艾艾的耳边。

一辈子？这个期限太长，戚艾艾从来没有想过。

蓝予溪温热的气息让她的耳根发热发红，强做的镇定已经随之土崩瓦解，升起的却不是美妙的幸福感，而是漫无边际的无力感。

越是与蓝予溪亲近，她便越是担心，担心自己没有办法承受失去的痛苦。

"艾艾，这种有家人陪伴的感觉真好。"蓝予溪感叹道。

戚艾艾在逃避，他不是看不出来。只是，他找不到病根，只能时时刻刻地向她表明自己的心意。让她明白，他一直站在不远处等着她。

他也惶恐，也怕在得到后，又突然间失去。

可是，却不能后退，只能一直勇往直前。如果他退了一步，他绝对相信戚艾艾会退两步给他看，到那个时候他们的距离会远得无法拉回。

"家人"两个字让戚艾艾的鼻子酸了酸，眼中有晶莹的水雾打转。

这样的称谓让戚艾艾百感交集，她想要喜悦，却发现前边的障碍会很多的时候，怎么都喜悦不起来。而最大的障碍，就是她的内心。

晶莹的泪在戚艾艾的严防死守下，冲破了关卡滴落。

她不想让蓝予溪看到自己现在的样子，跟着她一起难过，强迫自己稳下心绪，镇定地开口说道："蓝予溪，你给我先出去，你要是再不出去，晚饭就要改早饭了。"

"好。"蓝予溪在她的耳边轻轻地落下一个吻。

他知道她在逃避，他却仍是没有拆穿她，他会给她足够的时间，让她体会他的心。

戚艾艾撑起笑容，回头看向蓝予溪，说道："予溪，你下去买点啤酒，好不好？"

蓝予溪微微一愣，点头应道："好，我现在就下去买。"

"嗯。我尽快做菜。"戚艾艾说完，有些刻意地回避与蓝予溪的目光接触。

厨房里有些慌乱地忙碌着的戚艾艾，直到听见一声入户门重重合上的声音，确定蓝予溪下楼了的时候，她才松了一口气，停下手里的活。

她平复一下自己的情绪，才又开始做晚饭。

戚艾艾动作很快地把之前已经洗好切好的菜下锅，在蓝予溪带着啤酒回来的时候，戚艾艾也已经把菜端上了桌。

饭桌上，戚艾艾主动举起杯子，认真地看着蓝予溪。

"蓝予溪，我敬你一杯。"

她的表情太过认真，让这顿饭的气氛正式得压抑。

"题目呢？"蓝予溪打量着她，心里隐隐地不安。

"题目？"戚艾艾一愣，"还要什么题目，敬你就是敬你。"

"那可不行，我不喝没有题目的酒。"蓝予溪摇了摇头，坚持不喝。他希望她可以跟他说实话。

"这一杯就当我谢谢你当初收留吧！"戚艾艾的眼神深远，陷入曾经的回忆。

蓝予溪伸出一根手指，在戚艾艾的面前晃了晃，眯着眼睛，嘴角勾起一抹迷人的笑，说："这个理由不算。"

"为什么不算？"戚艾艾不解地看着蓝予溪。

她这个理由怎么了？她觉得很好啊！一般敬第一杯酒的时候，不都是说点感恩的话来调节气氛吗?

"我当初如果不收留你,现在上哪里找你这么好的女朋友去啊?怎么看这件事都是我赚了,我怎么能接受你这杯敬酒呢?"蓝予溪说得大义凛然。

戚艾艾无语,蓝予溪拒酒的方法还真特别。但是,伸手不打笑脸人。人家这理由找得合情合理,又煽情,她也不好说什么。

蓝予溪嬉皮笑脸地伸手抓住戚艾艾的手,黑眸里闪烁着点点笑意,看着戚艾艾说:"再想一个。"

"不想了,你明明就是有心耍赖,就算我想到了理由,你也会反驳我的。"戚艾艾赌气地别过脸,不看蓝予溪。

"好了好了,我错了。"蓝予溪抓紧戚艾艾的手,连忙笑容可掬地道歉。

戚艾艾刚要说话,手机忽然响了起来。

她看了一眼陌生的号码,接了起来。

"戚小姐,我是小张。"张鑫岩的声音在电话的另一端响起。

"张警官?"戚艾艾有些惊讶,与蓝予溪对视一眼。

"我们已经抓到那天往蓝先生的衣服口袋里扔毒品的人了。"张鑫岩激动地说。他也不知道自己为什么要激动,证明了蓝予溪无辜,也就旁证了戚艾艾无辜。

张鑫岩听说过一句话,三次精彩的相遇,就说明你和这个人注定要在一起。他知道,他和戚艾艾是注定不会在一起的两个人,但他仍是感谢那三次精彩的相遇。或许,他们可以做朋友,一辈子的朋友。

"三天内就会正式通知蓝先生,我先告诉你,让你开心开心。"张鑫岩憨厚地说。

"谢谢你。"戚艾艾挂断电话,激动地说:"蓝予溪,这杯酒,我敬你,你一定要喝。"

蓝予溪温柔地笑，虽然不知道她怎么了，却能感应到她的幸福和快乐。

"你没事。张警官说，你没事了。"戚艾艾惊喜地说。

蓝予溪也不免激动，他虽然从来不担心自己会坐冤狱，这种事缠身，也未免不舒服。张鑫岩带来的这个消息，还真算是好消息。不过，等等……

"为什么我没事了，通知的是你？"蓝予溪狐疑地问。

"你别胡思乱想了。正式通知还没下来，张警官怕我担心你，才会告诉我的。"戚艾艾举起酒杯："蓝予溪，你喝不喝？"

蓝予溪对戚艾艾的强权，只有无奈叹息的份。

两人愉快地干杯，蓝予溪没事了，是意外的惊喜，也让戚艾艾心里的一块石头落了下来。

蓝予溪忽然收起唇角的笑，认真地说："第二杯我敬你，我说个理由。"

"你说来听听，如果是站不住脚的道理，可别怪我不接受啊！"戚艾艾很好地秉承了有仇必报的道理。

蓝予溪的嘴角挂起一抹宠溺的微笑，对于戚艾艾的有仇必报并不介怀，举起杯，格外认真地说："艾艾，谢谢你这几个月以来，给了我家的温暖。"

戚艾艾的明眸明显一滞，被蓝予溪握着的手一僵。本来她做好了准备，为了报复，说些鸡蛋里挑骨头的话。可是，蓝予溪这句说得云淡风轻却饱含深情的话，让她的心微微地发着颤，激动得鼻子发酸。

"蓝予溪……"戚艾艾艰涩地张了张口，想要说些什么，却又不知道说什么好。

"嘘……"蓝予溪温柔地笑。

两人碰了杯，喝下去的啤酒竟觉得甜甜的。

"蓝予溪，下面该我说一个理由了吧？"戚艾艾抬手擦了擦沾在嘴角的啤酒，一脸严肃地说。

"好，你说吧！"蓝予溪点了点头，认真地聆听。

"第二杯，我敬你，理由是……"戚艾艾拉了一个长音，满含深意地看着蓝予溪，接着说道，"谢谢你，蓝予溪，谢谢你爱过我。"

蓝予溪脸上的微笑僵住，从她的话中，他无论如何都听不出一点的甜蜜来，有的只是感伤。

对，是感伤，就像是人即将面临离别时的感伤。

"艾艾……"蓝予溪刚想开口，却被她打断。

"陪我喝了这杯酒。"戚艾艾说。

"嗯。"蓝予溪勉强地拿起一旁的酒杯，带着忐忑的心情喝了下去。刚刚还觉得甜甜的啤酒，这会儿已经变得苦涩。

蓝予溪放下酒杯，定定地看着戚艾艾，不曾移开一秒的视线，等着她给他的宣判。

"蓝予溪，你会一直都爱我吗？"戚艾艾回望他，哽咽着问。

蓝予溪被她问得一愣，想要回答时，她忽然捂住他的嘴。

"以后再告诉我。"戚艾艾努力地微笑，泪水却不争气地滚了下来。

蓝予溪温柔地拭去戚艾艾脸上的泪水，明明她没有告别，他却已经闻到了离别的味道。

这一夜，没有戚艾艾的酒吧里，霍睿一杯接一杯地喝着酒。老板娘想劝，却劝不住，只能给傅启云打了电话。

傅启云本想一个人过来，于彩宁不放心，就一起跟来了。

霍睿坐在灯红酒绿的酒吧里，一天之间，却颓废得厉害。

傅启云上前抢下他手里的酒杯，无奈地叹了口气，说："我和蓝老爷子谈过了，他不会追究你害蓝予溪的事情。"

"追究又能怎么样？赔款割地就好了。"霍睿不甚在意地说。

"你是怕艾艾知道吧？"于彩宁轻声问道。

霍睿端着酒杯的手僵住，没有应声，却等于给出了答案。

"伯父答应我，这件事情不会对任何人讲。艾艾不会知道。"于彩宁肯定地说，"大哥，醒一醒吧，不管你对艾艾是怎样的感情，你们都不可能在一起？艾艾心里的那个人不是你。"

"你怎么知道不可能？"霍睿反唇相讥，"不到最后，没有人知道结局。"

于彩宁和傅启云愣住，霍睿的眼神太吓人，似乎在向他们发誓，他绝不放手。

清晨的阳光照进窗口，洒在蓝予溪的脸上。他赤脚走进客厅，屋子里静得只能听到他自己的脚步声和心跳声。

他的心越跳越慌，他推开戚艾艾的门，床铺铺得整整齐齐，却空无一人。

他疯了一样，奔回自己的房间，找出手机，想要打电话给她，却看到她发来的微信。只有两个字：再见。

蓝予溪跌坐在床上，拼命地想，到底发生了什么事情？

他们明明离幸福只有一步之遥了，她为什么逃了？

父亲，他记得父亲昨天来了这里。他本来还要把她带过去，介绍给父亲，不管父亲喜欢不喜欢她，他都一定会娶她。

难道，是父亲对她说了什么？

他就觉得，她昨天的反应不太对，到底是他大意了。

他迅速拨通蓝老爷子的电话，那边刚一接通，还不待说话，他便迫不及待地问："爸，你昨天见过艾艾了，对不对？"

"是。怎么了？"蓝老爷子毫不避讳地回。

"你都对她说了什么？"蓝予溪恼怒地问。

"我告诉她，你是我的儿子，如果她想做蓝家的媳妇，就必须做到像彩宁一样。"蓝老爷子被儿子的语气气得火冒三丈。

蓝予溪直接摔了手机，他终于明白了，她为什么会忽然离开。

他太了解她的性子了，她就是个普通的女人，普通到只想过普通的日子。可是，他的身份，父亲的要求，让她彷徨，让她不敢接受这段忽变的感情。

戚艾艾，你在哪里？如果你真的敢消失，我一辈子都不会原谅你。

而和戚艾艾一起消失的人，还有霍睿。

蓝予溪让人查了戚艾艾和霍睿的出入境记录，最终证实，他们一起去了维也纳。

得到消息的时候，蓝予溪大醉了一场，她到底还是选择了霍睿吗？为什么？如果因为他的家世背景让她彷徨，为什么霍睿就可以？

蓝予溪继续在大学里教书，继续住在那里，夜里会一个人听着练习室里传出的曲子。然后给她发微信说，今天练习室里的曲子哪个音错了。

戚艾艾一次都没有回过蓝予溪的微信，朋友圈也没有再更新。

蓝予溪不禁苦笑，她来时，硬是闯入他的生活。她走时，却是这么决绝。凭什么？凭什么每一次都是她戚艾艾说了算？这一次，他要学学最初的戚艾艾，赖在她的生活里，绝不离开。

分别三年后，蓝予溪第一次听到戚艾艾的消息，是从于彩宁那听到的。

她并没有出国留学，只是在与蓝予溪分开后，去维也纳散了散心。霍睿的确跟去了，却还是被拒绝收场。

维也纳之行，让戚艾艾更加坚定了音乐的梦想。也是在这趟行程中，戚艾艾认识了北京的一位音乐家，帮助她报考了北京的学校。

三年的修炼后，戚艾艾已经可以独当一面，在圈里小有名气。于彩宁也是因为这样，才会在饭局上遇到戚艾艾。

蓝予溪得到消息后，做了一件让所有人都叹为观止的事情。他在学校门口开了一家乐器店，大肆在网上做宣传，这家店的老板娘是新晋的音乐名家戚艾艾。他甚至不惜血本砸了广告费。让原本小有名气的戚艾艾声名大噪，瞬间出了名。

如多年前的那个清晨一般，风和日丽。

蓝予溪打开乐器店的门，走了进去。店员见老板来了，连忙把手机收了起来。她刚刚正在刷他们老板和戚艾艾的八卦。有人说戚艾艾被有钱人包了，也有乐团的人替戚艾艾发声，说从来没听说过戚艾艾有男朋友，哪来个蹭热度的乐器店？

店员看着向后边仓库走去的老板，好想拉住他八卦一下。怎么看，他们老板都不像是包养女人，或是蹭热度的人。

她还没有攒够勇气去问，蓝予溪已经走进了过道。这时，乐器店的门再次被拉开。

店员立刻迎了上去，微笑着说："欢迎观临。"

来人是一个修养和气质都极佳的女人，她冲着店员微微一笑。

店员怎么看都觉得眼前的女人有些眼熟，想了想，恍然大悟："你是……"

"你们店里的老板娘。"戚艾艾温和地说。

刚刚走进过道的蓝予溪僵住脚步，缓缓勾起唇角，眼中却涌上了晶莹的泪。回过神来，他激动地大步冲了出来，却在距离戚艾艾两米远的地方停下了脚步。

"没良心的女人。你还知道来找我？"蓝予溪咬牙切齿地说，明明是一句狠话，他却说得有些哽咽。

"当然了，蓝老板还没有付广告费给我。"戚艾艾的视线被泪光模糊。

"广告费早就准备好了。"蓝予溪从兜里拿出一个绒盒，忽然跪了下去，弹开绒盒，里边是一枚闪闪发亮的钻戒。

戚艾艾捂住嘴，激动得发不出声音。

蓝予溪把戒子套在戚艾艾的手指上，指环大得有些晃。他不禁心疼地说："怎么瘦这么多？"

"没有蓝地主给买米买面了。自己花钱，舍不得吃。"戚艾艾傻傻地笑，已是泪流满面。她用力地推了蓝予溪的胸口一下，埋怨道："真讨厌，我本来想等毕业了，取得点成绩就回来的。"

"这家店等不了了。"蓝予溪说。

戚艾艾愣住，一时间没反应过来。

蓝予溪上前一步，抱住戚艾艾纤细的腰，转身对店员说："咱们店有老板娘了。大庆三个月，所有乐器都打折。"

店员傻傻地点头，不敢置信地看着眼前的情景。

蓝予溪拉着戚艾艾快步走出乐器店，站在门口，对着过往的人群，大喊起来："我们店里有老板娘了！我们店里有老板娘了！"

过往的师生都忍不住侧目，关于这家店的风云史，他们都听说过。

有人说，老板疯了，疯狂地爱上了一个女人。

（全文终）